JACK LONDON

COLMILLO BLANCO

Título: Colmillo Blanco
Título original: *White Fang*
Autor: Jack London

C/ Primavera 10, nave 35
28500 Arganda del Rey
Madrid-España
www.edimat.es

Traducción: Realizada o adquirida por Equipo editorial
Introducción: M.ª José Llorens Camp / Rocío Pizarro
Diseño e ilustraciones de cubierta: Karakachoff estudio

ISBN: 978-84-9794-578-3
Depósito Legal: M-1285-2024

Impreso en España - *Printed in Spain*

INTRODUCCIÓN

He pensado con frecuencia que mis éxitos como escritor tienen que agradecerse a la experiencia que fui acumulando en mis días de vagabundo.

Para obtener la alimentación que necesitaba para vivir, estaba obligado a contar historias que sonasen creíbles. Cuando uno, llevado por un inexorable apremio, se encuentra delante de la puerta de la cocina, se desarrolla la capacidad de convencer y de resultar convincente, que es considerado por los críticos como la primera condición para escribir buenas historias. También estoy totalmente convencido de que fueron mis años de aprendizaje como vagabundo los que me han hecho un realista. Realismo es la única mercancía que se puede cambiar por alimentos a la puerta de una cocina.

JACK LONDON.

Jack —primero John— tuvo una infancia deprimente, miserable, una de esas infancias que si no tienes una gran fortaleza de espíritu te marcan por los restos. Y existen motivos para creer que Jack arrastró buena parte de ese lastre —a pesar incluso del éxito que un día habría de sonreírle— hasta el último día de su existencia. De pequeño vivió en un mundo de dificultades, contratiempos y frustraciones, nada idóneo para forjar un campeón para el futuro.

Jack odiaba muchas cosas, producto lógico de su rebeldía.

A su madre incluso.

Por duro que suene y difícil de entender que parezca, Jack odiaba a su madre.

Y en ocasiones, la odiaba profundamente.

Como aquella mañana, gélida mañana...

Jack se aferró al sueño «buscando el olvido lo mismo que el durmiente buscando su sueño». Lanzó débiles puñetazos al aire que iban dirigidos a su madre, Flora, quien los esquivó mientras lo sacudía por el hombro.

—¡Déjame en paz!

La exclamación del muchacho fue al principio «apagada, en las profundidades del sueño, pero enseguida subió de volumen, semejante a un gemido, convirtiéndose en un lamento, apasionado y agresivo, que murió y se redujo a un sollozo inarticulado. Era un grito animal, de alma atormentada, lleno de infinita queja y dolor».

Su madre ni se conmovió tan siquiera. Se trataba de una mujer de mirada lastimera, que no llegaba al metro cincuenta de estatura y sentíase excesivamente fatigada como para hostigar a su hijo de catorce años desde que despertaba. Quiso despertarle, pero Jack se aferró a las sábanas con desespero.

—Está bien —musitó él al fin.

La madre cogió la lámpara saliendo de la estancia y sumiéndole en las tinieblas.

—Te castigarán —le previno.

Trémulo de frío, Jack se vistió y acercándose al fregadero se mojó con agua glacial. Por espacio de unos instantes estuvo sentado a la mesa de la cocina, donde se zampó un pedazo de pan duro, sorbiendo el sucio líquido marrón al que su progenitora denominaba café.

Salió por último a la invernal mañana en la que aún relucían las estrellas. Galopó para no llegar tarde al trabajo en Hickmott's Cannery, una fábrica de Oakland, al otro lado de la bahía de San Francisco. Durante las próximas doce horas contaría latas y vigilaría el reloj desde su encierro, que hedía a salmón destripado y a huevas de bacalao. Junto a él, en la línea de producción, otros menores se resignaban con su triste destino, con una labor tediosa que enturbiaba el cerebro. Los mayores parecían todavía más enclaustrados: sólo la muerte iba a liberarlos de una esclavitud con sueldo.

Mi sueldo era mísero, pero trabajaba tantas horas que a veces llegaba a ganar hasta cincuenta dólares al mes, recordaría más tarde. *Mi deber: entregué hasta el último centavo. Mi deber: trabajé en aquel infierno durante treinta y seis horas seguidas ante una máquina y sólo era un niño. Me acuerdo que intenté ahorrar dinero para comprarme un pequeño barco de ocho dólares. A lo largo de todo aquel verano me dejé la piel ahorrando, y al llegar el otoño había conseguido reunir cinco dólares porque me privé de toda clase de diversiones. Mi madre vino a la máquina en la que trabajaba y me los pidió. Aquella noche me hubiera suicidado.*

Durante toda la vida Jack alimentó un profundo resentimiento contra su madre. Ella no había nacido en la pobreza. A ella no la habían forzado a trabajar siendo una niña. Era la hija mejor de una rica familia de Ohio y su padre, Marshall Wellman, un comerciante de trigo, la había criado entre algodones. Hasta que la tragedia cayó sobre ella: «enfermó de fiebre tifoidea, la cual no sólo deterioró su aspecto físico y le hizo perder vista, sino que también detuvo el crecimiento de su cuerpo». Asimismo la dejó calva y hubo de usar peluca y calzar un doce el resto de sus días. Al margen de las anomalías físicas, la fiebre provocó fases depresivas dejándola desquiciada de por vida: siempre insistió radicalmente en la pureza racial de sus ancestros e inculcó a su hijo que *las razas de piel oscura no son de fiar.* Jack nunca pudo librarse de esas ideas. Siempre pensaría, como muchos de su generación, que el anglosajón era la raza superior.

A los veinticinco años, Flora se marchó de casa. Tras una fugaz temporada en Seattle fue a San Francisco, ciudad que por aquella época estaba en pleno crecimiento y en la que ricos buscadores de oro y magnates del ferrocarril comenzaban a levantar un imperio que en pocos años mostraría algunas de las mansiones más lujosas y la arquitectura urbana más hermosa de todo el país. En la década de 1870, la urbe atrajo a cientos de miles de inmigrantes para quienes representaba la promesa de un nuevo comienzo a orillas del Pacífico. Cuando Flora llegó, *Friso* era ya la metrópoli más culta al oeste de las Montañas Rocosas, con una pujante actividad social y una floreciente comunidad artística. En un primer momento impartió clases de piano para poder comer. Más tarde, en 1874, conoció a William Chaney y se fue a vivir con él. Chaney era un astrólogo itinerante que hizo despertar en ella la fascinación por el espiritismo. Juntos dirigieron un «consultorio de astrología». Las perspicaces damas no se atrevían tan siquiera a contratar una criada sin antes consultar con espiritistas como Flora, quienes por una cierta cantidad hacían de «psicoterapeutas», ofreciéndoles servicios tan diversos como la comunicación con los muertos y el envío de mensajes a los seres más queridos.

Pero estafar a los supersticiosos no era suficiente para pagar el alquiler. Chaney, quien se apodó a sí mismo *el profesor,* trabajaba de día para la *Comon Sense,* una revista que se proclamaba la única publicación de *pensamiento libre* al oeste de las Rocosas. Además también hacía lecturas de horóscopos privadas, escribía artículos y daba sermones sociológicos a un grupo llamado *Philomathean Society.* Estaba convencido de que la astrología no era charlatanería, sino una ciencia que servía incluso para ayudar a una pareja a *producir un niño biológicamente superior.* El 12 de febrero de 1876 Flora *produjo* ese niño, una criatura menuda a quien puso el nombre de John. El embarazo había acabado con sus esperanzas de hacerse rica y ahora cargaba con un hijo no deseado y que representaba la *marca de su vergüenza.* Por si no bastara con los problemas personales, el parto casi la mata, dejándola tan debilitada que tuvo que recurrir a una nodriza para que cuidara de su hijo. Un médico del entorno le recomendó a Virginia Prentiss, una mujer negra que acababa de perder a su propio bebé en el parto. Así fue como llevó al pequeño John a la casa de la señora Prentiss, también conocida como *Mammie Jennie,* quien durante ocho meses le dio el pecho y se ocupó de él como si fuese suyo. Entretanto, William Chaney abandonó a Flora. Pocos meses después del nacimiento, conoció a John London, un veterano de la Guerra de Secesión, viudo, que acababa de llegar a la ciudad con sus dos hijas, Eliza e Ida. Tras casarse con él, la familia estableció su primer hogar en un piso diminuto de Folsom Street, situado en un barrio relativamente seguro y cómodo de San Francisco. Cuando Jack, conocido todavía como John London, volvió de casa de *Mammie Jennie* a finales de 1876, no fue Flora, sino Eliza, su hermanastra, quien asumió las responsabilidades de madre. No fue Flora, sino Eliza quien le leía a la hora de acostarse, y cuando se cortó la frente, no fue Flora sino Eliza quien «le curó cariñosamente aplicándole una mezcla de telaraña y brea». Eliza seguiría haciéndole de madre durante el resto de su vida y sería la mujer en quien el escritor más confiaría y a quien más estimaría. John London padre era tan tierno como su hija y cuidaba de Jack como si fuera su propio hijo. En efecto, el niño se creía hijo suyo. Sin embargo, a causa de la pérdida de un pulmón en la guerra, John era tan débil que le resultaba difícil encontrar trabajo para mantener a su nueva familia. Tampoco era lo suficientemente fuerte de carácter como para contrariar a Flora, cuya inquietud y cuyos bruscos cambios de humor llegarían a destruir tanto la infancia del pequeño, como los últimos años de vida de su esposo. Como afirmó Jack posteriormente, a pesar de ser hijo único, su madre jamás le dio muestras de amor. Por el contrario, obligaba a su marido a pegarle, cosa que él nunca pudo perdonarle. Tampoco pudo olvidar las depresiones histéricas, los falsos infartos, las rabietas y el miedo que le producían las sesiones de espiritismo que ella realizaba con un jefe indio llamado Plume, que ejercía de médium.

Cuando Jack y Eliza enfermaron de difteria, el galeno recomendó a la familia que se fuese de San Francisco. De esta guisa, John London trasladó su familia al otro lado de la bahía, instalándose en una pequeña comunidad llamada Oakland, que comenzaba a prosperar gracias a haberse convertido en la más importante terminal del ferrocarril de California y a disponer de puerto natural. Pese a que Frisco y Oakland se encontraban sólo a media hora de barco, las dos poblaciones parecían mucho más alejadas. Mientras que San Francisco tenía reputación de ciudad decadente y corrupta, como consecuencia de los excesos de los *nouveaux riches,* Oakland era un pueblo más bien rústico, sencillo y noble, construido sobre los valores pioneros del trabajo y la honradez. Había surgido como pueblo de leñadores para convertirse posteriormente en uno de los dos principales centros de explotación de recursos naturales de California. Desde allí se podían transportar las enormes secuoyas al resto de los Estados Unidos y otras partes del mundo, por ferrocarril y barco. Durante la infancia de Jack, Oakland no era más que un poblado de humildes casas de madera, rodeado de campos de amapolas y de praderas con abundante fauna. Dada su ubicación, al lado de la bahía de San Francisco, la dieta era rica en pescado y aves de caza.

John London adquirió una hectárea de terreno para dedicarse a la agricultura. En pocos meses sus frutas y verduras ya eran conocidas como las mejores de la región. Pero la fortuna de la familia cambió al convencerle Flora de que se trasladaran a una pequeña granja en el condado de San Mateo, al sur de San Francisco. De modo que el 12 de enero de 1883, un John reacio cargó con las posesiones familiares en un carro, ató a él una vaca y partió hacia una nueva vida. Al principio siguió disfrutando de su éxito como pequeño empresario, y con los beneficios de la granja de San Mateo compró una finca de algo más de cuarenta hectáreas en Livermore, un pueblo cercano situado al este de Oakland. Una vez más Flora había sido la responsable de la mudanza.

Mi infancia fue odiosa y desagradable. No había nada sensible en mi entorno, lo que me hizo aprender a ser reservado, reservado desde dentro. Entré pronto en el mundo de los adultos mezclándome con todo tipo de personas. Como era el nuevo en todos los círculos sociales, era normal que fuese reservado en cuanto a mi verdadera forma de ser, cosa que ninguno podía comprender, mientras por otro lado era superficialmente locuaz para asegurar la popularidad y el éxito de mi entrada en el grupo. Y así fue la historia, de clase social en clase social, de grupo en grupo. No había confianza sino un continuo endurecimiento interior, una locuacidad superficial tan perspicaz y una reserva interior tan secreta, que la primera se tomaba por verdad y la segunda jamás se hubiera imaginado.

JACK LONDON, 1903.

Jack London fue variopinto, diverso, polifacético y polivalente —como puede observarse en la amplia y detallada cronología que se adjunta a este texto y que es un fiel extracto de toda su vida—, desde trabajador en una fábrica de conservas, cuando todavía era muy pequeño, hasta eficiente literato, pasando por marinero, buscador de oro en Alaska, político socialista y un interminable etcétera.

Mabel había sido una de las primeras chicas en gustarle, pero su imagen se difuminó al aparecer en escena la estudiante de diecisiete años Anna Strunsky. Jack la conoció en 1899 en un acto socialista. En contraposición a Mabel, ella no sólo compartía sus opiniones políticas, sino que estaba convencida del talento literario de Jack (Anna procedía de una acomodada familia emigrante judeo-rusa, en la que se pensaba y discutía abierta y radicalmente). Anna y Jack parecían la pareja ideal, hecho el uno para el otro. Por primera vez, Jack conoce a una persona con la cual no necesita tener ningún secreto. Anna es inteligente, segura de sí misma y muy hermosa. Pero, sobre todo, Jack puede discutir con ella fantásticamente. Con frecuencia polemizan hasta la media noche, y porque se aman, pueden ser sinceros el uno con el otro. Por ejemplo, Anna ataca la ambición privada de Jack, su desenfrenada aspiración de éxito y dinero, lo que la hace temer que él mismo se ate a la cadena de oro y olvide sus ideales. Jack contradice. Quiere mantenerse en la ruta del éxito. Nada teme tanto como el deslizarse de nuevo al precipicio de la miseria. Además, está convencido de que el triunfo no le corromperá. El amor entre Jack y Anna tiene sus propias leyes, pero también sus límites, que ninguno de los dos se atreve a traspasar.

Jack London, en una de las muchas decisiones sorprendentes y contradictorias que tomó a lo largo de su vida, decidió de pronto casarse con otra mujer, separándose de Anna de repente. Tomó la decisión de contraer matrimonio casi precipitadamente. Ni dos días antes lo pensaba. Cuando se trasladaba a una casa más grande se dio cuenta de que, para conseguir la felicidad perfecta, aún le faltaba una mujer. Su antigua amiga Elizabeth, que en aquellos momentos le estaba ayudando en el traslado, le había parecido la más adecuada para ese papel.

El pasado domingo por la mañana no tenía la menor intención de hacer lo que voy a hacer. Bajé y miré detenidamente la casa, a la que me iba a mudar. Esto engendró el pensamiento. Tomé mi decisión. El domingo por la noche dispuse los preparativos de la boda. El lunes por la tarde, la cosa estaba en marcha y el próximo domingo me casaré...

El 6 de abril de 1900, Jack contrajo matrimonio con la maestra Elizabeth Maddern, que cuidaba de la casa, le dio dos hijas, pasaba los manuscritos a máquina y se preocupaba del tranquilo desarrollo de la carrera de escritor de su marido. Un simple contrato de conveniencia. Jack quería tener una vida ordenada, sólo eso. Puede que por eso se hubiera casado con una mujer a la que no amaba (estaba convencido de que una convivencia diaria y rutinaria destruiría el amor y la cercanía espiritual que lo unía a Anna). A partir de entonces, ambos intentaron dar a sus sentimientos una forma más bien de camaradería. Sin embargo, eso no duraría mucho tiempo.

Jack disfrutaba de sus primeros éxitos y su reciente fama. Ahora ya no necesitaba enviar de viaje ningún manuscrito, porque eran los redactores quienes le escribían rogando sus colaboraciones. Sin ningún problema, podía, incluso, ofrecer otra vez sus viejas historias cortas rechazadas y dar preferencia a quien mejor pagase. Empezaba a ver las cosas de una forma muy prosaica y materialista.

Los principales valores en la vida son los expresados hoy en valores de dinero. Lo que mejor se define en esta época es el ganar dinero.

De acuerdo con esta concepción pragmática Jack no tuvo el menor escrúpulo en escribir para revistas de entretenimiento de segunda clase, del consorcio de prensa Hearst, que no era precisamente un defensor de los derechos de los trabajadores —posición encontrada entre un militante socialista y un escritor sin principios—. Cuanto más fácilmente ganaba dinero con sus historias, sorprendentemente —quizá por sentir algún cargo de conciencia, o porque en realidad las ideas izquierdistas seguían muy arraigadas—, más energía dedicó a su trabajo político, como escribir ensayos y dar charlas y conferencias semanales a los socialistas de Oakland. A finales de siglo, apareció el primer libro de Jack, una colección de historias cortas de Alaska, bajo el título de *El hijo del lobo*. Nada más salir, fue un éxito. La crítica lo celebró y en un año aparecieron tres nuevos tomos. El *selfmademan* literario lo había conseguido y el lobo se había abierto paso a mordiscos. Jack ya no pertenecía a los débiles y humillados. Ahora era rico y fuerte. Jack era espléndido y hospitalario. De pronto se encontró con muchos amigos nuevos y cortejado y admirado por las mujeres. Sin embargo, el brillo de la sociedad y de los círculos literarios palideció rápidamente. Y a Jack le gustaba cada vez menos el monótono transcurrir de su matrimonio. Tiene nostalgia de Anna y le escribe: «Tú y yo, cada uno de nosotros, resplandeciente en nosotros, tenemos un trozo de lo universal y por eso nos sentimos inclinados el uno hacia el otro».

Decidieron continuar sus conversaciones sobre sus exigencias al amor y a la vida en un ficticio intercambio de misivas para publicarlas luego como libro. Durante los dos años que trabajaron conjuntamente en la obra, Jack y Anna se acercaron de nuevo. Cuánto, lo decían sus cartas privadas: «Tú eres la nostalgia del mundo. Tú, orgullosa mujer... Contigo he tartamudeado, no podía expresar mis íntimos pensamientos. Jack se dirigía a Anna, con: Tú, amor, amor...» y seguían una serie de cartas pasionales. Aquella relación tan *sui géneris,* tan compleja y complicada, tan propia de dos mentes torturadas como las de Anna y Jack, les condujo a un absurdo callejón sin salida. Jack quería salvar su matrimonio de conveniencia, mientras Anna exigía clarificar sus relaciones: «La aburrida institución del matrimonio con una mujer a la que no amas, te ha convertido en un esclavo y daña tu alma. Esto no puede seguir así». Sin embargo, Jack se debatía en un mar de dudas y confusiones. No tenía el valor para un divorcio y le aterraba el escándalo. Cuando en el año 1902 una agencia de prensa le confiere el encargo de viajar a África del Sur para informar sobre la guerra de los boers, Jack se abrazó a la ocasión que le brindaba aquel largo viaje. Fue primero hasta Nueva York, donde cogió el primer barco hacia Inglaterra.

La separación de la amada era dolorosa, pero Anna era muy consciente de que él huía de sus problemas. Poco tiempo después le escribió una carta de despedida dando por terminada, definitivamente, su relación amorosa.

Jack, sintióse profundamente herido, lo que le hizo redactar una furiosa respuesta —en el futuro se negará a saber nada de amor y pasión—. «Esos tomos de mi vida quedarán cerrados para siempre. Nunca más leeré en ellos.»

Mi participación en la vida es solamente corta. Mañana o al día siguiente, desaparezco para siempre y en el momento en que soy separado de ti y la noche que tengo que pasar lejos de ti, no volverá nunca, nunca más. No hay sustitución. Así vivo de un día para otro como un involuntario derrochador... Pues sé que tengo veintisiete años, el punto álgido de mi vida y de mi fuerza. Y sé que los momentos ahora derrochados son los momentos más radiantes de todos mis momentos.

JACK LONDON.

El tiempo transcurría. Mientras Jack estaba escribiendo *El lobo marino,* su vida matrimonial se deterioraba a pasos agigantados, cayendo progresivamente en una profunda crisis. Jack era desgraciado en su unión, puramente biológica y sin amor, con Elizabeth. Ahora entendía las razones de Anna cuando hablaba de grave error refiriéndose a su matrimonio de conveniencia. Tampoco le gustaba ya su forma de vida. Se sentía constreñido, deseaba huir, regresar con los lobos... Pero no se atrevía y eso le hacía caer en depresiones cada vez más frecuentes. «Todo lo que he luchado y quemado mi aceite en las noches ha sido una decepción. Éxito, ¡lo desprecio! Reconocimiento, nada más que fría ceniza. Sociedad, hombres y mujeres que se sienten por encima del populacho del litoral y del castillo de proa, me repugna su despiadada mediocridad. Amor de mujeres, no mejor que todo lo demás. Dinero, no puedo dormir más que en una cama a la vez, y ¿qué valor tendría comprar cien veces al día la comida del desayuno y, sin embargo, poder comerla una sola vez? Arte, cultura, ante la férrea realidad de la biología semejantes cosas ridículas y sus exponentes todavía más ridículos. De todo esto se puede deducir lo enfermo que me encontraba.»

Jack acometió varios intentos de escapar, enredándose en asuntos amorosos efímeros. Hasta que el destino le puso delante de Charmian

Kittredge, en quien vio la auténtica compañera de su vida. Jack se sentía desgarrado entre el nuevo amor y la responsabilidad con Elizabeth y sus hijas. Cuando finalmente tomó la decisión de abandonar casa y familia, la prensa lo aprovechó ávidamente. Por todos los rincones de Estados Unidos se publicaron historias de chismes y escándalos sobre el fracaso matrimonial de Jack. El abandono de la familia fue agua en el molino de sus adversarios. Hubo quejas acerca de la decadencia moral de aquel hombre, que se consideraba consecuencia directa de su ideario socialista. En alguna iglesia, desde el púlpito, más de un sacerdote esgrimió al argumento de que Jack era un corruptor de la juventud y que había que terminar con su influencia diabólica. Entre tanto, asociaciones de mujeres pedían el boicot de sus libros, e incluso en varias ciudades las bibliotecas organizaron la quema pública de sus obras. Asimismo se exigió a las revistas que, por razones de índole moral, no publicasen más historias de Jack London.

Daba la falsa sensación de que toda aquella parafernalia no afectaba a Jack. Externamente procuraba controlar sus emociones no dejando traslucir el menor de sus sentimientos, y seguía dando charlas y escribiendo, precisamente durante esa época, algunos de sus mejores volúmenes. Pero la presión le estaba afectando y mucho. Cayó en melancólicos estados de ánimo, refugiándose en peligrosas orgías alcohólicas. En *El rey alcohol,* Jack describió que en esa etapa estuvo a punto de quitarse la vida.

Con su nuevo gran amor, Charmian, contrajo matrimonio al día siguiente de obtener el divorcio. A ambos les unía el sueño de un gran viaje de siete años alrededor del mundo en su propio velero, que debía ser construido según los planos de London y en el que él mismo quería timonear. Para conseguir el dinero para ese proyecto, Jack, que entretanto tenía que mantener un rancho, varias casas y dos familias, necesitó trabajar más allá de los límites de lo humano. Se levantaba con el sol después de haber dormido cinco horas y trabajaba hasta bien entrada la noche; cada plancha de su barco quería ganarla escribiendo. Bajo semejante presión, Jack London dio vida a alguna de sus mejores narraciones y una de sus obras más particulares: la novela futurista *El talón de hierro*. En el centro de una utópica previsión, se encuentra la lucha del líder obrero Ernest Everhard contra el poder de *El talón de hierro.* La obra, sin embargo, no tuvo el éxito comercial esperado. Las profecías de London eran demasiado pesimistas, la fábula estaba demasiado sobrecargada de teoría para encontrar interés y comprensión en un amplio sector del público. De todas formas, *El talón de hierro* marcó el punto álgido en el trabajo político de Jack London. Sólo años más tarde se reconocería lo explosivo de la obra y la visionaria fuerza de sus históricas predicciones. Cuando, en 1933, los nazis llegaron al poder en Alemania, las obras de Jack London, como *El talón de hierro*, fueron a parar a la hoguera.

Por fin, en 1906, el soñado velero era una realidad. Sin embargo, poco después de que el Snark fuera botado, un terremoto de terrible magnitud sacudió la ciudad de San Francisco. Jack se encontraba frente a las ruinas de sus sueños. Pero tampoco esta vez se dio por vencido. El mismo día escribió su famoso reportaje sobre el terremoto, telegrafiándolo, siendo uno de los primeros, al New York Times. Después de un año y unos costos de construcción añadidos de treinta mil dólares, pudo comenzar el viaje en el Snark. Durante dos años, Jack y Charmian cruzaron el océano Pacífico en busca de paraísos exóticos: Hawai, Tahití, Bora-Bora, Fijdi, Samoa. Nuevos paisajes que traían nuevas experiencias, materias y atmósferas de incontables historias del Pacífico.

Así navegamos velozmente por el agua. ¡Y qué agua! En un momento nos encontrábamos sobre un maravilloso jardín de corales, donde revoloteaban, como mariposas marítimas, peces multicolores. Al momento siguiente, manadas enteras de peces voladores saltaban en un brillante vuelo plateado.

Para poder financiar el viaje, Jack sirvió especialmente, con artículos y fotografías, a tres revistas americanas. En dos años aparecieron seis libros, entre ellos su novela autobiográfica *Martin Eden*. A la vez, Jack hace de capitán, de timonel, de médico de a bordo y de anfitrión. La sobrecarga traía consigo funestas consecuencias.

En su novela *El rey alcohol,* Jack confesaba: «Naturalmente, entonces yo bebía. Bebía con mis invitados y con mis anfitriones. Y también bebía solo. Los cinco trabajos de hombre, realizados por mí, me daban el derecho a hacerlo. El alcohol era bueno para un hombre sobrecargado de trabajo».

En Australia el viaje planeado para siete años hubo de ser interrumpido, porque Jack enfermó gravemente, teniendo que regresar, junto con su esposa, en un buque de vapor. El Snark fue puesto a subasta, siendo adjudicado por una décima parte de su valor. Sin embargo, y pese a la dolencia, en la mente del escritor bullían nuevos proyectos: el rancho en el Valle de la Luna. Jack quería construir su Casa del lobo, un gran palacio y un rancho gigantesco. Ahora ya tenía que preocuparse casi de cien personas: familiares, empleados de hogar, trabajadores del campo, vagabundos, poetas amigos, expresos. A las cartas petitorias, acostumbraba habitualmente a contestar con algunos billetes y los donativos para sus colegas del Partido los firmaba con la frase: Para la revolución, de uno de los vuestros.

Estoy harto de todo. Ya no pienso en el mundo o en el movimiento social o en el escribir como arte.

Soy un gran soñador, pero sueño con mi rancho, con mi mujer. Sueño con hermosos caballos y tierra fértil... Y no escribo con otro fin que el de añadir algo a la belleza que me pertenece. Escribo libros sin otro fin que anexionar tres o cuatro fanegas a mi gran finca... Mi ganado me interesa más que mi profesión.

Creo que he interpretado mi papel.

JACK LONDON.

La próxima y última aventura era la construcción de un rancho modelo. Jack quería fundar su propio, pequeño imperio; ser solamente ranchero y criador de ganado, e invirtió todo su dinero en la compra de terrenos, plantas y animales de reproducción. Todo se llevaba a cabo según los conocimientos científicos más avanzados, ya fuera la plantación de sesenta mil eucaliptos, la cría de caballos o la estabulación de cerdos y ovejas. Sólo lo mejor era suficientemente bueno. Más de cincuenta albañiles y trabajadores vivían con sus familias en el rancho. Jack construyó una central lechera propia, planificó una escuela, un pequeño supermercado y una colonia, residencia modélica para sus trabajadores. Sin embargo, una y otra vez se producían contratiempos. La plantación de eucaliptos se manifestaba como una inversión errónea; el valioso rebaño de cabras de angora fue barrido por una epidemia; los cerdos morían de pulmonía ocasionada por el frío suelo de piedra; su caballo favorito, un semental puro Shire, fue hallado muerto en la pradera, y el único toro semental se desnucó. A partir de aquí Jack invirtió más dinero en el rancho del que podía ganar, lo que le llevó a endeudarse peligrosamente. Pese a ello, estaba convencido de que, tras unos primeros años de abundantes pérdidas, la hacienda se mantendría económicamente por sí misma.

Pero el *coup de grace,* la gran catástrofe, llegó en 1913 cuando, recién terminada la gigantesca «Casa del lobo», ardió hasta los cimientos. Las llamas consumieron setenta mil dólares. Jack sufrió un cambio brutal. Los episodios de pesimismo y náuseas se hacen más frecuentes y decidió combatirlos con drogas y alcohol. No obstante, continuó siendo un espectacular anfitrión. Alrededor de una docena de huéspedes vivían en su hacienda regularmente gozando de su hospitalidad. Pero cada vez era más consciente de que escribía a destajo contra sus deudas, sin alegría, sin fuego interno ni interés. Su capacidad de creación empezó a resentirse y las ventas de sus libros experimentaron un considerable retroceso. Pero lo peor para el escritor era que su cuerpo le iba abandonando progresivamente. Sufría una serie de enfermedades que, debido a una ingesta alimenticia incorrecta y a una automedicación durante años, con dudosos fármacos y venenos como arsénico, opio, heroína y morfina, le estaban precipitando al holocausto físico. Sólo hacia el exterior jugaba todavía a figurar el papel de gran hombre, el hombre que se había hecho a sí mismo, el triunfador que había llegado hasta la riqueza y la propiedad de tierras. Pero interiormente era una ruina con dientes postizos y los riñones hechos trizas. La creencia en sus propias fuerzas había tocado fondo.

Cuestionable y pasajero, sólo un trozo de vida pulsativa, es todo lo que soy. A mi alrededor están las grandes fuerzas de la naturaleza, amenazas colosales, titanes de la destrucción, monstruos sin sentimientos, que tienen menos consideración conmigo que yo con el grano de arena que aplasto bajo mi pie.

Llega el final, para el que hay una serie de explicaciones. Una: Jack se ha agotado como escritor de encargo y rápido. Otra: su segundo matrimonio ha fracasado —sumiéndole en la soledad y la depresión— porque, en último lugar, Charmian no puede cumplir su deseo de darle un hijo y heredero. Una tercera: el rey alcohol, el lastre en el que había caído desde su juventud. Cuarta: la ruptura con el Partido Socialista, que durante años ha sido su sostén moral y contenido de la vida. Una quinta: la opresora carga de las deudas. Una u otra, o todas, pueden haber sido la causa de su muerte prematura, quizá el encadenamiento fatal de demasiadas decepciones. ¿Se suicidó? Cierto es que Jack tomó una sobredosis de morfina el 21 de noviembre de 1916. En el certificado de defunción se dice: Uremia como consecuencia de un cólico renal y nefritis crónica intersticial. Últimamente es cuestionada la tesis de la consciente elección de la muerte, que la mayoría de sus biógrafos le atribuyen.

Andrew Sinclair hace responsable de la temprana muerte de Jack a diferentes factores concurrentes aquella noche: un dolor insoportable que él quiso adormecer de inmediato, la sobredosis de veneno, su maltrecho cuerpo, que ya no soporta la enfermedad y mucho menos el envenenamiento, y, por último, también el cansancio de vivir, hacía tiempo acumulado. Pese a que los médicos lucharon a lo largo de todo un día por salvarle, mientras Jack está en coma, parece como si su deseo de morir fuese más fuerte que su deseo de vivir, constata Sinclair. La autodestrucción de Jack no ha sido producto de una noche.

Jack London ha vivido más hambriento, más intensa e intensivamente y con más rapidez, que la mayoría de los demás mortales. Muere en la cumbre de su fama como uno de los escritores de mayor éxito y más querido del mundo. De los poco más de cuarenta años de vida que vivió como aventurero, trotamundos y rebelde, pero también como ranchero, como reformador del país y del mundo, él mismo dijo en una ocasión:

Levantarse, estar sobre mis propios pies, mirar a la vida a los ojos, tal como es, no temer nada, ver venir la muerte en el otro con la misma compostura que en mí mismo, conocer todas las cosas de la vida y tenerme a mí mismo como una sola cosa en esa vida... hacer trabajos con mis manos y con mi frente ofrecer la mente, despreciar toda cobardía y respetar todo hombre valiente... Así he vivido, quizá crudamente, pero libre y abierto. No me avergüenzo de mi vida. Así como fue, fue mía.

Colmillo Blanco (por Rocío Pizarro)

La novela que nos ocupa posee la complejidad y la ambigüedad que caracterizó a una gran parte de la producción literaria de Jack London. La acción se desarrolla entre dos mundos opuestos, la vida en estado salvaje y el mundo civilizado, que se caracterizan principalmente por la crueldad imperante en ambos, diferenciándose, sin embargo, en la ausencia de pensamiento moral en el primero de los mundos.

El protagonista, un joven lobezno mitad perro, llamado Colmillo Blanco, va a experimentar un profundo cambio en su vida al encontrase en su camino con el hombre, al que concibe como una especie de dios creador y administrador de la justicia —«... sintió la justicia de los animales-hombres y los conoció por lo que eran: creadores de la ley y ejecutores de la ley... Para él, aquel poder era desconocido, un poder inconcebible y sobrenatural, un poder divino.»— Colmillo blanco, desconocía, como era natural, tratándose de un animal salvaje, la posibilidad de comportarse de acuerdo a unos valores basados en los conceptos del bien y del mal. Nuestro joven protagonista había vivido hasta ese momento conforme a la ley natural sustentada por el instinto de supervivencia. Así pues, Colmillo Blanco «no estaba enemistado con su entorno hostil. Estaba muy vivo, muy feliz y muy orgulloso de su existencia.» La intrusión del hombre en su entorno, obliga a nuestro protagonista a alterar por completo su desarrollo como auténtico lobo. Se produce, entonces, una ruptura con la ley natural y un abandono del estado salvaje en el que se hallaba. Aparece así un proceso paulatino de adaptación, que le llevará por diferentes etapas a un nuevo mundo que, en cierto modo, le atrae. El abandono del estado de naturaleza le conlleva, entre otros muchos conflictos, a entablar un relación polémica con el mundo de los valores, en el que se encuentra inmerso el hombre. En el estado de naturaleza lo único realmente importante era el hecho de comer o ser comido, el bien y el mal no entran en juego, las leyes naturales no se cuestionan, simplemente se actúa de acuerdo con ellas. En un pasaje de la novela nos encontramos con la siguiente reflexión del omnipresente narrador de la novela:

La vida vive de vida. Se encontraban los que devoraban y los que eran devorados. La ley era: devorar o ser devorado. Él no formulaba la ley de forma tan clara ni establecía los conceptos ni moralizaba. Ni tan siquiera pensaba en esta ley; tan sólo vivía la ley sin pensar en ella.

Colmillo Blanco tendrá que adaptarse y enfrentarse a los problemas que su doble identidad le va a crear, hallándose en la situación de reaccionar a una nueva forma de hostilidad desconocida, hasta ese momento, para él: la del ser humano. Este proceso de adaptación, del cual hablamos, va a traer graves consecuencias al inexperto lobo que terminará por convertirse en una especie de criatura maligna e inadaptada durante un largo período de su vida. Toda su esencia salvaje se va a ver condicionada y alterada por un entorno desalmado e incompresible para él. El mundo civilizado ejerce una mala influencia sobre su «animalidad» y le llevará a la exageración y alteración de esta misma. Los malos tratos y el odio hacia el lobo le convertirán en un inadaptado violento. Únicamente el amor podrá salvarle. El cariño y el respeto lograrán que el violento animal se transforme en un perro bueno y fiel. Esta transformación vendrá de la mano de Weedon Scott, que le acogerá en su hogar y le colmará de cariño. En el siguiente fragmento se refleja el momento en el que Colmillo Blanco se da cuenta de que Weedon Scott, es diferente a todos los hombres que había conocido hasta ese momento y reflexiona acerca de su experiencia pasada y sobre lo que tal vez será su nueva vida:

Era el comienzo del fin para Colmillo Blanco —el fin de la vieja vida y del reino del odio—. Una nueva e incomprensible vida más justa estaba amaneciendo. Por parte de Weedon Scott exigió mucha reflexión y una paciencia infinita. Y por la de Colmillo Blanco, nada menos que una revolución. Tuvo que olvidar los deseos e impulsos del instinto y la razón, desafiar a la experiencia y mentir a la vida misma. La vida, como él la había conocido, no sólo no tenía cabida para lo que hacía en su nueva existencia, sino que había discurrido, en contra de aquella a la que se abandonaba ahora... (Weedon Scott). Había llegado hasta las raíces de la naturaleza de Colmillo Blanco y con su amabilidad despertó potencialidades que habían languidecido por completo. Una de aquellas potencialidades era el amor.

Esto representa el final del proceso de adaptación por el cual logra sobrevivir con éxito a un medio. Lo que London pretende hacernos ver es la importancia que la adaptación tiene para la supervivencia y a un mismo tiempo, el autor nos narra cómo es posible el moldeamiento de un sujeto por parte de las circunstancias, en este caso, primero muy adversas, por cual se produjo una reacción ante ellas, y al final más favorables, lo que conllevó una reacción y amoldamiento diferente. De esta manera, podemos apreciar la influencia del pensamiento de Spencer en esta obra.

Colmillo Blanco no fue la única obra que escribió sobre el lobo y su relación con el hombre, *La llamada de lo salvaje* es una evidente obra complementaria, cuyos procesos inversos nos llevan a resultados y finales diferentes, pero de los cuales podemos sacar las mismas conclusiones. Por ello, identificamos estas dos novelas como complementarias, las dos tratan un mismo tema con perspectivas diferentes, pero ambas desembocan en una misma corriente de pensamiento: La importancia de la capacidad de adaptación ante condiciones que varían, a veces, de forma extrema, y la lucha ante un universo moral, que no tiene cabida en la despiadada lucha por la supervivencia.

En *La llamada de lo salvaje* el proceso de adaptación es inverso al de la novela que analizamos, aquí el protagonista, pasa del universo moral al estado de naturaleza, abandonando la civilización para unirse a una manada de lobos. Ambos procesos son producto de las experiencias vividas por el propio autor. London intentó a lo largo de su vida huir de la civilización y de la gran ciudad, que tan hostil se le mostraba, y buscar refugio en los parajes salvajes de Alaska o en el indómito y solitario mundo del mar. Sin embargo, London, siempre regresaba a esa civilización que tanto detestaba, pero sin la cual no podía vivir. Contradicción ésta, que venía a sumarse a otras tantas que conformaban su personalidad y su pensamiento. El Jack London socialista que se oponía al London individualista, que abogaba por la supremacía del más fuerte, o el London que luchaba a un mismo tiempo por la clase trabajadora y por enriquecerse rápidamente y dejar de pertenecer a esta misma, son sólo un ejemplo de las contradicciones que encerraba una figura tan controvertida como es la de nuestro autor.

Podríamos preguntarnos por qué London escoge el mundo animal, en los dos casos, como medio de presentación de sus teorías, puesto que la fascinación que sentía por el lobo —recordemos que sus amigos le llamaban «lobo» y él mismo bautizó una de sus casas con el nombre de «la casa del lobo» y en varias obras aparece este animal como parte del título— no es suficiente para explicar la creación de dos obras de universos tan complejos y de doble lectura. El motivo podríamos hallarlo en su propio pensamiento acerca de la vida como un proceso de evolución y adaptación vertebrado por la lucha por la supervivencia en la cual el factor biológico es fundamental, para ello utiliza un ser que proviene de un universo puro, alejado de un marco social, donde se nos hace más evidente la supremacía de la biología sobre la sociología. Su manera de referirse a la bestialidad pura nos ayuda a comprender que ésta no es un aspecto negativo, sino más bien lo contrario, es el origen de la superioridad sobre aquellos que no la explotan. Nuestra superioridad reside en la capacidad biológica de adaptación a cualquier circunstancia por hostil que ésta se nos muestre.

La maestría como narrador de London se encuentra magníficamente ejemplificada en *Colmillo Blanco*. El crítico Fred Lewis Pattee, en un artículo titulado *The Development of the American Short Story*, nos expone con total claridad los puntos de su maestría como narrador:

La acción, sean luchas, batallas, carreras, tifones, salidas desesperadas, motines, momentos emocionantes, podía convertirla en algo vivo con habilidad consumada. Tenía el genio del narrador nato. Pinturas de fondo improvisadas —noches árticas, desolados paisajes nevados, auroras boreales, atolones tropicales, selvas lujuriantes, lejanos horizontes marinos— y sobre ellas la acción que no se detiene un momento. Tenía facultades gorkianas para hacer sentir al lector el horror físico —el hambre, la tortura india, el canibalismo, la lepra, la viruela— toda la brutalidad y el infierno primitivo latentes en el hombre y liberados en regiones salvajes.

El discurso narrativo nos atrae, emociona y nos mantiene en suspense. Poco más podríamos pedir a una novela: emoción, suspense, riqueza discursiva y narrativa.

Colmillo Blanco es una novela inolvidable, donde el universo humano es expuesto como un mundo hostil y cruel, en el que, sin embargo, hay cabida para el amor y la esperanza, cuya temática y estructura no delimita, ni exige una edad determinada en el lector, jóvenes y adultos pueden disfrutar en igual medida de su lectura.

COLMILLO BLANCO

PRIMERA PARTE

CAPÍTULO PRIMERO

El rastro de la presa

A ambos lados del helado río se extendía un tétrico bosque de coníferas. Poco tiempo antes, el viento había desnudado los árboles de su capa de nieve, por lo que parecían inclinarse los unos hacia los otros, cual negras sombras fatídicas a la luz del crepúsculo. Sobre la tierra reinaba un vasto silencio. Era toda una desolación sin vida, sin movimiento, tan solitaria y fría que no se desprendía de ella ni siquiera un espíritu de tristeza. Había en ello algo como una carcajada, más terrible que la misma tristeza, más desolada que la sonrisa de la esfinge; una risa tan fría como el hielo, que tenía el espanto de lo inexorable. Era la sabiduría superior incomunicable de la burla eterna, de la futilidad de lo viviente y de sus esfuerzos. Era la selva, la salvaje selva boreal cuyo corazón está helado.

Pero allí mismo, desafiante, se encontraba la vida. Aguas abajo, por el río helado, avanzaba trabajosamente un trineo tirado por perros de aspecto lobuno. Su hirsuta pelambre estaba recubierta de hielo. Su aliento se congelaba en el aire, en cuanto salía de las fauces y se depositaba, formando cristales, sobre su piel. Los perros llevaban un arnés de cuero que los unía al trineo, carente de patines. Estaba formado de resistente corteza de abedul y descansaba con toda su superficie sobre el suelo. La parte delantera era redondeada, para impedir la carga de la nieve blanda que parecía oponérsele como un mar embravecido. Sobre el trineo se encontraba, cuidadosamente asegurada, una caja de madera, larga y estrecha, de forma oblonga. Se encontraban además allí otras cosas: mantas, un hacha, una cafetera y una sartén. Pero entre todas se destacaba la caja larga y estrecha, que ocupaba la mayor parte del trineo.

Delante de los perros, calzado con amplios mocasines, avanzaba penosamente un hombre. Otro más hacía lo mismo, detrás del trineo. En él, en la caja oblonga, yacía un tercer ser humano, cuyos trabajos habían terminado, al que había vencido y derrotado la selva hasta que ya no se movió más o no era capaz de seguir luchando. A la selva boreal no le gusta el movimiento. Para ella la vida es un insulto, pues lo que vive se mueve y la selva siempre destruye cuanto goza de movilidad. Hiela el agua para impedir que corra hacia el mar; arranca la savia de los árboles hasta que se hielan sus poderosos corazones. Pero la naturaleza boreal ataca de la manera más feroz y terrible al hombre, aniquilándole y obligándole a la sumisión; al hombre, que representa la vida en su más alta capacidad de movimiento, el eterno rebelde, que lucha continuamente contra la ley según la cual el movimiento termina siempre en reposo.

A pesar de ello, delante y detrás del trineo, indomables y sin dejarse atemorizar, avanzaban los dos que todavía no estaban muertos. Sus pestañas, las mejillas y los labios estaban tan cubiertos de cristales de hielo provenientes de su propia respiración, que era imposible distinguir sus caras. Ello les daba la apariencia de fúnebres máscaras, de sepultureros de un mundo espectral, que asistían al entierro de algún espíritu. Mas, a pesar de todo, eran hombres que penetraban en la tierra de la desolación, de la burla y del silencio, aventureros de Liliput, si se les comparaba con la colosal empresa en la que estaban empeñados, ofreciendo el sacrificio de su esfuerzo contra el poder de un mundo tan lejano, extraño y carente de vida como los abismos del espacio.

Marchaban sin pronunciar una palabra, ahorrando la respiración para el trabajo corporal. A su lado reinaba el silencio, que los oprimía con su presencia tangible y que afectaba sus mentes, como la profundidad del agua influye sobre el buzo. Los apretaba con el peso de una soledad infinita y de un destino inexorable. Su presión llegaba hasta los más remotos ámbitos de sus almas, arrancando, como de la uva el jugo, los falsos ardores y exaltaciones y los injustificados valores propios del espíritu humano, hasta que ellos mismos se consideraban simplemente como manchas, finitas y limitadas, que se movían con débiles muestras de ingeniosidad y sabiduría entre el juego de las grandes fuerzas elementales y ciegas.

Pasó una hora y otra. Empezaba a palidecer la débil luz de aquel día corto y sin sol, cuando un débil grito lejano resonó en el aire tranquilo. Elevose rápidamente, hasta alcanzar su nota más alta, donde persistió, tensa y palpitante, para morir después lentamente. Pudiera haber sido un alma en pena que se quejaba, si no hubiera poseído una cierta tristeza tétrica y un tono de hambre. El hombre que avanzaba delante del trineo volvió la cabeza, hasta encontrar los ojos de su compañero. Por encima de la caja oblonga cambiaron un signo de inteligencia.

Oyóse a poco un segundo grito, que atravesó el silencio como una fina aguja. Ambos localizaron enseguida su origen. Se encontraba detrás de ellos, en algún punto del desierto nevado que acababan de atravesar. Por tercera vez sonó la voz como si fuera una respuesta, también detrás de ellos, pero a la izquierda del segundo grito.

—Nos buscan, Bill —dijo el hombre que iba al frente.

La voz era ronca e irreal, aunque había hablado sin ningún esfuerzo aparente.

—La carne está escasa —respondió su compañero—. Hace días que no veo huellas de conejos.

Después no hablaron ya más, aunque sus oídos estaban atentos para percibir los gritos de caza, que se oían detrás de ellos.

En cuanto desapareció la luz del sol avanzaron con los perros hacia un amontonamiento de coníferas en la orilla del río, disponiéndose a pasar la noche. El féretro les servía de asiento y de mesa. Los perros lobunos se amontonaron lejos del fuego, mostrándose mutuamente los dientes y peleando, pero sin revelar ninguna intención de alejarse en la oscuridad.

—Me parece, Enrique, que los perros se mantienen muy cerca de nosotros —comentó Bill.

Enrique, que masticaba y que estaba ocupado en poner la cafetera con un pedazo de hielo dentro sobre el fuego, inclinó la cabeza en señal de asentimiento.

—Ellos saben dónde están seguros —dijo—. Les gusta más comer que ser comidos. Son perros muy inteligentes.

Bill sacudió la cabeza:

—Realmente, no lo sé.

Su camarada le observó con curiosidad:

—Es la primera vez que te oigo decir que no son inteligentes.

—¡Oye, Enrique! —dijo el otro masticando la comida con lentitud—. ¿Te fijaste cómo se alborotaron los perros cuando les daba de comer?

—Hicieron más ruido que de ordinario, es cierto —reconoció su compañero.

—Enrique, ¿cuántos perros tenemos?

—Seis.

—Bueno, verás... —y Bill se detuvo un momento para que sus palabras adquirieran mayor significación—. Como te decía, tenemos seis perros. Tomé seis pescados de la bolsa. Le di uno a cada perro y me faltó un pescado.

—Te habrás equivocado al contar.

—Tenemos seis perros —insistió su compañero desapasionadamente—. Saqué seis pescados de la bolsa. «Una Oreja» se quedó sin pescado. Volví a la bolsa y le di el que le tocaba.

—Tenemos sólo seis perros —insistió Enrique.

—Enrique —prosiguió su camarada—, yo no digo que todos fueran perros, pero había siete animales, que consiguieron cada uno su pescado.

Enrique dejó de comer para echar una mirada a través del fuego y contar los perros.

—Ahora sólo hay seis.

—Vi al otro escaparse a través de la nieve —dijo Bill con insistencia—. Vi siete perros.

Enrique le miró compasivamente.

—Me alegraré muchísimo cuando haya terminado este viaje.

—¿Qué quieres decir con eso? —preguntó Bill.

—Quiero decir que este cargamento nuestro se te está subiendo a la cabeza y estás empezando a ver cosas imaginarias.

—También a mí se me ocurrió eso —dijo Bill gravemente—. Por eso, cuando echó a correr a través de la nieve, observé las huellas. Conté otra vez los perros y eran seis. Todavía pueden observarse en la nieve. ¿Quieres verlas?

Enrique no respondió. Siguió masticando en silencio, hasta que habiendo terminado, acabó la comida con una taza de café. Se limpió los labios con la mano y dijo:

—Así que tú crees que era uno de esos...

Le interrumpió un grito, más bien un aullido, de una tristeza desgarradora, que provenía de algún lugar en la oscuridad que les rodeaba. Se detuvo para escuchar y terminó la frase con un movimiento de la mano hacia el probable lugar de donde provenía el grito:

—... ¿Uno de ellos?

Bill inclinó la cabeza.

—Que me condene, si pensé otra cosa. Tú mismo oíste el ruido que hicieron los perros.

Los gritos continuados empezaban a transformar aquella soledad en un manicomio. Provenían ahora de todos lados; los perros demostraron su miedo acurrucándose los unos al lado de los otros y tan cerca del fuego, que el calor les quemaba el pelo. Bill echó más leña antes de encender su pipa.

—Me parece que ya te hubieran comido... —dijo Enrique.

—Enrique... —dijo Bill, chupando meditabundo su pipa, antes de proseguir—. Estaba pensando que éste es mucho más feliz que nosotros.

Con un movimiento del índice, señaló la caja sobre la cual estaban sentados.

—Tú y yo, Enrique, seremos felices si nos ponen suficientes piedras sobre nuestros cadáveres para alejar a los perros.

—Pero nosotros no tenemos familia ni dinero, ni nada parecido, como él —repuso Enrique—. El transporte de un cadáver a larga distancia es algo que no está al alcance de nuestros bolsillos.

—Lo que no entiendo es por qué este hombre, que en su tierra es lord o cosa parecida, y que nunca tuvo que preocuparse acerca de la comida o de las mantas, viniera a esta tierra dejada de la mano de Dios. Yo no puedo comprenderlo ni aunque me ahorquen.

—Hubiera podido llegar a viejo si se queda en su casa —dijo Enrique, abonando la opinión de su compañero.

Bill abrió la boca como para hablar, pero cambió de intención. Indicó hacia el muro de oscuridad que les rodeaba por todos lados. Aquella espesa negrura no sugería ninguna forma; en ella sólo se veían un par de ojos que llameaban como carbones encendidos. Con un movimiento de cabeza. Enrique hizo notar a su compañero la existencia de otro par y de un tercero más. Alrededor del campamento se había formado un círculo de ardientes pares de ojos, que relucían como ascuas. De cuando en cuando se movían, aparecían o desaparecían más tarde.

La inquietud de los perros crecía por momentos. En un ataque súbito de miedo echaron a correr hacia el fuego, arrastrándose por entre las piernas de los dos hombres. En la confusión, uno de ellos cayó sobre el fuego, aullando de dolor y de miedo, en cuanto el olor a pelo quemado empezó a impregnar el aire. La conmoción obligó al círculo de ojos a moverse inquietos durante un momento, e incluso a retirarse un poco, pero se acercaron otra vez en cuanto los perros se tranquilizaron.

—Es maldita desgracia habernos quedado sin municiones.

Bill había acabado de fumar y ayudaba a su compañero a hacer la cama de pieles y mantas sobre las ramas de pinos que habían colocado en la nieve antes de empezar a cenar. Enrique gruñó y empezó a soltarse los mocasines.

—¿Cuántos cartuchos dices que nos quedan? —preguntó.

—Tres —le respondió su compañero—. Quisiera que fueran trescientos. ¡Entonces les enseñaría algo!

Amenazó agriamente con el puño hacia el círculo de ojos brillantes y empezó a desatar sus propios mocasines delante del fuego.

—Y me gustaría que este frío cesara de una vez —prosiguió—. Hace más de dos semanas que no sube de cincuenta grados bajo cero. Y quisiera que nunca hubiéramos iniciado este viaje, Enrique. No me gusta el aspecto que tiene. No me siento bien. Mientras tanto, quisiera que estuviéramos en el Fuerte McGurry, al lado del fuego y jugando a la baraja. Eso es lo que quiero.

Enrique gruñó y se metió en la cama. Cuando empezaba a dormirse le despertó la voz de su compañero.

—Oye, Enrique, ese otro que se llevó un pescado..., ¿por qué no le atacaron los perros? Eso es lo que me preocupa.

—Tú te preocupas demasiado, Bill —le respondió su compañero—. Nunca te has portado así. Cállate de una vez y duérmete; ya te sentirás mejor mañana. Tienes acidez de estómago; eso es lo que te preocupa.

Se durmieron respirando pesadamente, el uno al lado del otro, cubiertos con la misma manta. Extinguiose el fuego y el círculo de ojos brillantes se hizo más estrecho alrededor del campamento nocturno. Los perros, acobardados, se acurrucaron más cerca los unos de los otros, mostrando amenazadoramente los dientes, de cuando en cuando, mientras se cerraba el círculo. Llegó un momento en que el ruido fue tan intenso que despertó a Bill. Se levantó cuidadosamente para no interrumpir el sueño de su compañero y echó más leña al fuego. Cuando empezaron a elevarse las llamas, los ojos se alejaron. Casualmente se le ocurrió mirar al montón de perros, acurrucados los unos al lado de los otros. Se restregó los ojos y los examinó más atentamente. Luego arrastrose nuevamente hacia donde dormía su compañero.

—¡Enrique! ¡Enrique...!

Su compañero gruñó como el que pasa del sueño a la vigilia y preguntó:

—¿Qué ocurre ahora?

—¡Oh, nada! —respondió su camarada—. Sólo que hay otra vez siete perros. Acabo de contarlos.

Enrique recibió la noticia con un gruñido que se transformó en un ronquido, volviendo a quedarse dormido otra vez.

A la mañana siguiente Enrique se despertó primero y arrancó a su camarada de la cama. Todavía faltaban tres horas para que amaneciera, aunque eran ya las seis de la mañana. En la oscuridad, Enrique empezó a preparar el desayuno, mientras Bill enrollaba las mantas y se preparaba para atar los perros al trineo.

—¡Oye, Enrique! —exclamó de repente—. ¿Cuántos perros decías tú que teníamos?

—Seis.

—Estás equivocado —afirmó Bill triunfalmente.

—¿Hay siete otra vez? —preguntó Enrique.

—No, cinco. Uno ha desaparecido.

—¡Al diablo con los perros! —gritó Enrique furioso, dejando de cocinar para contar los animales.

—Tienes razón, Bill —dijo, finalmente—. El «Gordito» ha desaparecido.

—Debe de haber corrido como el aire, en cuanto se escapó del campamento. Ni siquiera hubiéramos podido verlo.

—Claro —asintió Enrique—. Se lo comieron vivo. Apuesto a que aullaba todavía cuando pasaba por sus gargantas.

—Siempre fue un perro muy tonto —dijo Bill.

—Ningún perro, por muy tonto que sea, puede serlo tanto como para que se escape y se suicide de esa manera.

Observó atentamente el resto de la traílla de perros, estableciendo en un instante los rasgos característicos de cada animal.

—Apuesto a que ninguno de los otros haría eso —continuó.

—No los apartarías del fuego ni a palos —asintió Bill—. Siempre dije que el «Gordito» tenía algún defecto.

Éste fue el epitafio de un perro muerto en las tierras boreales, menos conciso que el de muchos otros congéneres suyos o de muchos hombres.

CAPÍTULO II

La loba

En cuanto hubieron desayunado y atado al trineo los escasos objetos que formaban su campamento, los dos hombres se alejaron del fuego y avanzaron en la oscuridad. Enseguida empezaron a oírse los gritos de tristeza salvaje, que eran una llamada a través de la noche y del frío y que encontraron respuesta al instante. Cesó la conversación entre los dos hombres. A las nueve era de día. A las doce, hacia el Sur, el cielo adquirió un color rosa purpúreo. Pero pronto desapareció también la coloración rosácea. La luz del día se transformó en un gris uniforme que duró hasta las tres de la tarde, hora en que también desapareció y el manto de la noche ártica descendió sobre la tierra solitaria y silenciosa.

A medida que aumentaba la oscuridad, los gritos de caza a la derecha y a la izquierda sonaron cada vez más cerca, tanto que más de una vez los perros se sintieron asustados, si bien sólo durante cortos espacios de tiempo.

Al terminar uno de esos ataques de pánico, cuando ambos compañeros pudieron hacerlos marchar otra vez, Bill dijo:

—Quisiera que encontrasen caza en alguna parte y nos dejaran tranquilos.

—Esos gritos le ponen a uno la carne de gallina —asintió Enrique.

No cambiaron una palabra más hasta que hicieron campamento.

Enrique se inclinaba sobre el fuego y agregaba pedacitos de hielo al puchero, donde hervía la comida, cuando le sobresaltó el ruido de un golpe, una exclamación de Bill y un grito, casi un aullido de dolor que partía de entre los perros. Se levantó a tiempo para ver una forma confusa que desaparecía a través de las nieves para refugiarse en la oscuridad. Vio a Bill, con un aire que tenía tanto de triunfo como de pena, en pie entre los perros, con un palo en una mano y un pedazo de salmón ahumado en la otra.

—Casi lo agarro —anunció—. Pero de todas maneras, le aticé un buen golpe. ¿Oíste cómo aulló?

—¿Qué aspecto tenía? —preguntó Enrique.

—No pude verlo. Pero estoy seguro de que tenía cuatro patas, una boca, pelo y que parecía ser un perro.

—Debe ser un lobo domesticado, supongo yo.

—Tiene que haberlo domesticado el mismo diablo para que se reúna con los perros a la hora de repartir la comida y llevarse su pedazo de pescado.

Aquella noche, al terminar de comer, cuando estaban sentados sobre la caja oblonga y fumaban sus pipas, el círculo de brillantes ojos se acercó aún más que antes.

—Quisiera que descubrieran algún rebaño de renos o cualquier otra cosa y que se fueran —dijo Bill.

Enrique gruñó con una entonación que quería dar a entender algo más que simpatía; durante un cuarto de hora permanecieron sentados en silencio. Enrique observaba el fuego y Bill el círculo de ojos que brillaban en la oscuridad, un poco más allá del fuego.

—Quisiera que estuviéramos ahora mismo a la vista del Fuerte McGurry —empezó a decir.

—¡Cállate de una vez y no continúes diciéndome lo que deseas y lo que temes! —estalló Enrique agriamente—. Tienes acidez de estómago. Eso es lo que te pasa. Trágate una cucharada de soda; te pondrás bien enseguida y serás un compañero más agradable.

Al amanecer, una catarata de maldiciones y juramentos despertó a Enrique. Provenían de la boca de Bill. Aquél se enderezó sobre el codo y observó a su compañero, que se encontraba entre los perros, al lado del fuego, al que había echado más leña, levantando los brazos en ademán de protesta, contraída la cara por la rabia.

—¡Hola! ¿Qué pasa ahora?

—«Rana» ha desaparecido.

—¡No...! ¡No puede ser!

—¡Te digo que sí!

Enrique saltó de la cama y se acercó a los perros. Los contó cuidadosamente, después de lo cual hizo coro a las maldiciones de su compañero sobre el poder de la selva, que les privaba de otro perro.

—«Rana» era el más fuerte de todos —dijo finalmente.

—Y tampoco era tonto —agregó Enrique.

En dos días éste fue el segundo epitafio.

Desayunaron con malos presentimientos, después de lo cual ataron los cuatro perros restantes al trineo. El día fue exactamente como los otros anteriores. Ambos compañeros se arrastraron penosamente, sin hablar, a través de la superficie de aquel mundo helado. Sólo rompían el silencio los gritos de sus perseguidores, que se mantenían invisibles a su retaguardia. Cuando se hizo la oscuridad a media tarde, los perseguidores se acercaron más, como era su costumbre. Los perros se acobardaron y pasaron momentos de verdadero pánico, que los apartó de su camino y que contribuyó a deprimir aún más a ambos compañeros.

—Eso impedirá que estos tontos se escapen —dijo Bill con satisfacción, observándolos después de haber terminado su tarea.

Enrique dejó la comida, que estaba preparando en el fuego, para examinar la labor de su compañero, que no sólo había atado los perros, sino que lo había hecho a la manera de los indios. A cada animal le había puesto un collar de cuero, al que había atado un palo grueso de casi un metro de longitud, tan cerca del cuello del animal, que éste no podía alcanzar la correa con los dientes. El otro extremo del palo estaba fijado a otro clavado en el suelo mediante otra correa de cuero. El perro no podía roerla por el extremo del palo que tenía más cerca. Por otra parte, el palo le impedía acercarse a la que le sujetaba al otro extremo.

Enrique asintió con la cabeza en señal de aprobación.

—Es la única manera de impedir que «Una Oreja» se escape. Es capaz de cortar una correa de cuero con los dientes tan limpiamente como con un cuchillo, y en la mitad de tiempo. Así no habrá desaparecido ninguno mañana.

—Puedes apostar lo que quieras que así será —afirmó Bill—. Si desaparece alguno me quedaré sin café.

—Los malditos saben que carecemos de municiones —hizo notar Bill, cuando se acostaban, indicando el círculo de brillantes ojos que los encerraba—. Si pudiéramos mandarles un par de tiros, nos tendrían un poco más de respeto. Cada noche se acercan más. Déjate de mirar el fuego y obsérvalos. ¿Ves a ése?

Durante algún tiempo, ambos hombres se divirtieron observando los movimientos de aquellas formas vagas que no traspasaban el límite de luz que arrojaba el fuego. Observando fija e intensamente el lugar donde brillaban un par de ojos en la oscuridad, lentamente adquiría forma la silueta del animal. A veces podían ver incluso cómo se movían.

Un ruido que provenía de los perros atrajo la atención de ambos hombres. «Una Oreja» emitía aullidos cortos, ansiosos, luchando con su palo, como si quisiera lanzarse hacia la oscuridad, desistiendo, a veces, para volver nuevamente a atacar el palo con los dientes.

—¡Fíjate, Bill! —murmuró Enrique.

A plena luz del fuego se deslizaba un animal parecido a un perro con movimientos laterales y huidizos. Se movía con una mezcla de audacia y de desconfianza, observando fijamente a los hombres, concentrada su atención en los perros. «Una Oreja» se estiró hacia el intruso todo lo que pudo, todo cuanto se lo permitía el palo, y aulló ansiosamente.

—Ese tonto no parece estar muy asustado —dijo Bill en voz baja.

—Es una loba —comentó Enrique en el mismo tono—. Eso explica la desaparición de «Gordito» y de «Rana». Ella es la carnada de los lobos. Les atrae afuera y entonces sus compañeros le devoran.

Restalló el fuego. Un leño se deshizo con un gran chisporroteo. Al oírlo, aquel extraño animal desapareció de un salto en la oscuridad.

—Oye, Enrique, a mí me parece... —empezó Bill.

—¿Qué?

—Creo que fue a ése a quien di con el palo.

—No tengo la menor duda —respondió Enrique.

—Me gustaría hacer constar —prosiguió Bill solemnemente— que la familiaridad de ese animal con los campamentos y el fuego es sospechosa e inmoral.

—Por lo menos sabe mucho más de lo que debería saber un lobo decente —asintió Bill—. Un lobo que se acerca cuando se da de comer a los perros debe de haber tenido amplias experiencias.

—El viejo Villan tuvo una vez un perro que se escapó y se fue a vivir con los lobos —dijo Bill como si pensara en voz alta—. Yo lo sé. Le maté de un tiro, en un lugar donde acostumbraban a pacer los renos. El viejo Villan lloró como una criatura. Me dijo que no lo veía desde hacía tres años. Todo ese tiempo había estado con ellos.

—Creo que tienes razón, Bill. Ese lobo es un perro. Más de una vez habrá comido pescado de las manos de un hombre.

—Y si tengo la oportunidad de pescarle, ese lobo, que es un perro, será muy pronto carroña —afirmó Bill—. No podemos permitirnos el lujo de perder más animales.

—Pero sólo tienes tres cartuchos —dijo Enrique.

—Esperaré hasta tenerle a buen tiro —replicó su compañero.

Por la mañana, Enrique echó más leña al fuego y preparó el desayuno, mientras su compañero roncaba ruidosamente.

—Dormías tan profundamente —le dijo Enrique cuando se levantó y se acercó al fuego— que no tuve corazón para despertarte.

Bill empezó a comer, todavía medio dormido. Vio que su taza estaba vacía y se levantó para alcanzar la cafetera. Pero entre ella y él se interponía Enrique.

—Oye, Enrique —observó cortésmente—: ¿No te has olvidado de algo?

Enrique echó una mirada cuidadosa a su alrededor y sacudió negativamente la cabeza. Bill le presentó su taza vacía.

—Hoy no tomarás café —dijo su compañero.

—¿Ya no queda más? —preguntó Bill ansiosamente.

—Todavía hay.

—¿No creerás tú que puede cortarme la digestión?

—Tampoco.

La cara de Bill se coloreó de indignación, poniéndose como la grana.

—Pues entonces, ardo por saber la explicación.

—«Veloz» ha desaparecido —respondió Enrique.

Lentamente, con el aire de resignación de un hombre que acepta la desgracia, Bill volvió la cabeza y, desde donde se encontraba, contó los perros.

—¿Cómo ocurrió? —preguntó apáticamente.

Enrique se encogió de hombros.

—No lo sé. A menos que «Una Oreja» le haya soltado. Lo cierto es que no pudo hacerlo él mismo.

—¡Maldito sea! —dijo Bill lenta y gravemente, sin que su tono dejara traslucir la rabia que le atormentaba por dentro—. Claro, como no pudo soltarse él, hizo lo que pudo para que se escapara el otro.

—Bueno, ése ya no tiene por qué preocuparse. Creo que a estas horas estará digerido y dando saltos por esta región, en los estómagos de veinte lobos diferentes —dijo Enrique, a manera de epitafio sobre el último perro perdido—. Toma tu café, Bill.

—¡Vamos! —insistió el otro, levantando la cafetera.

Bill echó a un lado la taza.

—Que me ahorquen si lo hago. Dije que no tomaría café si desaparecía alguno de los perros y no lo tomaré.

—Es un café muy bueno —opinó Enrique tentándole.

Pero Bill era terco y tragó su desayuno con una sarta de maldiciones sobre «Una Oreja» por la jugarreta que les había hecho.

—Esta noche los ataré de tal modo que no estén al alcance los unos de los otros —dijo Bill cuando se pusieron en camino.

Apenas habían recorrido unos cien metros, cuando Enrique, que esta vez marchaba delante del trineo, recogió del suelo algo con lo que habían tropezado sus mocasines. Como todavía no había mucha luz, no pudo reconocer lo que era, pero se dio cuenta por el tacto. Lo arrojó hacia atrás y el objeto cayó sobre el trineo y rebotó hasta alcanzar los mocasines de Bill.

—Creo que eso te hará falta para lo que te propones —dijo Enrique.

Bill gritó asombrado. Era todo lo que quedaba del perro: el palo al que se le había sujetado.

—Se lo comieron con piel y todo —exclamó Bill—. El palo está tan limpio como un pito. Se han comido hasta la correa de cuero a ambos extremos. Deben de tener un hambre de todos los demonios. Nos darán mucho que hacer antes de que termine este viaje.

Enrique se rio en son de desafío.

—Es la primera vez que me persiguen los lobos de esta manera, pero las he pasado peores y todavía vivo. Hace falta algo más que eso para liquidar a este amigo tuyo.

—No lo sé, no lo sé —murmuró Bill con un tono de mal agüero.

—Ya lo sabrás cuando lleguemos al Fuerte McGurry.

—No tengo mucha fe en eso —insistió Bill.

—Estás perdiendo el coraje; eso es lo que te pasa —dijo Enrique con un tono doctoral—. Lo que necesitas es una buena dosis de quinina, que te voy a dar en cuanto lleguemos al fuerte.

Bill expresó su disconformidad con el diagnóstico mediante un gruñido, y se calló. La jornada fue como todas. A las nueve de la mañana era de día. A las doce, por el Sur, el sol invisible calentaba el horizonte. Empezó a extenderse un gris frío, que tres horas más tarde se convertiría en la sombra nocturna.

Después de aquel fútil esfuerzo del sol por brillar un poco, Bill sacó el rifle del trineo y dijo:

—Sigue adelante, Enrique. Yo veré lo que puedo hacer.

—Será mejor que no te apartes del trineo —repuso enfáticamente su compañero—. Sólo tienes tres cartuchos y nadie puede decir lo que va a pasar.

—¿Quién ha perdido el coraje ahora? —exclamó triunfalmente Bill.

Enrique no replicó. Siguió adelante con el trineo, no sin echar de vez en vez ansiosas miradas hacia atrás, hacia la oscuridad gris, en la que había desaparecido su compañero. Una hora más tarde, aprovechando las vueltas que tenía que dar el trineo, llegó su camarada.

—Están esparcidos por una región muy amplia —dijo Bill—. Se mantienen a nuestro alrededor, mientras se dedican a cazar lo que pueden. Ya ves, están seguros de nosotros, pero saben que tienen que esperar. Mientras tanto, están prontos para agarrar cualquier cosa comestible que se ponga a su alcance.

—Tú quieres decir que ellos creen que están seguros de nosotros —objetó Enrique, yendo derecho al asunto.

Pero Bill hizo caso omiso de la observación.

—He visto a algunos —dijo—. Están sumamente flacos. Creo que no han comido nada en varias semanas fuera de los tres perros nuestros, que no es mucho para tantos. Están horriblemente flacos. Las costillas parecen una tabla de lavar. Se les aprieta el estómago contra la espina dorsal. Te digo que están completamente desesperados. Todavía es de temer que se pongan locos de hambre y entonces verás lo que es bueno.

Unos minutos más tarde, Enrique, que marchaba ahora detrás del trineo, silbó por lo bajo, advirtiendo a su compañero. Bill volvió la cabeza, observó y detuvo a los perros. Detrás del trineo, saliendo del último recodo del camino, de tal modo que era perfectamente visible, sobre la misma huella que acababa de dejar el vehículo, trotaba una forma peluda y grácil. Inclinaba la nariz sobre la huella, avanzando al mismo tiempo, con un paso peculiar, como si se deslizara, que parecía no costarle ningún esfuerzo. Se detuvo, en cuanto ellos dejaron de avanzar, levantando la cabeza y observándoles continuamente, mientras movía la nariz para captar y estudiar el olor peculiar de los hombres.

—Es la loba —dijo Bill.

Los perros se habían echado sobre la nieve. Bill pasó al lado del trineo para unirse a su compañero. Ambos examinaron aquel extraño animal que les había perseguido durante varios días y que tenía en su haber la destrucción de la mitad de sus perros.

Después de un examen atento, el animal avanzó unos pasos y se detuvo. Repitió esta maniobra varias veces hasta encontrarse a una distancia de unos cien metros de ambos hombres. Se detuvo otra vez, alta la cabeza, cerca de un bosquecillo de pinos, estudiando con la vista y el olfato a ambos hombres, que no dejaban de observar al animal. Les miraba con una mirada extrañamente inteligente, como si fuera un perro, pero en su picardía no había nada de la afección del can. Era una inteligencia que provenía del hambre, tan cruel como sus propios colmillos, tan carente de misericordia como el mismo frío.

Era muy grande para un lobo. Su ágil cuerpo denotaba las líneas de un animal de los mayores de su raza.

—Debe de tener casi setenta y cinco centímetros de altura —comentó Enrique—. Apostaría a que tiene más de metro y medio de largo.

—Presenta un color raro para ser lobo —observó Bill por su parte—. Nunca he visto un lobo rojo. Parece casi canela.

Ciertamente, el animal no tenía ese color. Su pelo era verdaderamente el que corresponde a un lobo, predominando el gris, aunque con un leve y sorprendente tono rojizo, que aparecía y desaparecía casi como una ilusión visual, pues ahora era gris, definidamente gris, y después daba una impresión vaga de color rojo, que era imposible reducir a ninguna experiencia sensorial anterior.

—Parece un verdadero perro de trineo —dijo Bill—. No me extrañaría que empezase a mover la cola.

—¡Eh! ¡Tú! —exclamó Bill—. Ven hacia aquí, como quiera que te llames.

—No te tiene ni pizca de miedo —dijo Enrique riéndose.

Bill movió las manos haciendo un ademán de amenaza y gritó con voz muy alta, pero el animal no dejó traslucir ningún sentimiento de miedo. El único cambio que pudo notarse en él consistió en que pareció redoblar su cuidado. Todavía les miraba con la inteligencia sin misericordia del hambre. Ellos eran alimento y el animal tenía hambre, por lo que le gustaría avanzar y comérseles, si se atreviera.

—Escúchame, Enrique —dijo Bill, bajando inconscientemente el tono de voz, debido al tema de sus meditaciones—. Nos quedan tres cartuchos. Pero es imposible fallar. No puedo dejar de matarle. Ya se ha llevado a tres de nuestros perros y debemos acabar con él de una buena vez. ¿Qué te parece?

Enrique asintió con la cabeza. Cuidadosamente, Bill sacó el rifle del trineo. Empezó a levantar el arma para apuntar, pero nunca llevó a cabo el movimiento, pues en aquel momento la loba se echó a un lado del camino, ocultándose en el montón de árboles.

Los dos hombres se miraron. Enrique silbó durante un largo rato, expresando así que había comprendido.

—Debí habérmelo imaginado —dijo Bill, criticándose a sí mismo, mientras colocaba el arma en su sitio—. Naturalmente, un lobo que sabe tanto como para acudir a la hora en que se da de comer a los perros, conoce las armas de fuego. Te lo digo yo: ese maldito animal es la causa de todas nuestras dificultades. Si no fuera por esa maldita loba, tendríamos ahora seis perros en lugar de tres. Te digo más: no se me va a escapar. Es demasiado inteligente para poder pegarle un tiro en un sitio abierto. Pero ya la seguiré. Ya estaré al acecho y la mataré, tan seguro como que me llamo Bill.

—No necesitarás alejarte mucho cuando intentes hacerlo —le advirtió su compañero—. Si los lobos te atacan, tus tres cartuchos no te valdrán más que dar tres gritos en el infierno. Tienen un hambre terrible y una vez que hayan empezado a atacarte nada les detendrá hasta el fin, Bill.

Aquella noche acamparon temprano. Tres perros no podían arrastrar el trineo ni tan velozmente, ni durante tanto tiempo, como seis. Daban ya indudables muestras de cansancio. Ambos hombres se acostaron temprano. Bill se preocupó primero de que los perros se encontraran atados a tal distancia mutua que no pudieran liberarse los unos a los otros. Pero aumentaba la audacia de los lobos. Más de una vez ambos hombres se despertaron en la noche. Tanto se acercaron los animales hambrientos, que los perros parecían enloquecer de terror. Era necesario echar de cuando en cuando más leña al fuego para mantener a prudente distancia a los merodeadores audaces.

—He oído a los marineros contar de tiburones que persiguen tenazmente a un barco —dijo Bill metiéndose otra vez entre las mantas, después de haber echado más leña al fuego—. Bueno, estos lobos son tiburones terrestres. Conocen su oficio mejor que tú y que yo el nuestro. Siguen nuestras huellas porque conviene. Presiento que no saldremos de ésta, Enrique. No saldremos de ésta.

—Parece que ya te hubieran comido por la manera como hablas —replicó Enrique enérgicamente—. Cuando un hombre dice que está derrotado, está vencido a medias. Ya te han comido por la mitad, por la forma en que hablas.

—Se han comido a hombres más valerosos que tú y que yo —respondió Bill.

—¡Deja de lamentarte de una vez! Ya me cansas con tus estupideces.

Enrique se echó enojado hacia el otro lado de las mantas. Se sorprendió de que Bill no demostrara su enojo de la misma manera, lo que le extrañó, tanto más cuanto que sabía que se enojaba fácilmente por cualquier palabra dura. Enrique reflexionó largo rato antes de dormirse. Mientras se le cerraban los párpados y cabeceaba, se le ocurría: «Bill está terriblemente asustado. No hay posibilidad de equivocarse. Tendré que animarle un poco mañana».

CAPÍTULO III

El grito del hambre

El día se inició venturosamente. Ningún perro había desaparecido durante la noche. Emprendieron la jornada en el silencio, la oscuridad y el frío con espíritu bastante optimista. Bill parecía haber olvidado sus fúnebres presentimientos de la noche anterior. Hasta bromeó con los perros cuando éstos volcaron el trineo, al mediodía, en un sitio bastante malo del camino.

Era una situación complicada. El trineo había quedado encerrado entre un tronco de árbol y una gran roca. Tuvieron que desatar a los perros para poder enderezar el vehículo. Los dos hombres estaban inclinados sobre él, cuando Enrique notó que «Una Oreja» intentaba escaparse.

—¡Aquí, «Una Oreja», aquí! —gritó poniéndose en pie y tratando de cortar el paso al perro.

Pero éste echó a correr a través de la tierra cubierta de nieve, dejando sus huellas sobre ella. Allí fuera le esperaba la loba. Cuando se acercó a ella, el perro aumentó sus precauciones. Redujo su marcha, hasta convertirla en un trotecillo alerta y afectado, deteniéndose luego. La observaba cuidadosamente, como dudando, lleno de deseo. Ella parecía sonreírle, mostrando los dientes de una manera más agradable que amenazadora. Como jugando avanzó unos pasos hacia él, y luego se detuvo también. «Una Oreja» se acercó aún más, siempre alerta y cauteloso, manteniendo erguida la cabeza, la cola y las orejas.

Trató de olerle el hocico, pero ella se retiró juguetona y tímidamente. Cada vez que el perro avanzaba, la loba retrocedía. Paso a paso la atracción de la hembra le alejaba de la segura compañía de los hombres. Por un instante, como si una advertencia hubiera despertado vagamente su inteligencia, el perro volvió la cabeza, observando el trineo volcado, a sus hermanos de raza y a los hombres que le llamaban a gritos. Pero cualquiera que fuera la idea que acudió a su mente, la disipó la loba, que se le acercó, restregó su hocico con el de él, durante un momento cortísimo, reanudando su tímida retirada ante los renovados avances del perro.

Entretanto, Bill se acordó del rifle, que se encontraba debajo del trineo volcado, y mientras Enrique le ayudaba a levantarlo, «Una Oreja» y la loba se encontraban demasiado cerca el uno de la otra y demasiado lejos como para arriesgarse a tirar.

El perro comprendió su error demasiado tarde. Antes que comprendieran la causa, ambos hombres le vieron dar vuelta de pronto y emprender veloz carrera hacia ellos. Aparecieron entonces en ángulo recto, como para cortarle la retirada, una docena de lobos, grises y flacos, que corrían a través de la nieve. Desapareció inmediatamente la timidez y las ganas de jugar de la loba. Rechinando los dientes se arrojó sobre «Una Oreja». Éste se la sacudió del lomo, donde había intentado morderle, y viendo que tenía cortada la retirada, pero proponiéndose siempre alcanzar el trineo, cambió de dirección intentando describir un círculo alrededor de él. A cada momento aparecían más lobos, que tomaban parte en aquella caza furiosa. La loba se mantenía a muy poca distancia de «Una Oreja».

—¿Adónde vas? —preguntó Enrique repentinamente, agarrando a su compañero por un brazo.

Bill se desprendió con un movimiento brusco.

—No pienso aguantar esto —gritó—. Ya no devorarán más nuestros perros, si yo puedo evitarlo.

Con el rifle en la mano se dirigió hacia el bosque de arbustos, que corría a lo largo del sendero. Su intención era muy clara. Tomando el trineo como centro del círculo que «Una Oreja» intentaba describir, se proponía cortarle en un punto, antes de que llegaran a él los lobos. Con su arma de fuego, en pleno día, era posible asustarlos y salvar al perro.

—¡Oye, Bill! —gritó su compañero, cuando ya se había alejado algo—. ¡Ten cuidado, no te arriesgues!

Enrique se sentó en el trineo y esperó. Nada podía hacer. Ya no veía a Bill. De cuando en cuando, «Una Oreja» aparecía y desaparecía entre los arbustos y los desperdigados grupos de árboles. Enrique pensó que el perro estaba perdido. El animal comprendía plenamente el peligro en que se encontraba, pero corría por el círculo de mayor diámetro, mientras que los lobos le perseguían por el menor. Era imposible imaginarse que «Una Oreja» pudiera sacar tal ventaja a sus perseguidores como para poder cruzar el círculo de los lobos antes que ellos y refugiarse en el trineo.

Ambas líneas se aproximaban rápidamente a un mismo punto, cubierto de nieve, en el cual iban a encontrarse los lobos, Bill y el perro, punto que Enrique no podía distinguir por impedirle la vista los árboles. Todo ocurrió muy rápidamente, más rápidamente de lo que había esperado. Oyó un disparo y otros dos después en rápida sucesión, con lo cual comprendió que su compañero ya no tenía cartuchos. Oyó entonces aullidos. Reconoció a «Una Oreja», que gritaba de dolor y de terror, y un lobo cuyo grito denunciaba que estaba gravemente herido. Eso fue todo. Cesaron los aullidos y los gritos. Sobre la tierra solitaria cayó otra vez el silencio.

Siguió sentado durante largo rato en el trineo. No era necesario que fuera a ver lo que había ocurrido. Lo sabía como si hubiera sucedido delante de sus ojos. Una vez se levantó rápidamente y sacó el hacha del trineo. Pero aún permaneció más tiempo sentado reflexionando, mientras estaban acurrucados a sus pies los dos últimos perros, que temblaban de miedo.

Finalmente, se levantó con un aire cansino, como si su cuerpo hubiera perdido toda su resistencia. enganchó los dos perros al trineo y se pasó por los hombros una de las correas del mismo para ayudarles. No llegó muy lejos. A la primera indicación de oscuridad se apresuró a acampar, preocupándose de tener una generosa provisión de leña.

Dio de comer a los perros, preparó la comida para sí y cenó. Luego hizo la cama bien cerca del fuego.

Pero estaba escrito que no iba a dormir en aquella cama improvisada. Antes de que pudiera cerrar los ojos, los lobos se habían acercado demasiado. Ya no era necesario esforzar la vista para distinguirlos. Se encontraban formando un estrecho círculo alrededor del hombre y del fuego. A la luz de la fogata podía distinguirlos claramente echados, sentados, arrastrándose hacia delante, sobre el vientre, avanzando y retrocediendo furtivamente. Aquí y allá podía distinguir un lobo, arrollado como un perro, que gozaba del sueño, que le estaba negado a él.

Mantuvo el fuego, pues comprendía que era lo único que separaba la carne de su cuerpo de sus afilados colmillos. Los dos perros se encontraban muy cerca de él, uno a cada lado, arrimados a sus pies, buscando su protección, aullando a veces y mostrando desesperadamente los dientes cuando un lobo se acercaba más de lo usual. En esos momentos, cuando sus perros mostraban los dientes se agitaba el círculo, levantándose todos los lobos e intentando acercarse más, mientras un coro de gritos se elevaba a su alrededor. Pronto se restablecía la quietud y aquí y allá un lobo reanudaba su interrumpido sueño.

Pero el círculo tenía una tendencia continua a acercarse a nuestro hombre. Un lobo, vientre a tierra, se acercaba un poco más, un centímetro cada vez, hasta que las fieras se encontraban a una distancia que podían alcanzarle de un salto. Entonces Enrique sacaba astillas ardientes del fuego y las arrojaba a los lobos. Rápidamente se alejaba el círculo, acompañado de gritos de rabia y de miedo, cuando el fuego volante golpeaba y quemaba a un animal demasiado audaz.

Por la mañana el hombre se encontraba cansado y harto, con los ojos muy abiertos por falta de sueño. En la oscuridad preparó el desayuno. A las nueve, cuando salió el sol, después de que se hubieron retirado los lobos, emprendió la tarea que había planeado en las largas horas de la noche. Cortando árboles jóvenes, preparó una alta plataforma, atando los troncos a otros aún más altos. Utilizando el correaje del trineo como si fuera la cadena de una polea, con la ayuda de los perros, levantó el féretro hasta allí arriba.

—Han devorado a Bill y es probable que hagan lo mismo conmigo, pero lo cierto es que nunca te comerán a ti, chico —dijo, dirigiéndose al cadáver que yacía en aquel sepulcro aéreo.

Siguió entonces la senda, mientras el trineo aligerado era arrastrado por los perros, que demostraban la mejor voluntad en alejarse de allí, pues también ellos sabían que la salvación consistía en llegar cuanto antes al Fuerte McGurry. Los lobos les perseguían ahora abiertamente, trotando tranquilamente detrás del trineo o avanzando con la roja lengua fuera por los costados, a la vez que mostraban a cada momento las costillas, que ondulaban con cada movimiento. Estaban escuálidos y parecía que la piel era una simple bolsa vacía extendida sobre el esqueleto, cuyas cuerdas eran los músculos. Tan flacos estaban, que Enrique tenía por milagro que pudieran seguir caminando y no se cayeran exhaustos sobre la nieve.

No se atrevió a proseguir su viaje hasta que fuera totalmente de noche. Al mediodía, no sólo el sol calentó el horizonte por el Sur, sino que elevó por encima de aquella línea su mitad superior, pálida y dorada. Para Enrique fue un signo. Los días empezaban a ser más largos. Volvía el sol. Pero apenas se había disipado la confianza que proporcionaba su luz, cuando Enrique acampó. Todavía quedaban algunas horas de grisácea luz diurna y de sombrío crepúsculo, que utilizó para cortar una enorme cantidad de leña.

Con la noche vino el horror. No sólo crecía la audacia de los lobos, sino que la falta de sueño empezaba a ejercer sus efectos sobre Enrique. Acurrucado cerca del fuego, con una manta sobre los hombros, el hacha entre las piernas, un perro a cada lado, cabeceaba a pesar suyo. Se despertó una vez, observando a una distancia menor de cuatro metros a uno de los lobos, un gran animal gris, uno de los mayores de todos. Mientras le miraba, la bestia se estiró como un perro cansado, bostezando todo lo que daba la boca y mirándole con ojos en los que brillaba la posesión, como si en verdad fuera una comida aplazada que había de devorar muy pronto.

Los demás lobos demostraban estar poseídos de esta misma certidumbre. Enrique contó veinte animales, que le miraban hambrientos o que dormían tranquilamente sobre la nieve. Le parecía que eran chiquillos, reunidos delante de una mesa, donde se encontraba ya dispuesta la comida y que esperan permiso para empezar a comer. ¡Él era la comida! Se preguntó cuándo y cómo empezaría el festín.

Mientras amontonaba leña sobre el fuego, sintió por su cuerpo una admiración completamente nueva en él. Observó sus músculos en movimiento y se interesó por el inteligente mecanismo de sus dedos. A la luz del fuego cerró lentamente el puño, una y otra vez, ya todos los dedos a un tiempo, ya uno por uno, extendiéndolos todo lo posible o haciendo como si agarrara algo. Estudió las uñas y se pinchó las puntas de los dedos, unas veces con mucha delicadeza, otras más enérgicamente, estimando mientras tanto la sensación nerviosa producida. Todo aquello le fascinaba; repentinamente se enamoró de su carne y de su sutil mecanismo, que obraba de una manera tan delicada, bella y suave. Echaba entonces una mirada de miedo al círculo de lobos, que esperaban a su alrededor; con la velocidad del rayo, como si cayera sobre él un mazazo, comprendió que aquel cuerpo maravilloso suyo, aquella carne viviente, no era más que alimento, una presa de animales hambrientos, que desgarrarían y harían trizas con sus agudos colmillos, exactamente como él mismo se había alimentado muchas veces con renos y liebres. Se despertó de un sueño intranquilo, que era casi una pesadilla, para encontrar delante de sí a la loba roja, a una distancia menor de dos metros, echada en la nieve y observándole con una mirada inteligente. A sus pies los dos perros aullaban y mostraban los dientes, pero ella parecía no notar su existencia. Miraba al hombre y, durante algún tiempo, éste sostuvo la mirada. La de la loba no tenía nada de amenazadora. Le observaba simplemente con una gran curiosidad, mas él sabía que ese sentimiento provenía de un hambre igualmente intensa. Él era el alimento y su presencia excitaba en ella las sensaciones gustativas. La loba abrió la boca, de la cual goteó la saliva, mientras se pasaba la lengua por las fauces, con un placer anticipado.

El hombre sintió un espasmo de miedo. Rápidamente echó mano a una astilla del fuego para arrojársela. Pero en cuanto extendió la mano, antes que sus dedos hubieran podido cerrarse sobre el improvisado proyectil, la loba saltó hacia atrás, poniéndose en seguridad. Enrique sabía que aquel animal estaba acostumbrado a que le arrojasen cosas. Mientras saltaba hacia atrás mostró los blancos colmillos hasta la raíz, desapareciendo como por encanto toda su curiosidad, a la que reemplazó una malignidad de carnívoro que le hizo temblar. Miró la mano que sostenía la astilla ardiente, observando el inteligente mecanismo de los dedos que la sostenían, cómo se ajustaban a todas las desigualdades de la superficie, encorvándose por encima y por debajo de la áspera madera, y cómo el meñique, que se encontraba demasiado cerca de la parte ardiente de la madera, retrocedía automáticamente, como si tuviera una sensibilidad propia, hacia un lugar más frío. En aquel mismo momento le pareció ver cómo los blancos colmillos de la loba deshacían y desgarraban aquellos mismos dedos sensibles y delicados. Nunca había sentido tanto cariño por su cuerpo como entonces, cuando su suerte era tan precaria. Durante toda la noche ahuyentó con el fuego a los hambrientos lobos. Cuando cabeceaba de sueño a pesar de toda su voluntad de resistirse, le despertaban los aullidos de sus propios perros. Llegó el día, pero por primera vez la luz no consiguió ahuyentar a los lobos. En vano esperó el hombre que se fueran. Permanecieron en círculo alrededor de él y del fuego, mostrando tal arrogancia como si ya fuera suyo, que hizo vacilar su coraje, nacido a la luz del día.

Hizo una tentativa desesperada para ganar la senda. Pero en cuanto abandonó la protección del fuego, el más audaz de los lobos se echó sobre él, felizmente, con un salto demasiado corto. El hombre se salvó por haber retrocedido a tiempo, mientras las mandíbulas de la fiera se cerraban de un golpe a una distancia de apenas quince centímetros de su muslo. Los demás lobos intentaron atacarle, por lo que fue necesario arrojar astillas ardientes a derecha e izquierda para mantenerlos a respetuosa distancia.

Ni siquiera a plena luz del día se atrevió a abandonar el fuego para cortar más leña. A unos seis metros de distancia se encontraba un tronco de pino. Tardó casi medio día en llevar el fuego hasta allí, teniendo a cada momento media docena de astillas ardientes para arrojarlas contra sus enemigos. En cuanto llegó al árbol, estudió la selva que le rodeaba para hacer caer el tronco en la dirección en la que abundara más leña.

La noche fue una repetición de la anterior, excepto que el sueño se convirtió en una necesidad poderosa. Perdía eficacia la voz de sus perros. Además, como aullaban continuamente, sus sentidos embotados y cansados ya no notaban la diferencia de timbre o de intensidad. Se despertó sobresaltado. La loba se encontraba a menos de un metro de distancia de él. Maquinalmente, sin dejar traslucir ninguno de sus movimientos, le tiró un montón de brasas en la boca, abierta en un bostezo. El animal retrocedió, aullando de dolor, mientras Enrique se deleitaba en el olor a carne y pelo quemado, y la loba sacudía la cabeza y aullaba rabiosamente, a unos cinco metros de distancia.

Esta vez, antes de dormirse nuevamente, se ató a la mano derecha una astilla ardiente de pino. Sus ojos se cerraron unos pocos minutos, antes que le despertara el calor de la llama sobre su carne. Durante muchas horas se atuvo a este procedimiento. Cada vez que la llama le despertaba, hacía retroceder a los lobos arrojándoles astillas encendidas, echaba más leña al fuego y se ponía una nueva rama de pino en el brazo. Todo fue bien, hasta que una vez no aseguró la madera a su brazo. Cuando cerró los ojos, la astilla cayó de su mano.

Soñó. Le pareció que se encontraba en el Fuerte McGurry. Se sentía cómodo, pues reinaba allí un calorcito agradable. Jugaba a los naipes con el jefe de la factoría. También soñó que los lobos rodeaban el fuerte. Aullaban en las mismas puertas. Algunas veces él y el jefe dejaban de jugar para reírse de los inútiles esfuerzos de los lobos por querer entrar. Tan extraño era el sueño, que le pareció oír un ruido, como de algo que se derrumbara. Había caído la puerta. Veía a los lobos que entraban corriendo en la gran sala del fuerte. Saltaban directamente sobre el jefe y sobre él. Al ceder la puerta, el ruido producido por sus aullidos había adquirido una intensidad enorme, tanto que ahora le causaba una molestia insufrible. Comprendía que su sueño se convertía en alguna otra cosa, que no sabía lo que era, pero a través de aquella transformación, como si lo persiguiera, persistían los aullidos.

Se despertó entonces y comprobó, con no poca sorpresa, que el peligro era real. Se oían los aullidos y los gritos. Los lobos atacaban. Los dientes de uno de ellos estaban a punto de cerrarse sobre su brazo. Instintivamente se inclinó sobre el fuego, mientras sentía la desgarradura producida por los dientes de otro que se clavaban en la pierna. Empezó una enconada lucha alrededor del fuego; sus mitones le protegieron las manos, por lo menos durante algún tiempo. Empezó a tirar astillas en todas direcciones, hasta que el campamento parecía un volcán en actividad.

Pero no podría resistir mucho tiempo. Se le formaban ampollas en la cara, el fuego había destruido ya sus cejas y pestañas y el calor en los pies se hacía insoportable. Con una astilla ardiente en cada mano se lanzó hacia la parte exterior de la fogata. Los lobos habían retrocedido. A cada lado, donde habían caído las ascuas, la nieve silbaba. A cada momento un lobo que se retiraba, a grandes saltos, aullando y mostrando los dientes, anunciaba que había pisado uno de aquellos carbones encendidos.

Echando las astillas llameantes sobre sus enemigos más cercanos, el hombre arrojó sus mitones sobre la nieve y pateó para desentumecerse los pies. Habían desaparecido los dos últimos perros. Sabía muy bien que eran un plato de la larga comida en la cual «Gordito» había sido el aperitivo y probablemente él sería el postre.

—¡Todavía no me habéis vencido! —gritó salvajemente, mientras sacudía los puños amenazando a las bestias.

El círculo de los lobos se agitó al oír su voz, mostraron los dientes y la loba se acercó furtivamente hasta muy poca distancia de él, observándole con una mirada inteligente, producto del hambre.

Enseguida empezó a poner en práctica una nueva idea que se le había ocurrido. Extendió el fuego formando un amplio círculo, dentro del cual se metió colocando en el centro su bolsa de dormir para protegerse contra la nieve. En cuanto hubo desaparecido detrás de aquel muro de llamas, los lobos se acercaron curiosos para saber lo que había sido de él. Hasta ahora se les había negado el acceso al fuego, por lo que se echaron a tierra formando un círculo muy cerca de las llamas, como si fueran otros tantos perros, brillantes los ojos, bostezando y estirando los flacos cuerpos ante aquel color extraño. La loba replegó sus patas y con la nariz dirigida hacia la Luna empezó a aullar. Uno por uno, los lobos comenzaron a hacerle coro, hasta que todos ellos, echados y con la nariz hacia el cielo, anunciaron su hambre.

Vino la noche y luego el día. Las llamas ya no alcanzaban tanta altura como antes. Enrique intentó salir de su círculo de fuego, pero los lobos salieron a su encuentro. Las ramas encendidas les obligaban a apartarse, pero ya no retrocedían. En vano intentó hacerles perder terreno. Cuando el hombre renunció a su empresa y volvió a encerrarse en su defensa de fuego, un lobo saltó hacia él, pero se equivocó en la distancia y fue a dar con las cuatro patas sobre las brasas. Gritó de terror al mismo tiempo que enseñaba, rabioso, los dientes y se alejó arrastrándose para enfriar sus extremidades en la nieve.

Enrique se sentó sobre la manta. A partir de las caderas, el cuerpo se inclinaba hacia delante. Tenía los hombros caídos; la cabeza inclinada sobre las piernas indicaba que había perdido toda esperanza de sobrevivir a aquella lucha. De cuando en cuando alzaba la mirada para observar el fuego, que daba las últimas boqueadas. El círculo de llamas y de brasas se rompía en segmentos, que dejaban amplios claros entre ellos. Disminuía la amplitud de los arcos del círculo en llamas y crecía la de aquellos en los cuales se había apagado el fuego.

—Creo que ahora podéis entrar y devorarme en cualquier momento —murmuró el hombre—. Sea como sea, voy a dormir.

Se despertó una vez, viendo entonces, a través de una de las partes donde se había apagado el fuego, que la loba le miraba ansiosamente.

Se despertó otra vez, un poco más tarde, aunque a él le parecieron horas. Había ocurrido algún cambio misterioso, tan extraño que se despertó inmediatamente. Algo había pasado. Al principio no pudo entenderlo. Pero lo comprendió finalmente: los lobos habían desaparecido. Lo único que quedaba de ellos eran las huellas sobre la nieve, que demostraban desde qué corta distancia habían abandonado el asalto. Le apretaba el sueño, que se apoderaba de él por momentos: nuevamente hundía la cabeza entre las rodillas, cuando se levantó de un salto.

Oía gritos de seres humanos, las sacudidas de los trineos, el ruido peculiar de los correajes y los aullidos anhelantes de los perros. Cuatro trineos se dirigían desde el río hacia el campamento. Pronto rodearon al hombre que se encontraba dentro del círculo de mortecino fuego media docena de sus congéneres. Le sacudían y trataban de despertarle a golpes. Él los miraba como si estuviera borracho, mientras farfullaba con una voz extraña y somnolienta:

—La loba roja... Primero vino a comer junto con los perros... Después se los comió... Y después devoró a Bill...

—¿Dónde está lord Alfred? —vociferó uno de los hombres en sus oídos, sacudiéndole violentamente.

Enrique movió la cabeza lentamente.

—No, a ése no se le pudo comer... Está esperando en un árbol del último campamento.

—¿Muerto?

—Muerto y en una caja —contestó Enrique.

Levantó los hombros con petulancia, poniéndose fuera del alcance de los brazos de aquel inquisidor:

—¡Oiga usted! Déjeme usted solo... Estoy agotado... Buenas noches a todos...

Le temblaron los párpados antes de cerrarse definitivamente. La mandíbula cayó sobre el pecho. Mientras trataban de echarle sobre las mantas, sus ronquidos llenaban el aire frío.

Pero además se oía otro ruido. Era débil y sonaba a lo lejos, a gran distancia. Era el grito de los lobos hambrientos mientras trataban de encontrar la huella de otro alimento, puesto que habían perdido al hombre.

SEGUNDA PARTE

CAPÍTULO PRIMERO

LA BATALLA DE LOS COLMILLOS

Fue la loba la primera que oyó las voces de los hombres y los aullidos de los perros que tiraban de los trineos. Fue ella la primera en alejarse del círculo de mortecino fuego, dentro del cual se había refugiado nuestro hombre. Los lobos no tenían ganas de abandonar la presa, que habían acorralado, por lo que todavía se mantuvieron varios minutos por los alrededores, hasta asegurarse del verdadero origen de los ruidos. Cuando comprendieron la causa, también se alejaron, siguiendo a la loba.

Al frente de ellos corría un gran lobo gris, uno de los jefes de la horda. Detrás de la loba, dirigía a los demás. Como advertencia, mostraba los dientes o atacaba con los colmillos a sus congéneres más jóvenes, que trataban de adelantársele. Aceleró el paso cuando observó a la loba que trotaba sin prisa a través de la nieve.

Ella se dejó alcanzar, como si fuera una posición que le pertenecía por derecho, adaptando su paso al de la horda. Él no le enseñaba los dientes cuando ella se le adelantaba. Por el contrario, parecía estar poseído de un sentimiento de bondad para con ella, quizá excesiva, pues el lobo se le acercaba demasiado, y cuando lo hacía, era la loba quien le mostraba los colmillos. A menudo le clavaba los dientes en la paletilla, pero entonces él no mostraba enojarse. Se limitaba a echarse a un costado, corriendo hacia delante y saltando de una manera extraña, con lo que daba la impresión de un enamorado campesino que no sabe manejarse.

Ésta era una de las dificultades de correr delante de la horda. La loba tenía otras. Del otro lado corría a la par un lobo gris viejo, marcado con las cicatrices de numerosas batallas. Siempre se colocaba a su lado derecho, lo que es explicable si se tiene en cuenta que sólo le quedaba un ojo: el izquierdo. También él acostumbraba a acercarse a ella, volverse hacia la loba, hasta que su hocico lleno de cicatrices tocaba su cuerpo, sus paletillas o su pescuezo. Ella repelía los ataques de ambos lados con sus dientes, pero cuando los dos prodigaban sus atenciones al mismo tiempo, se sentía encerrada por ambos flancos y le era preciso alejar a los dos amantes con rápidos mordiscos, manteniendo el paso de la horda y fijándose dónde ponía los pies. Entonces ambos compañeros se mostraban los dientes y gruñían por encima del cuerpo de la loba. Hubieran luchado, mas, incluso el amor y la mutua rivalidad debían ceder ante el hambre de la horda.

Después de cada repulsa, cuando el viejo lobo se apartaba del objeto de su deseo que poseía colmillos tan agudos, chocaba con un lobo de tres años que corría por el lado del ojo desaparecido. Este lobezno había llegado a su desarrollo completo: teniendo en cuenta el estado de debilidad y de hambre de la horda, poseía mucho más que el término medio de vigor y de coraje. No obstante corría sin que su cabeza pasara de la paletilla del viejo «Tuerto». Cuando se atrevía a avanzar más, lo que ocurría muy rara vez, un mordisco le obligaba a retroceder a su posición anterior. A veces avanzaba lenta y cautelosamente detrás de ambos, hasta colocarse entre el viejo jefe de la horda y la loba. Esto conducía a una doble y a veces a una triple demostración de resentimiento. Cuando la loba enseñaba los dientes, el viejo jefe se arrojaba sobre el joven intruso. A veces le acompañaba ella. Otras, el más joven que la seguía por el otro flanco, se unía a los dos.

Entonces, teniendo que enfrentarse con tres salvajes dentaduras, el lobezno se detenía repentinamente y se apoyaba sobre las patas traseras, rígidas las anteriores, la boca amenazante y erizadas las crines. Esta confusión en la vanguardia de la horda conducía siempre a un desbarajuste en la retaguardia. Los lobos que venían detrás chocaban con el lobezno, expresando su disgusto mediante enérgicos mordiscos en los flancos y en las patas traseras. Él mismo se buscaba el lío, pues el mal humor y la carencia de alimento van siempre juntos, pero con la ilimitada fe de la juventud persistía en repetir la maniobra frecuentemente, aunque nunca sacaba nada en limpio, sin mordiscos.

Si hubieran tenido alimento, las peleas y el amor habrían mantenido un ritmo uniforme y la horda se hubiera esparcido. Pero la situación era desesperada. Estaban flacos debido al hambre prolongada. Corrían a una velocidad menor que la corriente. En la retaguardia se arrastraban los débiles, los muy jóvenes o los muy viejos. A la vanguardia marchaban los fuertes. Sin embargo, todos parecían más esqueletos ambulantes que lobos. Excepto los que no tenían fuerzas para correr, los movimientos de los animales que formaban el resto de la manada eran incansables y parecían efectuarse sin esfuerzo. Los músculos nudosos parecían fuentes inagotables de energía. Detrás de cada contracción muscular, que semejaba la de un mecanismo de acero, venía otra y otra, aparentemente sin fin.

Corrían distancias enormes cada día. Corrían durante toda la noche. La luz del día siguiente los encontraba todavía corriendo. Atravesaban la superficie de un mundo muerto y helado. Nada viviente se movía. Sólo ellos seguían su interminable viaje, a través de aquel mundo inerte. Sólo ellos poseían vida y seguían buscando otras cosas vivientes para devorarlas y sobrevivir.

Cruzaron una docena de pequeños riachuelos, en unas tierras bajas, antes de que encontraran lo que buscaban. Toparon con renos. Primero apareció un macho enorme. Aquí había carne y vida, que no estaba guardada por el fuego o por misteriosos proyectiles. Los lobos conocían la cornamenta bifurcada y los cascos encorvados hacia fuera de aquel animal. Dejaron de lado su acostumbrada paciencia y sus precauciones habituales. Fue una batalla dura y corta. Atacaron al corpulento macho por todos lados. El reno les abría de arriba abajo o les deshacía el cráneo con hábiles movimientos de sus cascos. Les pisoteaba o les despedazaba con sus cuernos. En el ardor de la lucha, les reducía a papilla sobre la nieve. Pero estaba condenado y cayó, mientras la loba le desgarraba la garganta y los otros animales se prendían por todos lados, devorándolo vivo antes de que hubiera cesado de luchar o de que se le hubiera infligido una herida mortal.

Ahora había alimento en abundancia. El reno pesaba más de cuatrocientos kilos, por lo que tocaban casi a diez kilos de carne para cada uno de los cuarenta y pico lobos. Pero si su ayuno tenía algo de milagroso, también lo era la manera como devoraban. Pronto, sólo unos pocos huesos esparcidos fue cuanto quedó de la espléndida bestia que unas pocas horas antes había hecho frente a la manada.

Los lobos se dedicaron ahora a dormir y descansar. Con el vientre lleno, los lobeznos empezaron a pelearse entre sí, lo que continuó durante unos pocos días, hasta que el hato se deshizo. Había pasado el hambre. Se encontraban ahora en un país de caza abundante. Aunque todavía cazaban juntos, lo hacían con más precauciones, arrinconando alguna hembra gorda o algún macho impedido de alguna de las manadas que encontraban en su camino.

En esta tierra de promisión ocurrió que un día la horda se dividió en dos grupos, que siguieron caminos diferentes. La loba, el lobezno que marchaba a su izquierda y el «Tuerto» a su derecha, dejaron que la mitad de la horda se dirigiera por el Mackenzie hacia abajo, a través de los lagos, hacia el Este. Día a día disminuía el número de individuos que formaban esta porción. Por parejas, macho y hembra, desertaban los lobos. A veces los agudos dientes de sus adversarios expulsaban a uno de los viejos machos. Finalmente sólo quedaron cuatro: la loba, el jefe joven, el «Tuerto» y el ambicioso lobezno.

Por aquel entonces la loba había adquirido un carácter feroz. Sus tres aspirantes llevaban la marca de sus dientes. Sin embargo, ninguno de los tres respondía a sus ataques. Oponían sus pescuezos a sus más salvajes mordiscos y trataban de aplacar su rabia moviendo la cola y dando pasitos cortos. En su orgullo, el lobezno fue el más audaz. Atacó al «Tuerto» por el lado que no veía y le hizo pedazos una oreja. Aunque el viejo «Tuerto» sólo veía por un lado para oponerse a la juventud y el vigor del lobezno, tenía la sabiduría de largos años de vida. El ojo que le faltaba y las cicatrices de su hocico demostraban la clase de experiencia que poseía. Había sobrevivido a demasiadas batallas como para dudar un momento sobre lo que tenía que hacer.

La lucha empezó noblemente, pero no terminó así. Es imposible predecir lo que hubiera ocurrido si el tercer lobo no se hubiera unido al viejo para atacar juntos al lobezno y despedazarlo. De ambos lados atacaban sin misericordia los colmillos de los que hasta hacía poco tiempo habían sido sus camaradas. Se habían olvidado de los días en que habían cazado juntos, de las piezas que había cobrado la horda, del hambre que habían sufrido. Aquello pertenecía al pasado. Ahora se trataba del deseo, de algo más cruel y terrible que conseguir alimento.

Mientras tanto, la loba, a causa de todo, estaba tendida satisfecha sobre las patas posteriores y vigilaba la lucha, que la divertía. Aquél era su día, que no era frecuente, cuando se erizaban las crines, chocaban los colmillos contra otros o desgarraba la carne que cedía, todo por poseerla.

El lobezno, que por primera vez se aventuraba en los campos del deseo, perdió la vida en la empresa. A cada lado de su cuerpo se erguían ambos rivales. Observaban a la loba, que sonreía sobre la nieve.

Pero el viejo jefe estaba lleno de sabiduría, tanto en el deseo como en la batalla. El jefe joven giró la cabeza para lamerse una herida en la paletilla. La curva de su cuello mostraba su convexidad a su rival. Con su ojo único, éste apreció la oportunidad. Salió como una flecha y cerró los colmillos. Fue un mordisco largo, desgarrante y profundo. Al clavarse, los dientes cortaron la vena yugular. Después retrocedió limpiamente.

El joven jefe aulló terriblemente, pero su grito quedó cortado con un golpe de tos. Sangrando y tosiendo, herido ya de muerte, saltó sobre el viejo, luchando mientras se le escapaba la vida, debilitándosele las piernas, oscureciéndose ante sus ojos el mundo, acortándose sus golpes y sus saltos.

Mientras tanto la loba seguía echada y sonreía. Se alegraba de una manera vaga por la batalla, pues así es el amor de la selva, la tragedia del sexo en el mundo de la naturaleza, que es tan sólo para los que mueren. En cambio, para los que sobreviven no es trágico, sino que implica la satisfacción del deseo y la perfección.

Cuando el jefe joven cayó sobre la nieve y no se movió más, el «Tuerto» se dirigió hacia la loba. Su comportamiento denotaba una mezcla de triunfo y precaución. Era claro que esperaba un rechazo y se sorprendió cuando la loba no le mostró los dientes enojada. Por primera vez le recibió agradablemente. Se restregaron los hocicos y hasta condescendió a saltar y jugar con él como si fuera un cachorro. Él mismo, a pesar de sus años y de su experiencia, se comportó de la misma manera y hasta quizá un poco más tontamente.

Ya habían olvidado los rivales vencidos y aquel cuento de amor escrito con sangre sobre la arena, salvo durante un momento, en que el «Tuerto» se detuvo a lamerse las heridas. Sus belfos se entreabrieron como si fuera a mostrar los dientes, se le erizaron las crines y se enderezó como para saltar, afirmando las patas sobre la nieve para tener mejor apoyo. Pero lo olvidó enseguida, mientras saltaba detrás de la loba, que tímidamente le invitaba a correr por los bosques.

Después de esto siguieron, codillo con codillo, como buenos amigos que hubieran llegado a un entendimiento. Pasaron los días y seguían juntos, cazando y matando, para compartir la comida. Después de algún tiempo la loba empezó a dar muestras de intranquilidad. Parecía buscar algo que no podía encontrar, y sentirse atraída por las cavidades debajo de los árboles caídos, y perdía mucho tiempo husmeando las cavernas de las rocas. El viejo «Tuerto» no compartía su interés, pero la seguía alegremente, y cuando sus investigaciones en algún lugar eran particularmente largas, se echaba al suelo y esperaba hasta que estuviera pronta a proseguir.

No permanecían mucho tiempo en un sitio, sino que recorrieron toda la comarca, hasta llegar otra vez al Mackenzie, a lo largo del cual se dirigieron río abajo, abandonándolo a menudo para cazar por las orillas de sus afluentes, pero volviendo siempre a él. A veces encontraron otros lobos, a menudo en parejas, pero nadie demostraba alegrarse del encuentro o deseo de formar otra vez una horda. Varias veces encontraron lobos solitarios. Siempre eran machos, que insistían en unirse a la loba y al «Tuerto», a quien no le gustaba nada esto; mientras ella se arrimaba a su paletilla, mostrando los dientes, el animal solitario retrocedía con el rabo entre las piernas y se decidía a continuar su viaje.

Una noche de luna, mientras corrían a través de la silenciosa selva, el «Tuerto» se detuvo de repente. Levantó el hocico, la cola se puso rígida y olfateó el aire detenidamente. Tenía un pie en el aire, como es costumbre en los perros. No quedó satisfecho y siguió husmeando, tratando de comprender el mensaje que el aire le traía. Un soplo bastó a su compañera, que se le adelantó para convencerle de que no había peligro. El «Tuerto» la siguió, aunque dudando, sin dejar de detenerse de cuando en cuando, para considerar más cuidadosamente aquella advertencia.

Ella se deslizó cautelosamente hasta el extremo de un espacio abierto en medio de los árboles. Allí permaneció sola. Entonces, el «Tuerto», arrastrándose, con todos sus sentidos alerta, irradiando suspicacia cada uno de sus hirsutos pelos, se le unió. Permanecieron juntos, observando, escuchando y oliendo.

Hasta sus oídos llegó el ladrido de perros que se peleaban entre ellos, los gritos guturales de varios hombres, las voces más agudas de mujeres enojadas y una vez el lloriqueo intenso y quejoso de un niño. A excepción de los toldos y de las llamas del fuego, interrumpidas por los movimientos de los cuerpos interpuestos o del humo que se elevaba lentamente en el aire, era poco lo que podía verse. Pero hasta sus narices llegaban los millares de olores de un campamento indio, trayendo consigo una larga historia, que en gran parte era incomprensible para el «Tuerto», pero de la cual la loba conocía todos los detalles.

Se sentía extrañamente conmovida y olfateaba con placer creciente. Pero el viejo dudaba todavía. No ocultó su aprensión y echó a correr, invitándola a seguirle. Ella volvió la cabeza y tocó su cuello con el hocico, tratando de tranquilizarle y observando otra vez el campamento indio. Demostraba ahora una nueva expresión de inteligencia, que no provenía del hambre. La poseía el deseo de avanzar, de acercarse a aquel fuego, de pelearse con los perros, de evitar y seguir los vacilantes pies de los hombres.

El «Tuerto» se movía impaciente al lado de ella. La loba empezó a sentir nuevamente aquel desasosiego y comprendió la urgente necesidad de encontrar lo que buscaba desde hacía días. Dio vuelta y se dirigió a la selva, con gran satisfacción de su compañero, que iba un poco delante, hasta que ambos se sintieron protegidos por los árboles.

Mientras avanzaban silenciosos como sombras, a la luz de la luna, fueron a parar a un sendero. Olisquearon las huellas en la nieve, que eran muy frescas. El «Tuerto» marchaba delante, pisándole los talones su compañera. Ensanchaban los pies al pisar, que al tocar la nieve parecían ser de terciopelo. En aquel blanco uniforme descubrió algo más blanco que se movía débilmente. Se había deslizado rápidamente hasta entonces, con una apariencia engañosa de lentitud, pero ahora echó a correr. Ante él saltaba aquella débil mancha blanca que había descubierto.

Corrían por un estrecho sendero, flanqueado a ambos lados por árboles jóvenes, a través de los cuales se veía desembocar la alameda en un claro, alumbrado por la luz de la luna. El viejo «Tuerto» alcanzó rápidamente aquella forma blanca que volaba. Ganaba distancia saltando con agilidad. Se encontraba ya exactamente debajo de ella: bastaría un solo salto para que sus dientes se hincasen en ella. Pero no llegó a saltar. Aquella forma blanca ascendió verticalmente, convirtiéndose en una liebre que saltaba y rebotaba, ejecutando una danza fantástica por encima del lobo y sin volver nunca a la tierra.

El «Tuerto» retrocedió de un salto, súbitamente aterrorizado, y se acurrucó en la nieve, mostrando amenazadoramente los dientes a aquella cosa que metía miedo y que no podía entender. Pero la loba se le adelantó en actitud despreciativa. Se detuvo un momento y luego saltó, tratando de alcanzar la liebre bailarina. También ella se elevó a gran altura, pero no tan alto como la presa, por lo que sus dientes se cerraron en el vacío con un ruido metálico. Repitió otras dos veces la tentativa. Lentamente, su compañero había abandonado su posición horizontal y la observaba. Empezó a mostrarse descontento por los repetidos fracasos de la loba, por lo que concentró todas sus fuerzas en un salto definitivo. Sus dientes se cerraron sobre la presa, haciéndola descender a tierra con él. Pero al mismo tiempo se oyó un ruido sospechoso como de algo que se rompe, y entonces observó el «Tuerto», con asombrados ojos, que uno de los jóvenes árboles se inclinaba por encima de él para golpearle. Sus dientes dejaron escapar la presa y retrocedió para librarse de aquel extraño peligro, elevando los labios y dejando al descubierto los colmillos, a la vez que su garganta emitía sonidos roncos, erizado el pelo de miedo y de rabia. Inmediatamente el árbol volvió a erguirse en toda su gracia y la liebre empezó a bailar otra vez a gran altura.

La loba se enojó. Hundió sus colmillos en el cuello de su compañero para demostrar su reprobación. El «Tuerto», aterrorizado, desconociendo el origen de este nuevo ataque, volvió ferozmente los dientes contra ella, tanto, que le desgarró el hocico. Para ésta era igualmente inesperado que él se defendiera de sus ataques, por lo que devolvió el golpe, denotando su indignación con aullidos y mordiscos. El «Tuerto» descubrió su error y trató de calmarla. Pero ella estaba empeñada en castigarle severamente, hasta que el lobo renunció a calmarla y empezó a dar vueltas, manteniendo la cabeza lejos de sus dientes, recibiendo varias mordeduras en la paletilla.

Mientras tanto, la liebre seguía bailando en los aires, por encima de ellos. La loba se echó en la nieve. El «Tuerto», que tenía más miedo ahora de su compañera que de la amenaza que pudiera encerrar aquella extraña presa, saltó nuevamente para alcanzarla. Mientras caía otra vez hacia tierra con ella, no apartaba la vista del árbol. Se echó a tierra esperando el golpe que debía llegar, erizado el pelo, sin soltarla. Pero el golpe no llegaba.

El árbol permanecía siempre encima de él. Se movía cuando él lo hacía. El «Tuerto» gruñía a aquel extraño árbol tanto como se lo permitía la presa que tenía entre los dientes. Cuando el lobo no se movía, el árbol no se agitaba, por lo que dedujo que lo mejor era quedarse quieto. Sin embargo, la sangre caliente de la víctima producía un gusto agradable en la boca. Su compañera le liberó de la situación dificultosa en que se encontraba. Se la sacó de entre los dientes y mientras el árbol oscilaba amenazadoramente por encima de ella, con los dientes le cortó la cabeza. Inmediatamente, el árbol se enderezó, después de lo cual ya no les molestó más, permaneciendo en la posición erecta que debe tener todo árbol que se respeta. Entre la loba y el «Tuerto» devoraron la caza que aquel misterioso árbol había puesto a su disposición.

Había otros senderos y alamedas, en los cuales las liebres colgaban de los aires. La pareja se las comió todas. La loba abría la marcha, mientras el «Tuerto» la seguía observando y aprendiendo el arte de robar trampas, arte que debía serle muy útil en el futuro.

CAPÍTULO II

El cubil de la loba

Durante dos días la loba y el «Tuerto» se mantuvieron en las cercanías del campamento indio. El lobo estaba preocupado y no perdía sus aprensiones, aunque el campamento atraía a su compañera, que se resistía a alejarse. Pero ya no dudaron más cuando una mañana se llenó el aire del estampido de un disparo de rifle, cuya bala fue a incrustarse en el tronco de un árbol a unos pocos metros de la cabeza del «Tuerto». Escaparon por un sendero paralelo que en muy poco tiempo puso gran distancia entre ellos y el peligro.

No fueron muy lejos; sólo unos dos días de correría. La necesidad de la loba de encontrar lo que estaba buscando era imperativa ahora. Estaba muy pesada y no podía correr. Una vez, al perseguir una liebre, que en condiciones normales hubiera sido para ella cuestión fácil, tuvo que detenerse y echarse al suelo para descansar. El «Tuerto» se le acercó, pero cuando tocó galantemente su cuello, la loba le echó un mordisco, con tal rapidez, que tuvo que retroceder, tambaleándose, mientras hacía esfuerzos ridículos por escapar a sus dientes. El carácter de la loba era ahora peor que nunca, aunque, en cambio, el «Tuerto» cada día se mostraba más paciente y solícito.

Ella encontró, finalmente, lo que buscaba. Fue unos pocos kilómetros aguas arriba de un arroyo, que en verano desemboca en el Mackenzie, pero que entonces estaba helado desde la superficie hasta el fondo: muerta corriente de un blanco compacto desde la fuente hasta la desembocadura. La loba seguía cansadamente al «Tuerto», que iba muy adelante, cuando ella encontró uno de los bancos de la ribera. Se volvió y lo recorrió lentamente. Las tormentas de la primavera y la fusión de las nieves habían socavado la roca y en uno de los lugares una pequeña fisura se había convertido en una cueva.

Se detuvo a la entrada y miró detenidamente los muros. Recorrió por ambos lados la base, donde su abrupta masa se elevaba sobre el paisaje de líneas más suaves. Volviendo a la cueva entró allí. Durante un metro debió avanzar a gatas, pero después se ensanchaban los muros, formando una cámara circular de casi 1,20 metros de diámetro. La altura de la cámara era exactamente la de la misma loba. La caverna era seca. La loba examinó todos los detalles con extremo cuidado, mientras el «Tuerto» la observaba pacientemente. Dejó caer la cabeza, el hocico dirigido hacia abajo, hacia un punto cerca de sus patas muy juntas, alrededor del cual dio varias vueltas; después, con un suspiro de cansancio, que era casi un gruñido, encorvó el cuerpo, estiró las patas y se dejó caer, con la cabeza hacia la entrada. El «Tuerto», que mantenía las orejas erectas, la observaba contento. Destacándose sobre la luz blanca, la loba podía distinguir su cola, que se movía, denotando satisfacción. Sus orejas se acercaban y alejaban de la cabeza, mientras abría la boca y extendía pacíficamente la lengua, con lo que quería expresar que estaba contenta y satisfecha.

El «Tuerto» tenía hambre. Aunque se había echado a la entrada de la caverna y tenía sueño, sólo conseguía conciliarlo durante breves instantes. Le mantenía despierto y le hacía enderezar las orejas el mundo luminoso que se extendía más allá de la caverna, donde el sol de abril brillaba sobre la nieve. Cuando podía dormirse, llegaban hasta sus oídos los débiles murmullos de ocultas corrientes de agua, que le inducían a levantarse y a escuchar atentamente. Volvía el sol y con él despertaba la Tierra del Norte que le llamaba. La vida empezaba a agitarse otra vez. La primavera se sentía en el aire. Llegaba hasta él la pulsación de las cosas vivientes que crecían bajo la nieve, de la savia que ascendía por los troncos de los árboles, de los capullos que hacían estallar la capa de hielo que aún los cubría.

Echaba ansiosas miradas a su compañera, que no demostraba ningún deseo de levantarse. Miró hacia fuera y observó media docena de pinzones de las nieves que cruzaban su campo visual. Pareció como si quisiera levantarse, echó una nueva mirada a su compañera, se tiró al suelo y se durmió otra vez. Un canto agudo y débil llegó hasta sus oídos. Una o dos veces, semidormido, se rascó el hocico con una de las patas delanteras. Entonces se despertó. En la misma punta de su nariz un mosquito solitario cantaba su melodía. Era un miembro adulto de su especie, que se había mantenido todo el invierno en un tronco seco y que se había despertado al sentir el calor del sol. Ya no podía desoír el llamamiento del mundo. Además, tenía hambre.

Se arrastró hasta su compañera y trató de persuadirla para que se levantara. Pero ella se limitó a mostrarle los dientes. El lobo salió solo hacia aquel mundo iluminado por el sol. Encontró que la nieve se había ablandado y que era difícil transitar. Se dirigió río arriba, por el cauce congelado, donde la nieve, protegida del sol por los árboles, era todavía dura y cristalina. Permaneció ocho horas fuera de la cueva, y cuando volvió tenía más hambre que la que le había impulsado a salir. Encontró caza, pero no pudo apoderarse de ella. Rompió la capa de nieve que se fundía y se restregó en la tierra, mientras allá arriba las liebres bailaban tan inalcanzables como nunca.

Se detuvo súbitamente sorprendido a la entrada de la cueva. De allí dentro salían extraños y débiles sonidos, que no procedían de su compañera y que, sin embargo, le eran vagamente familiares. Se arrastró cautelosamente sobre el vientre, advirtiéndole un aullido de ella para que no siguiera avanzando. Lo escuchó sin perturbarse, aunque obedeció, manteniendo la distancia, sin perder el interés por aquellos extraños sonidos, que parecían débiles sollozos ahogados.

Su irritada compañera le advirtió que se alejara, por lo que se acurrucó en la entrada, donde se quedó dormido. Cuando llegó la aurora, una débil luz invadió la cueva, se dedicó a buscar el origen de aquellos extraños ruidos, extrañamente familiares. Los aullidos de advertencia de su compañera encerraban una nueva nota, de celo, por lo que tuvo mucho cuidado en mantenerse a una respetuosa distancia. Sin embargo, al avanzar con el cuerpo recogido entre las piernas, pudo distinguir cinco pequeños seres vivientes, muy extraños, muy débiles, incapaces de vivir por sí mismos, que producían un sonido como si sollozaran y cuyos ojos no se abrían a la luz. El lobo se sorprendió mucho. No era la primera vez en su larga vida de combates, de los cuales había salido siempre victorioso, que ocurría eso. Por el contrario, había sucedido muchas veces, siendo, sin embargo, siempre una sorpresa para él.

Su compañera le miraba ansiosamente. De cuando en cuando emitía un gruñido ronco. A veces, cuando él parecía querer aproximarse más, el gruñido se convertía en su garganta en un aullido amenazador. Ella no tenía ninguna experiencia anterior que le permitiera predecirle lo que iba a ocurrir, pero su instinto, la experiencia reunida de todas las lobas, le traía el recuerdo de lobos que habían devorado a sus congéneres, incapaces de defenderse, poco después de nacer. En ella se manifestaba un miedo cerval a que el lobo se acercara demasiado a observar los lobeznos de los cuales era padre.

Pero no existía tal peligro. El viejo «Tuerto» sentía la intensidad de un impulso que había recibido de todos los padres de lobos. Ni se extrañaba de aquel sentimiento ni trataba de analizarlo. Estaba allí, en todas las fibras de su ser. Era la cosa más natural del mundo que, obedeciendo a aquel impulso, se alejara de su cría y se dirigiera a la búsqueda de alimento, del cual vivía.

A una distancia de ocho o diez kilómetros de la caverna se bifurcaba el río, dividiéndose los dos brazos en las montañas casi en ángulo recto. Siguiendo el de la derecha, encontró huellas frescas. Las olfateó y encontró que eran tan recientes, que se apresuró a agacharse y a observar en la dirección en que desaparecían. Deliberadamente se volvió y siguió el brazo derecho. Eran mayores que las que hacían sus propios pies y por experiencia sabía que era difícil conseguir alimento siguiéndolas.

A casi un kilómetro de distancia, siguiendo el afluente de la derecha, su sensible oído percibió el ruido que hacían unos colmillos al morder algo. Se acercó furtivamente a aquella presa y encontró que era un puerco espín que afilaba sus dientes en la corteza de un árbol. El «Tuerto» se acercó cautamente, pero sin grandes esperanzas. Conocía aquella especie, aunque nunca la había encontrado tan al Norte. Jamás en su larga vida había podido utilizarla como alimento. Pero también había aprendido mucho tiempo antes que existe algo que se llama la ocasión o la oportunidad, por lo que siguió acercándose. Era imposible decir lo que podría ocurrir, pues con las cosas vivientes, en general, no hay regla posible.

El puerco espín se enrolló sobre sí mismo formando una bola, de la cual irradiaban en todas direcciones largas y afiladas agujas, que impedían el ataque. En su juventud, el «Tuerto» se había acercado demasiado a olisquear una bola idéntica, aparentemente inerte, lo que no debía ser así, pues de repente la cola le golpeó en la cara. Durante semanas llevó en el hocico una de las agujas, que fue para él una llama lacerante, hasta que, finalmente, se desprendió por sí sola. Por todas estas razones se tiró al suelo cómodamente, manteniendo el hocico a una distancia de treinta centímetros. Esperó así, sin mover un músculo. Era imposible prever. Podía ocurrir cualquier cosa. Era probable que el puerco espín aflojara sus defensas, dándole la oportunidad de abrirle de un zarpazo el vientre, que carece de púas.

Pero después de media hora se levantó, gruñó rabioso en dirección a aquella bola inmóvil y se alejó. Había esperado y perdido demasiado tiempo, confiado en que un puerco espín se desenrollara para seguir vigilando. Siguió el brazo derecho, siempre aguas arriba. Transcurría el día y nada premiaba sus esfuerzos.

La intensidad del instinto paternal que se había despertado en él era muy grande. Debía encontrar alimento. Por la tarde se encontró de sopetón con una gallinácea. Saliendo de un bosquecillo topó con un representante de esa poco inteligente especie, que se encontraba sobre un tronco, a menos de treinta centímetros de su nariz. Ambos se observaron mutuamente. El pájaro intentó elevarse repentinamente, pero el lobo tuvo tiempo de asirle con un golpe de sus patas, echarse sobre él y agarrarle con los dientes mientras el ave intentaba arrastrarse sobre la nieve. En cuanto sus dientes se acercaron sobre la carne, que ofrecía poca resistencia, y sobre los frágiles huesos, empezó naturalmente a devorar. Entonces recordó su obligación, se detuvo y emprendió el viaje de regreso.

A unos dos kilómetros de distancia del punto de bifurcación de los ríos, cuando corría con patas que parecían de terciopelo, como una sombra que se deslizara cautelosamente, observando todo detalle del paisaje, volvió a encontrar las grandes huellas que había descubierto aquella mañana. Como seguían el mismo camino que llevaba, se preparó a hacer frente al animal que las había dejado, en cualquier punto del río.

Guareciéndose detrás de una roca, asomó la cabeza, observando un trecho de la corriente donde ésta formaba una amplia curva. Vio algo que le indujo a echarse inmediatamente: un lince hembra de gran tamaño, que había producido las huellas, estaba echado como había estado él mismo unas horas antes, frente a la encogida bola de espinas. Si antes el «Tuerto» había sido una sombra que se deslizaba, ahora era el espíritu de ella. Se arrastró y dio una vuelta alrededor de ambos, hasta que se encontró muy cerca, del lado opuesto al viento.

Se echó en la nieve, depositando su presa a su lado. Sus ojos atravesaron la espesura, vigilando aquel juego de vida y de muerte que se desarrollaba delante de él: el lince y el puerco espín que esperaban, cada uno luchando por su vida. Era intensa la curiosidad que despertaba aquel juego, que para el lince consistía en devorar y para el puerco espín en que no lo devorasen. Mientras tanto, el «Tuerto», el viejo lobo, echado sobre la nieve, a cubierto de una sorpresa, esperaba algún extraño juego de la suerte que pudiera conducirle sobre la huella del alimento, que era su modo de vivir.

Pasó una media hora y una hora; nada ocurrió. En lo que respecta a sus movimientos, aquella bola espinosa podría ser una piedra. En cuanto al lince, se hubiera dicho que estaba convertido en piedra. El «Tuerto» parecía muerto. Sin embargo, los tres animales estaban poseídos de tanta exuberancia vital, que era casi dolorosa. Quizá nunca estuvieron tan plenos de vida como en aquel momento, en que parecían carecer de ella. El «Tuerto» se movió ligeramente y observó con interés creciente. Algo estaba por ocurrir. Finalmente el puerco espín creyó que su enemigo se había retirado. Lentamente, con infinitas precauciones, entreabría aquella armadura impenetrable. Procedía lentamente, sin ninguna de las vacilaciones de quien tiene prisa. Lentamente, muy lentamente, la bola de agujas se enderezaba y se extendía. El «Tuerto», que seguía vigilando, sintió que se le humedecía la boca y que se le caía la saliva, involuntariamente excitada por la carne viviente que se ofrecía ante él como una comida bien servida.

El puerco espín no acabó de desenrollarse enteramente, cuando descubrió a su enemigo. En aquel mismo instante atacó el lince con un golpe cuya rapidez pudiera compararse a la del rayo. La pata armada de uñas rígidas, como los espolones de un gallo de pelea, desgarró el vientre indefenso, retrocediendo con un movimiento que lo abrió casi enteramente. Si el puerco espín hubiera estado enteramente desenrollado o si hubiera descubierto a su enemigo una fracción de segundo antes de recibir el golpe, la pata del lince hubiera escapado sin lesiones, pero un movimiento lateral de la cola hundió las afiladas agujas antes de que el lince pudiera retirarla.

Todo había ocurrido en una fracción de segundo: el ataque del lince, el contraataque del puerco espín, el grito de agonía de éste, el aullido de dolor y de sorpresa del gran gato. El «Tuerto» casi se levantó excitado, irguiendo las orejas y enderezando la cola que temblaba. El lince perdió la paciencia. Se arrojó salvajemente sobre lo que le había herido. Pero el puerco espín, que seguía gruñendo, con el vientre deshecho, intentando débilmente enrollarse otra vez, sacudió nuevamente la cola: otra vez el gran gato aulló de dolor y de sorpresa. Se echó hacia atrás, estornudando, mientras su nariz, cubierta de agujas, parecía un monstruoso alfiletero. Se rascó el hocico con las patas, tratando de desprender aquellos agudos dardos, lo hincó en la nieve y lo frotó contra las ramas, mientras se movía hacia todos lados en un verdadero ataque de dolor y de miedo. Estornudaba continuamente; tan violentos y rápidos eran los movimientos de su corta cola, que parecía que se le iba a desprender en cualquier momento. Dejó de dar aquel movimiento espasmódico y teatral y se quedó quieto durante un momento. El «Tuerto» no lo perdía de vista. Ni siquiera el lobo pudo evitar que involuntariamente y de repente se le erizaran todos los pelos, cuando, sin ninguna advertencia previa, el lince saltó, lanzando al mismo tiempo un aullido largo y terrorífico. Después se alejó a grandes saltos, sin dejar de gritar a cada momento.

Sólo cuando sus gritos ya no eran audibles debido a la distancia, el «Tuerto» se atrevió a abandonar su escondite. Sus pasos eran tan delicados como si la nieve estuviera alfombrada con agujas de puerco espín, dispuestas para atravesarle las patas. El animal herido le recibió con furiosos gruñidos y rechinando los dientes. Había conseguido enrollarse otra vez, pero no de manera tan compacta como antes, pues su musculatura estaba demasiado desgarrada para eso. El lince le había abierto casi en dos mitades y sangraba abundantemente.

El «Tuerto» chupó la nieve empapada de sangre, la paladeó y la degustó en la boca, lo que le produjo una gran satisfacción y aumentó enormemente su hambre, pero era demasiado viejo como para dejar de lado las precauciones. Se echó a tierra y esperó, mientras el puerco espín rechinaba los dientes y gruñía y emitía débiles sonidos que parecían sollozos. Después de un corto tiempo, el «Tuerto» notó que las agujas ya no estaban erizadas y que todo el cuerpo de la presa temblaba, hasta que finalmente ya no se movió más. Los dientes rechinaron de manera desafiante por última vez. Todas las agujas cayeron flácidamente, el cuerpo se estiró y quedó rígido.

El «Tuerto», nervioso y dispuesto a saltar hacia atrás a la menor indicación de peligro, lo extendió con las patas cuan largo era y le dio la vuelta. Nada ocurrió. Ciertamente estaba muerto. Le miró intensamente durante un momento, le hincó los dientes con cuidado y se dirigió río abajo, llevando o arrastrando al puerco espín, con la cabeza hacia un lado para no herirse con las púas. Recordó algo, dejó caer su presa y se dirigió al lugar donde había dejado a la gallinácea. No dudó ni un momento. Sabía lo que tenía que hacer y lo hizo inmediatamente, comiéndose el pájaro. Volvió y recogió otra vez su carga.

Cuando arrastró el producto de su caza dentro de la cueva, la loba lo inspeccionó, volvió hacia él el hocico y le lamió ligeramente la paletilla. Pero enseguida le advirtió que se alejara de los cachorros, mostrándole los dientes de una manera que era menos dura que lo usual y que encerraba una disculpa más que una amenaza. Disminuía el miedo instintivo de la hembra por el padre de su cría. El «Tuerto» se portaba como corresponde a un lobo y no manifestaba ningún deseo malvado de devorar aquellas vidas jóvenes que ella había traído al mundo.

CAPÍTULO III

El lobezno gris

Era muy distinto de sus hermanos y hermanas. Su pelo mostraba ya el color rojizo que habían heredado de la madre, mientras que él, el único de la lechigada, se parecía en ello a su padre. Era el único lobezno gris de la camada. Pertenecía a la verdadera raza de los lobos, tanto, que de hecho era idéntico al viejo «Tuerto», diferenciándose de él tan sólo en que tenía dos ojos y los dos sanos.

Aunque no hacía mucho tiempo que el lobezno gris había abierto por primera vez los ojos, veía ya claramente. Mientras permanecieron cerrados utilizó sus otros sentidos: el tacto y el olfato. Conocía muy bien a sus dos hermanos y a sus dos hermanas. Empezó a retozar con ellos de una manera débil, completamente inseguro de sus músculos, y aun a pelearse con ellos, mientras vibraba su garganta con un sonido curioso como si se raspase algo (precursor de futuros aullidos) cuando empezaba a enfurecerse. Mucho antes de que se abrieran sus ojos, aprendió a conocer a su madre por el tacto y por el olfato: fuente de ternura y de alimento líquido y cálido. Poseía una lengua cariñosa y acariciadora, que le calmaba cuando se la pasaba por su cuerpo pequeño y blando y que le inducía a apretarse contra ella y a dormitar.

Pasó en sueños la mayor parte del primer mes de su vida. Pero ahora que ya podía ver bien, se alejaba durante mucho tiempo, adquiriendo completos conocimientos sobre lo que le rodeaba. Su mundo era oscuro, pero él no lo sabía, pues no conocía otro. Estaba iluminado muy débilmente, pero sus ojos no habían necesitado acomodarse a otra luz. Era muy pequeño, sus límites eran los muros de la caverna, pero como no sabía que existiera algo fuera de ella, no le oprimían los estrechos confines de su existencia.

Muy pronto descubrió que uno de los muros de la caverna era distinto de los demás. Era la entrada y la fuente de luz. Antes de tener ideas o voliciones propias, descubrió que era distinto de los otros. Antes de que sus ojos se abrieran y lo observaran, había ejercido una irresistible atracción sobre él. La luz que provenía de allí incidió sobre sus párpados semicerrados, provocando en los nervios ópticos destellos parecidos a rayos, de un color intenso y extrañamente agradables. La vida de su cuerpo y toda fibra de él, la vida, que era la base de su propio cuerpo, algo enteramente distinto de su existencia personal, tendía hacia la luz e impelía su carne hacia ella, de la misma manera que la estructura sutil de la planta la induce a buscar el sol.

Siempre, aun antes de la aurora de su vida consciente, se arrastró hacia la entrada de la cueva. Sus hermanos y hermanas hacían lo mismo. Durante aquel período ninguno se arrastró hacia los rincones oscuros de la cueva. La luz les atraía como si fueran plantas. La estructura química de la vida que les movía exigía la luz como una condición de su existencia. Sus cuerpecillos de cachorros se arrastraban ciegamente, impulsados por una energía química, como los sarmientos de la vid. Más tarde, cuando cada uno desarrolló una personalidad propia y adquirió conciencia de sus impulsos y deseos personales, aumentó la atracción que sobre ellos ejercía la luz. Siempre se arrastraban hacia ella, trayéndoles su madre de vuelta.

Así, el lobezno gris aprendió a conocer otras particularidades de su madre, además de la lengua suave y acariciadora. Al intentar insistentemente alcanzar la luz, descubrió que ella poseía un hocico, con el cual le enviaba de un golpe otra vez hacia atrás; más tarde encontró que poseía una pata que le tiraba al suelo y le hacía rodar por allí con un movimiento rápido y bien calculado. Así aprendió a conocer el dolor y a evitarlo, primero no incurriendo en riesgo de castigo, y segundo, arrastrándose y retirándose. Procedía, sí, conscientemente, resultado de sus primeras generalizaciones. Retrocedía automáticamente ante el peligro, así como se dirigía, como movido por un mecanismo, hacia la luz. Después, retrocedía ante el dolor, porque sabía que hacía daño.

Era un lobezno feroz, lo mismo que sus hermanos y hermanas, lo que no es de extrañar, pues era carnívoro. Procedían de una raza que mataba para comer y que se alimentaba de carne. Sus padres no comían otra cosa. La leche que mamó cuando su vida era todavía una llama vacilante era carne transformada directamente en alimento. Ahora, cuando ya tenía un mes, cuando apenas hacía una semana que había abierto los ojos, empezaba también a comer carne, que la loba digería a medias y luego devolvía para alimentar a sus cinco cachorros, que ya exigían demasiado de sus pechos. Pero además era el más malo de toda la camada. Podía hacer un ruido, como si se raspara algo, más sonoro que el de los otros cuatro. Sus impotentes rabietas eran mucho más terribles que las de sus hermanos y hermanas. Fue el primero que aprendió la manera de tirar al suelo y hacer rodar de una patada a cualquiera de los otros cuatro. Fue el primero que aprendió a prenderse de una oreja y a tirar y arrastrar y a gruñir a través de la dentadura herméticamente cerrada. Ciertamente fue el que más trabajo dio a su madre para impedir que toda la camada escapara por el agujero por donde entraba la luz.

Día a día aumentaba la fascinación que la misma ejercía sobre el lobezno gris. Continuamente emprendía vastas exploraciones hacia la abertura de la cueva hasta una distancia de un metro de su madre, a la que al llegar la loba le mandaba a su sitio. Sólo que él no sabía que era la entrada. No sabía nada acerca de entradas o salidas, acerca del camino que se recorre cuando se va de una parte a otra. No conocía ningún otro lugar y muchísimo menos un camino para llegar hasta allí. Para él la entrada de la cueva era un muro de luz. Lo que es el sol para los que habitan fuera de la cueva, era para él la entrada luminaria de su mundo. Le atraía como la vela encendida a una polilla. Continuamente trataba de alcanzarla. La vida, que tan velozmente se desarrollaba en él, le inducía siempre a acercarse al muro de luz. Pero nada sabía acerca de ello, ni siquiera que existía algo más allá.

Había algo extraño en este muro. Su padre (ya le reconocía como uno de los habitantes de su mundo, criatura muy parecida a su madre, que dormía cerca de la luz y que traía la carne) tenía la costumbre de caminar en dirección a aquel cerco luminoso y desaparecer. El lobezno gris no podía comprenderlo. Aunque su madre nunca le permitía que se aproximara a aquel muro de luz, había explorado todos los otros, encontrando que el extremo de su nariz chocaba con algo duro, que causaba dolor. Después de varias aventuras, no se preocupó más en husmear las paredes. Sin pensar mucho sobre ello, aceptó la desaparición de su padre en el muro luminoso como una peculiaridad de su progenitor, así como la leche y la carne semidigerida eran propias de su madre.

En realidad, el lobezno gris no era muy propenso a pensar, por lo menos a la manera propia de los hombres. Aunque su cerebro funcionaba de una manera algo nebulosa, sus conclusiones eran tan netas y diferenciadas como aquellas a las que llegan los hombres. Tenía un método propio de aceptar las cosas, sin preguntarse el cómo y el para qué. En realidad, era una especie de clasificación. Nunca se preocupaba por saber cómo ocurría una cosa, sino por qué ocurría, lo que le bastaba. Por ejemplo, después de chocar varias veces su nariz contra los muros, aceptó como un hecho inevitable que no desaparecería dentro o a través de ellos. De la misma manera aceptaba que su padre desapareciera a través de los muros luminosos. Pero no le acuciaba el deseo de saber dónde residía la diferencia entre su padre y él. Ni la lógica ni la física formaban parte de su estructura mental.

Como la mayor parte de las criaturas de la selva, muy pronto trabó conocimiento con el hambre. Llegó un tiempo durante el cual no sólo cesó el suministro de carne, sino que se agotó la leche de su madre. Al principio los cachorros gimieron y se quejaron, pero después durmieron la mayor parte del tiempo. No pasó mucho sin que se encontraran en una verdadera agonía, provocada por el hambre. Ya no jugaban o se peleaban entre ellos, ya no se oían sus impotentes rabietas, ni sus tentativas de gruñir o de aullar. Cesaron por entero las expediciones de descubrimientos hacia el muro de luz. Los lobeznos dormían, mientras vacilaba la llama de la vida en ellos y amenazaba apagarse enteramente.

El «Tuerto» estaba desesperado. Dormía muy poco en la cueva, que ahora daba una impresión de miseria y que carecía de alegría para hacer grandes recorridos. También la loba abandonó la camada y se dedicó a buscar alimento. El primer día, después de nacer los cachorros, el «Tuerto» visitó varias veces el campamento indio, robando las trampas para liebres. Pero al fundirse la nieve y ser navegables los ríos, los indígenas habían trasladado su campamento, por lo que quedó cerrada aquella fuente de abastecimiento.

Cuando revivió el lobezno gris y empezó a interesarse nuevamente por la vida, encontró que había disminuido la población de su mundo. Sólo quedaba una hermana; el resto había desaparecido. Cuando aumentaron sus fuerzas, se vio obligado a jugar solo, pues su hermana no levantaba la cabeza ni recorría la cueva. El cuerpo del lobezno se redondeaba con lo que comía, pero el alimento llegó demasiado tarde para ella. Dormía continuamente y no era más que un esqueleto recubierto de piel, en el cual la llama de la vida vacilaba, hasta que, finalmente, se extinguió por completo.

Llegó un tiempo en el cual el lobezno ya no vio a su padre aparecer y desaparecer en el muro luminoso o yacer durmiendo a la entrada de la cueva. Esto ocurrió al final de un segundo y menos severo período de hambre. La loba sabía por qué no volvía el «Tuerto», pero no poseía ningún medio de comunicárselo al lobezno gris. Mientras ella se dedicaba a cazar, encontró huellas del «Tuerto», que debían proceder del día anterior y que se extendían junto al afluente de la margen derecha, donde vivía el lince. La loba encontró al «Tuerto», o mejor, lo que quedaba de él, al final de las huellas. Había muchos indicios de una encarnizada lucha y de la retirada hacia su cueva, con los honores del vencedor, del lince. Antes de alejarse, encontró el refugio de ella misma, pero como parecía encontrarse dentro, no se atrevió a entrar.

Después la loba evitó el afluente derecho, cuando iba de caza. Sabía que en la cueva del lince se encontraba una camada y que ese animal es una malísima criatura, de pésimo carácter y terrible luchador. Media docena de lobos pueden obligar a un lince a refugiarse en un árbol, enarcando el lomo como un gato, con toda la pelambre erizada, pero es algo enteramente distinto que un lobo solo haga frente a un lince, especialmente cuando se sabe que este último tiene una camada hambrienta que alimentar.

Pero la selva es la selva, la maternidad es la maternidad, siempre dispuesta a proteger a su prole, sea allí o en un ambiente civilizado. Llegaría el día en el cual, por el lobezno gris, la loba arrostraría el peligro del afluente derecho, la caverna del lince y su rabia.

CAPÍTULO IV

El muro del mundo

Cuando su madre empezó a abandonar el cubil para dedicarse a sus expediciones de caza, el lobezno había aprendido perfectamente la ley según la cual estaba prohibido acercarse a la entrada. No sólo su madre se la había enseñado con el hocico y las patas, sino que además empezaba a desarrollarse en él el sentimiento del miedo. En su breve vida en la cueva no había encontrado nada que le produjera ese sentimiento que, sin embargo, existía en él. Llegaba hasta él, desde sus más remotos ascendientes, a través de millares de millares de vidas. Era una herencia que recibió directamente del «Tuerto» y de la loba, y que, a su vez, ellos tenían de todas las generaciones anteriores de lobos. El miedo es un legado al que no escapa ninguna criatura de la selva.

Así pues, el lobezno conoció el miedo, aunque no sabía a qué se debía. Es probable que lo aceptara como una de las restricciones de la vida, pues sabía ya que existían limitaciones. Había conocido el hambre, y cuando no pudo calmarla, comprendió que existía una barrera. El obstáculo de los muros, los enérgicos golpes del hocico de su madre, sus patadas que le hacían revolcarse por el suelo, el hambre insatisfecha de varios períodos le hicieron comprender que no todo era libertad en el mundo, que la vida estaba sujeta a limitaciones y a restricciones, que eran verdaderas leyes. Obedecerlas significaba escapar a lo que hacía daño y ser feliz.

No razonaba al respecto a la manera de los seres humanos. Se limitaba a clasificar las cosas en dos grupos: las que hacen daño y las que no lo hacen. Después de eso se concretó a evitar las primeras —las restricciones y limitaciones— para poder gozar de las segundas: de las satisfacciones y premios de la vida.

Así, obedeciendo a la ley establecida por su madre y a la otra de aquella cosa desconocida y sin nombre, el miedo, se mantuvo alejado de la entrada de la caverna, que seguía siendo para él un muro de blanca luz. Cuando su madre no se encontraba junto con él, pasaba el tiempo durmiendo. Si estaba despierto se mantenía silencioso, ahogando los lamentos que le cosquilleaban la garganta y su tendencia a hacer ruido.

Una vez, estando despierto, oyó un sonido extraño en la boca de la cueva. No sabía que era un glotón, que temblaba de su propia audacia y que olisqueaba cautelosamente cuanto había en la caverna. El lobezno sabía tan sólo que era algún extraño, algo que no había clasificado todavía; en consecuencia, desconocido y terrible, pues lo que no se ha experimentado previamente es uno de los elementos que componen el miedo.

Silenciosamente se erizaron las crines del lobezno gris. ¿Cómo sabía él que la cosa que olisqueaba era una de aquellas ante las cuales debe erizarse el pelo? No procedía de ningún conocimiento anterior, pero era la expresión visible del miedo que sentía y del que no poseía ninguna explicación en su vida. Acompañaba al terror otro instinto: el de ocultarse. El lobezno se encontraba en el paroxismo del miedo, tirado en el suelo, sin hacer ningún ruido o movimiento, helado, petrificado hasta la inmovilidad, aparentemente muerto. Cuando volvió su madre gruñó, al sentir el olor del animal extraño, se metió corriendo en la cueva y paseó su hocico por todo el cuerpo de su hijo, con casi excesivas demostraciones de afecto. De manera algo nebulosa el lobezno comprendió que había escapado a un gran peligro.

Pero dentro de él se desarrollaban otras fuerzas, la mayor de las cuales era el crecimiento. El instinto y la ley exigían que obedeciera. Pero el crecimiento demandaba desobediencia. El miedo y su madre le impelían a que se alejara del muro blanco. Mas el crecimiento equivale a la vida y ésta está destinada a correr hacia la luz. No había ninguna posibilidad de frenar aquella vida tumultuosa que hervía en él, que se acrecentaba con cada bocado de carne que tragaba, con cada inspiración que entraba en sus pulmones. Finalmente, un día, impulsado por la fuerza vital, dejó de lado el miedo y la obediencia a su madre, y el lobezno avanzó a trompicones hacia la entrada.

A diferencia de los otros muros que había conocido, éste parecía retroceder a medida que avanzaba. Ninguna superficie dura se oponía a la frágil nariz, que él mandaba cautelosamente como vanguardia. La materia del muro parecía tan permeable y huidiza cual la luz. Como, a sus ojos, parecía tener forma, entró en lo que había sido un muro para él y se bañó en la sustancia que lo componía.

Era para volverse loco. Se arrastraba a través de lo que él creía sólido. La luz era cada vez más intensa. El miedo le inducía a volverse, pero el crecimiento le obligaba a seguir avanzando. De repente se encontró en la entrada de la cueva. El muro dentro del cual había creído encontrarse se alejó de improviso a una distancia infinita. La luz era tan clara que hacía daño, tanto que se sentía repentinamente ciego. Igualmente le mareaba la abrupta y tremenda extensión del espacio. Automáticamente sus ojos empezaban a ajustarse a la intensidad de la luz, enfocándose para acomodarse a la mayor distancia de los objetos. Al principio el muro parecía haber desaparecido de su campo visual. Volvió a distinguirlo, pero a una distancia notable. También había cambiado su apariencia. Era un muro abigarrado, compuesto por los árboles que crecían en las márgenes del río, por las montañas opuestas, que se elevaban por encima de los árboles y por el cielo que estaba aún más arriba que los perros.

Se sintió presa de un gran miedo. Aparecía otra vez lo terrible y lo desconocido. Se echó a la entrada de la cueva y examinó el mundo que se presentaba ante él. Puesto que era desconocido, le era hostil.

En consecuencia, se le erizó el pelo, sus labios se contrajeron, como si pretendiera mostrar los dientes y gruñir a aquel mundo feroz, que le intimidaba. Su misma pequeñez y miedo le inducían a desafiar y a amenazar al universo entero.

Nada ocurrió. Continuó observando, y tan grande era su interés, que se olvidó de los gruñidos y de sus temores. En aquel momento el ansia de vida había desplazado al terror, disfrazándose de curiosidad. Empezó a notar la existencia de objetos cercanos: una parte del río, libre de hielos, que centelleaba a la luz del sol; el pino semidestruido, que se encontraba en la base de la escarpa, y esta misma, que se levantaba hasta él y que terminaba a unos sesenta centímetros por debajo de la parte inferior de la entrada de la cueva en la cual él se encontraba.

El lobezno gris había vivido hasta ahora en un suelo completamente plano. No había experimentado nunca la desagradable sensación de una caída. No sabía lo que significaba caer, por lo que continuó avanzando audazmente en el aire. Mientras sus patas traseras se apoyaban todavía en la entrada de la cueva, las delanteras se encontraban en el vacío, por lo que cayó con la cabeza hacia delante. La tierra le golpeó duramente en la nariz, lo que le indujo a aullar lastimeramente. Empezó a rodar hacia abajo por la escarpa. Se encontraba poseído de un pánico terrorífico. Al fin lo desconocido se había apoderado de él, dominándole sin ninguna consideración, y se preparaba a herirle terriblemente. El miedo había desplazado al crecimiento. El lobezno se quejaba como cualquier otro cachorro aterrorizado.

Lo desconocido iba a herirle enseguida de una manera terrible e inimaginable, por lo que no dejaba de quejarse y aullar. Era algo muy distinto a estarse quieto, acurrucado en un terror que obligaba a la inmovilidad, mientras lo desconocido esperaba fuera. Ahora aquello que no tenía nombre le había asido fuertemente entre sus garras. El silencio no servía de nada. Además, no era el miedo, sino el terror lo que le poseía.

Pero la escarpa era cada vez menos pronunciada, uniéndose al nivel general mediante una superficie cubierta de hierba, donde el lobezno perdió velocidad. Cuando se detuvo finalmente, lanzó un último grito de agonía y después una exclamación prolongada y temblorosa. Además, de la manera más natural, como si se hubiera limpiado ya mil veces en su vida, procedió a desprender con la lengua el barro que le ensuciaba.

Después se sentó y empezó a observar el lugar en que se encontraba con la misma atención que prestaría el primer hombre que llegase a Marte. El lobezno había atravesado el muro que le separaba del mundo, lo desconocido le había soltado y se encontraba allí sin sentirse herido. Pero el primer terrícola que llegase a Marte se sentiría menos extrañado que el lobezno. Sin ningún conocimiento previo, sin ninguna advertencia acerca de su existencia, se encontraba explorando un mundo enteramente nuevo.

Ahora que había escapado de las garras de lo desconocido, se olvidó que encerraba peligros. Se sentía poseído tan sólo por la curiosidad acerca de lo que le rodeaba. Husmeó la hierba, las plantas que crecían un poco más allá, el tronco semidestruido del pino que se encontraba en el límite de un espacio abierto entre los árboles. Una ardilla que corría por el pie del árbol cayó sobre él, aterrorizándole y obligándole a echarse a tierra y a mostrar los dientes. Pero su contrario tenía tanto miedo como él. Se subió al árbol y desde aquel punto seguro insultó ferozmente al lobezno.

Esto contribuyó a elevar su moral, y aunque su próximo encuentro, un pájaro carpintero, le dio otro susto, prosiguió confiadamente su camino. Tal era su confianza, que cuando un nuevo pájaro chocó audazmente con él, el lobezno extendió una pata de modo amigable, como si pretendiera jugar. Éste le respondió con un picotazo en la nariz, que indujo al lobezno a echarse a tierra y a gritar. El ruido fue tan intenso, que el pájaro, asustado, decidió poner tierra de por medio, echando a volar.

Pero el lobezno aprendía. Su mente nebulosa había establecido ya una clasificación. Existían cosas vivientes y otras que no lo eran. Además, era necesario cuidarse de las primeras. Las cosas inanimadas permanecen siempre en el mismo lugar, pero las vivientes se desplazan, siendo imposible predecir lo que harán. Siempre ha de esperarse de ellas lo inesperado, para lo cual se ha de estar siempre en guardia.

Se movía de una manera muy desmañada. Caía sobre los arbustos y sobre las cosas. Una rama, que él se imaginaba que se encontraba muy lejos, le golpeaba en el momento menos pensado, dándole en el hocico o azotándole las costillas. La superficie distaba de ser uniforme. Muchas veces se equivocaba y se caía hacia adelante sobre la nariz, o sus patas se enredaban en los obstáculos. Había guijarros que giraban debajo de sus pies cuando los pisaba. Así vino a aprender que no todas las cosas que carecían de vida se encontraban en el mismo estado de equilibrio estable como la cueva, y que las cosas inertes de pequeñas dimensiones eran más propensas que las grandes a caer o a dar vueltas. Aprendía con cada fracaso. Cuanto más tiempo hacía que caminaba, tanto mejor se desempeñaba. Empezaba a acomodarse a sí mismo, a calcular sus propios movimientos musculares, a apreciar la distancia mutua entre los objetos y entre éstos y él mismo.

Era la suerte, que parece favorecer a todo principiante. Aunque no lo sabía, había nacido para ser cazador. En su primer viaje de exploración por el mundo, por obra de la casualidad cayó sobre una presa, a la misma entrada de la cueva. Por pura suerte encontró el nido de una gallinácea, cuidadosamente oculto. Lo encontró intentando caminar a lo largo del tronco del pino caído. Bajo sus pies, cedió la corteza podrida; con un grito de desesperación se sintió caer, atravesó la hojarasca y se encontró en un nido, en el cual había siete polluelos.

Hicieron mucho ruido, lo que al principio asustó al lobezno. Pero después se dio cuenta de que eran muy pequeños, lo que le proporcionó una cierta audacia. Se movían. Colocó sus patas sobre uno de ellos, lo que contribuyó a que aceleraran sus movimientos. Esto era una fuente de placer para él. Olió uno de ellos y se lo metió en la boca. El polluelo se debatía y le hacía cosquillas en la lengua. Al mismo tiempo, el lobezno sintió una sensación de hambre. Se le cerraron las mandíbulas. Crujieron los frágiles huesos del pájaro y la sangre cálida le llenó la boca. Le gustaba. Era carne, la misma que le traía su madre, sólo que ésta estaba viva en sus dientes y, en consecuencia, le gustaba más. Se comió aquel polluelo y no paró hasta haber devorado todos los habitantes del nido. Se relamió de la misma manera que lo hacía su madre y empezó a arrastrarse hacia fuera.

Se encontró con un torbellino de plumas. Le confundieron y le cegaron la velocidad del ataque y los golpes de las furiosas alas. Escondió la cabeza entre las patas y gimió. Aumentaron los golpes. La madre de los polluelos estaba furiosa. Pero entonces el lobezno empezó a compartir ese sentimiento. Se levantó, mostrando los dientes y golpeando con las patas. Hundió sus dientecillos en una de las alas y la desgarró con todas sus fuerzas. El pájaro luchaba dejando caer sobre él un diluvio de golpes con el ala que le quedaba libre. Era la primera batalla del lobezno. Se sentía orgulloso. Olvidó toda la impresión que le había hecho lo desconocido. Ya no tenía miedo de nada. Luchaba, prendido a una cosa viviente, que le golpeaba. Además, era alimento. Se sentía poseído del deseo de matar. Acababa de aniquilar cosas vivientes. Ahora estaba empeñado en hacer lo mismo con otro objeto mayor. Estaba demasiado ocupado y era demasiado feliz como para darse cuenta de que lo era. Se exaltaba y enardecía de una manera que le era extrañamente nueva y superior a cualquiera que hubiese conocido.

Siguió prendido al ala, mientras gruñía por entre sus dientes fuertemente apretados. El pájaro le arrastraba fuera del bosquecillo. Cuando se volvió tratando de llevar al lobezno nuevamente hacia allí, éste se empeñó en salir fuera del conjunto de arbustos. Mientras tanto, el pájaro continuaba gritando y golpeándole con el ala saltando las plumas como durante una nevada. El lobezno podía precisar la intensidad emotiva de lo que hacía. Surgía en él toda la sangre luchadora de su raza. Esto era la vida, aunque no lo supiera. Empezaba a comprender el sentido de su existencia en el mundo: matar las cosas vivientes y luchar para poder hacerlo. Justificaba su existencia, lo más que puede hacer la vida, pues ésta alcanza su intensidad máxima cuando ejecuta aquello para lo que ha sido creada.

Después de algún tiempo, el pájaro dejó de luchar. El lobezno no había soltado el ala; ambos estaban en el suelo y se miraban fijamente. Intentó gritar de tal modo que sonara amenazadora y ferozmente. El pájaro le picoteó la nariz, que ya había salido bastante mal parada de aventuras anteriores. Retrocedió, pero sin soltarle. El pájaro siguió picoteándole, ante lo cual el lobezno dejó de retroceder y empezó a aullar lastimeramente. Quiso escapar, olvidando que como no soltaba su presa ésta lo seguiría continuamente. Sobre su desdichada nariz cayó un nuevo diluvio de picotazos. El deseo de lucha decreció en él y abandonando a aquel pajarraco dio la vuelta y echó a correr en una ignominiosa derrota.

Se echó a descansar en el otro lado del bosquecillo, cerca del extremo donde crecían los últimos árboles, con la lengua fuera, respirando fatigosamente, sin dejar de dolerle la nariz, lo que le obligaba a seguir gritando. Mientras permanecía tirado allí, sintió de repente que algo terrible estaba a punto de sucederle. Nuevamente cayó sobre él la sensación de lo desconocido, por lo que instintivamente se refugió en el bosquecillo. Un soplo de aire pasó cerca de él y un largo cuerpo alado se deslizó silenciosamente como un símbolo de mal agüero. Un halcón, descendido del azul del cielo, le había errado por una distancia pequeñísima.

Mientras yacía entre los arbustos, tratando de recuperar el aliento y sin perder de vista nada de lo que ocurría, la gallinácea salió del nido al otro lado del espacio descubierto. Debido a la pérdida que acababa de comprobar, no prestó la menor atención al rayo alado que caía del cielo. Pero el lobezno lo vio, lo que fue una advertencia y una lección para él. Observó la picada del halcón, su ligero vuelo a corta distancia del suelo, su ataque sobre la gallinácea, el grito de agonía y de terror de ésta y la forma veloz como el halcón ganó altura, llevándosela.

Pasó algún tiempo antes de que el lobezno abandonara su refugio. Había aprendido muchas cosas. Las cosas vivientes eran el alimento, y buenas para comer. Pero algunas de ellas, demasiado grandes, podían hacer daño. Era mejor devorar las cosas vivientes de pequeño tamaño, como los polluelos, y dejar pasar de largo a los adultos. Sin embargo, sentía ganas y ambición de continuar su pelea con aquella ave, sólo que el halcón se la había llevado. Es posible que hubiera otras. Podía proseguir sus exploraciones y averiguarlo.

Por un sendero resbaladizo descendió hasta el río. Era la primera vez que veía agua. Parecía ofrecer una excelente superficie para caminar sobre ella; por lo menos era bastante lisa. Echó a andar audazmente sobre la capa líquida, pero se hundió, gritando de terror, en los brazos de lo desconocido. Estaba fría. El lobezno abrió la boca, respirando agitadamente. El líquido entró en sus pulmones en lugar del aire que había llegado siempre hasta allí con cada movimiento respiratorio. La sofocación que experimentó fue como una agonía. Para él equivalía a eso. No tenía un conocimiento consciente de la muerte, pero como todos los animales de la selva, la conocía instintivamente. Para él era el más grande de los males, la misma esencia de lo desconocido, la suma de los terrores, la catástrofe mayor e inimaginable que podía ocurrirle, acerca de la cual nada sabía y todo lo temía.

Volvió a la superficie y el aire vivificante entró a borbotones por su boca abierta. Y ya no se hundió más. Como si hubiera sido una vieja costumbre suya, empezó a mover las patas y a nadar. La orilla se encontraba a un metro de distancia, pero llegó a ella de espaldas, porque la primera cosa en que se fijaron sus ojos fue la opuesta, hacia la cual empezó a nadar inmediatamente. El arroyo no era muy caudaloso, pero en aquel punto se ensanchaba hasta alcanzar varios metros. En la mitad de su travesía le agarró la corriente y le arrastró aguas abajo. Aquel torbellino en miniatura en la mitad del arroyo trabó sus movimientos y no le permitió nadar. Las aguas estaban muy turbulentas allí. A veces se hundía, otras veces se encontraba a flote, pero siempre en un movimiento violento volcándole unas veces, dándole vuelta otras o haciéndole chocar con una roca. Cuando ocurría esto último, aullaba. Avanzaba, aguas abajo, con una serie de alaridos, de cuyo número se podría deducir el de las rocas contra las que chocó.

Más allá de los rápidos se encontraba un remanso donde le capturó el movimiento circular de las aguas que lo llevó gentilmente hasta la orilla, depositándole con el mismo cuidado en un montón de piedras. Se arrastró enérgicamente hasta quedar fuera del alcance del líquido y se tiró al suelo. Había aprendido algo más acerca del mundo. El agua no era una cosa viva, y, sin embargo, se movía. Parecía tan sólida como la tierra, pero carecía de su resistencia. Dedujo que las cosas no son siempre lo que parecen. El miedo que sentía el lobezno por lo desconocido era parte de su herencia, que el experimento reciente acababa de reforzar. En consecuencia, poseería de ahora en adelante una desconfianza permanente acerca de la naturaleza de las cosas y de sus apariencias. Previamente debería conocer la realidad de una cosa antes de depositar su fe en ella.

Aquel día estaba destinado a tener otra aventura más. De repente se acordó que existía en el mundo su madre. Se sintió poseído por el deseo de estar cerca de ella más que ninguna otra cosa. No sólo se sentía cansado corporalmente, sino que el esfuerzo había sido demasiado para su diminuto cerebro. En todos los días de su vida no había trabajado tan duramente como en aquél. Además, tenía sueño. Se dedicó a buscar su cubil y a su madre, sintiéndose atacado por un sentimiento de soledad y de impotencia.

Atravesaba penosamente un grupo de arbustos cuando oyó un grito agudo de intimidación. Ante sus ojos pasó un relámpago de color amarillo. Vio una comadreja que se alejaba de él a saltos. Era una cosa viviente pequeña, por lo que no debía tener miedo. Entonces, ante él, ante sus mismos pies, distinguió una cosa viva extraordinariamente pequeña, de unos pocos centímetros de largo: una comadreja joven, que como él había salido en busca de aventuras, desobedeciendo órdenes expresas. Intentó retirarse ante el lobezno, que le hizo dar vueltas con un movimiento de sus patas. La comadreja joven produjo un ruido extraño, como algo que se frotara. En aquel mismo momento reapareció ante sus ojos el relámpago amarillo. Oyó otra vez el grito de intimidación y en el mismo instante recibió un golpe en el cuello y sintió los agudos dientes de la madre de la comadreja que cortaban su carne.

Mientras aullaba y sollozaba y se arrastraba hacia atrás, vio que la madre se alejaba con su vástago y desaparecía en la espesura próxima. Todavía le dolía la dentellada en el cuello, pero más herido estaba su orgullo. Se sentó y se lamentó en voz alta. La madre era tan pequeña y tan feroz... Aún tenía que aprender que a pesar de su tamaño y de su peso la comadreja es uno de los más feroces, vengativos y terribles asesinos de la selva. Pero pronto ese conocimiento formaría parte de su acervo de experiencias.

Aún seguía lamentándose cuando reapareció la comadreja. No le atacó de improviso ahora que su hijo estaba a salvo. Se acercó cautelosamente, por lo que el lobezno tuvo ocasión de observar su cuerpo elástico, como el de una serpiente, y su cabeza erguida, interesada en todo lo que la rodeaba, y que también tenía algo de reptil. Su grito agudo y amenazador hizo que se le erizaran todos los pelos y que le mostrara los dientes a manera de advertencia. Ella se acercaba cada vez más. Dio un salto, mucho más rápido de lo que podía percibir la vista inexperta del lobezno, de cuyo campo visual desapareció. Enseguida la comadreja estaba prendida de su cuello, clavando los dientes en su pelo y su carne.

Al principio el lobezno aulló y trató de pelear, pero era muy joven; aquél era su primer día en el mundo, por lo que su voz sólo pareció un sollozo y su lucha una tentativa de escapar. La comadreja no soltaba lo que había apretado entre sus dientes. Seguía colgada, intentando llegar hasta la gran vena por donde corría la vida del lobezno, pues bebe sangre y prefiere siempre sorberla en la fuente misma de la vida.

El lobezno hubiera muerto, con lo que nos quedaríamos sin tema para este libro, si la loba no hubiera llegado a saltos a través de los arbustos. La comadreja abandonó al lobezno, pero en cambio se echó sobre la loba, intentando, con la velocidad del rayo, prenderse de su cuello, aunque calculó mal la distancia, por lo que sus dientes se hincaron en la mandíbula de la loba, que sacudió la cabeza como si fuera un látigo, hasta que su enemiga se soltó y se elevó por el aire, arrojada muy alto por la fuerza de la loba. Mientras descendía a tierra, los dientes se cerraron sobre el cuerpo ágil y amarillo, encontrando la comadreja la muerte entre las mandíbulas de la loba.

El lobezno aguantó otro acceso de afecto de parte de su madre. La alegría de la loba por verle nuevamente parecía aún mayor que la suya propia por haber sido encontrado. Le acarició con el hocico y le lamió las heridas que le habían inferido los dientes de la comadreja.

Después, entre los dos, la loba y el lobezno, devoraron a la bebedora de sangre, volvieron a la cueva y durmieron.

CAPÍTULO V

La ley del sustento

El lobezno se desarrollaba rápidamente. Descansó dos días, después de los cuales se atrevió a abandonar otra vez la cueva. Durante el segundo viaje de aventuras encontró al joven cuya madre habían devorado la loba y él. Cuidó que el hijo siguiera el mismo destino que la madre. Pero no se perdió en esta segunda serie de aventuras. Cuando se cansó, encontró el camino de regreso a la cueva, donde durmió. Después salía todos los días, recorriendo distancias cada vez mayores.

Empezó a estimar adecuadamente su fuerza y su debilidad y a saber cuándo podía ser audaz y cuándo debía ser cauteloso. Encontró que valía más tener siempre cuidado excepto en los raros momentos cuando, seguro de su propia intrepidez, se abandonaba a sus rabietas o a sus deseos. Se convertía siempre en un demonio furioso cuando encontraba alguna gallinácea aislada. Nunca dejó de responder salvajemente al palabrerío de la ardilla que encontró por primera vez en el pino semidestruido. Ver un pájaro carpintero le producía casi siempre una rabia furiosa, pues nunca pudo olvidar los picotazos en la nariz que le administró el primer animal de esa especie que encontró.

Pero había veces en que ni siquiera eso podía despertar su rabia: era cuando se sentía él mismo en peligro proviniente de algún otro cazador. Nunca olvidó al halcón, y su sombra le hacía siempre esconderse en el bosquecillo más cercano. Ya no andaba de cualquier manera ni vagaba sin dirección fija, sino que empezaba a adoptar el paso de su madre: veloz y furtivo, aparentemente sin esfuerzo, y que sin embargo, se deslizaba con una rapidez que era tan engañosa como imperceptible. En lo que respecta al alimento, su provisión se agotó el primer día. Los siete polluelos de la gallinácea y la joven comadreja era cuanto había podido matar hasta entonces. Con el transcurso del tiempo aumentaba su deseo de matar. Tenía voraces intenciones respecto a la ardilla, que parloteaba tan volublemente y que siempre informaba a todo el bosque de su proximidad. Pero los pájaros volaban y la ardilla lograba subirse a los árboles, por lo que el lobezno sólo podría atacarla por sorpresa cuando estuviera en el suelo.

Tenía un profundo respeto por su madre. Podía conseguir alimento y nunca dejaba de traerle su parte. Además ella no tenía miedo. No se le ocurría al lobezno que la loba adeudaba eso a la experiencia y a la sabiduría. Al lobezno le causaba una impresión de potencia. Su madre representaba la fuerza. Mientras creció la sintió en las severas advertencias de sus patas, aunque a veces la reprobación de su hocico se transformaba en el castigo de sus colmillos. Por esta razón, también la respetaba. Ella le obligaba a obedecer, y cuanto más crecía el lobezno, tanto mayor era su enojo.

Volvió el hambre, que esta vez el lobezno experimentó con plena conciencia. La loba enflaquecía en la busca de alimento. Rara vez dormía ya en la cueva, perdiendo inútilmente la mayor parte del tiempo en la caza. Este nuevo período de escasez no duró mucho tiempo, pero fue muy severo. El lobezno ya no encontraba leche en los pechos de su madre, ni recibía de ella su acostumbrado pedazo de carne.

Antes el lobezno se había dedicado a la caza por pura distracción, por el placer que le causaba. Ahora que lo hacía seriamente, impelido por la dura necesidad, no encontraba nada. Sin embargo, su fracaso aceleró su madurez. Estudió con mucho cuidado los hábitos de la ardilla e intentó con gran habilidad acercarse sigilosamente a ella y sorprenderla. Acechó a los roedores y trató de hacerlos salir de sus cuevas. Aprendió mucho acerca de las costumbres de los pájaros. Llegó un día en que ya no tuvo miedo de la sombra del halcón ni se escondió en la espesura al verle. Había aumentado su fuerza, su saber y su confianza en sí mismo. Se mostró a la vista de todos en un espacio abierto y desafió al halcón a que bajara de las alturas; el lobezno sabía que allá en lo alto, flotando en el espacio azul que se encontraba por encima de él, estaba la carne que su vientre apetecía tan insistentemente. Pero el halcón se negó a bajar y a librar batalla, por lo que el lobezno se dirigió a un bosquecillo para lamentarse de su hambre y de su desengaño.

Terminó el período del hambre. La loba llegó a la cueva con un alimento muy extraño, distinto de cuanto había cazado antes. Era uno de los hijos del lince, casi de la misma edad que el lobezno, pero no tan grande. Era todo para él. Su madre había satisfecho ya su hambre, aunque el lobezno ignoraba que había devorado el resto de la camada del lince. El lobezno tampoco podía comprender hasta qué punto era desesperada la acción de su madre. Sabía sólo que aquello era alimento, por lo que comió, sintiéndose más feliz a cada bocado.

Un estómago lleno invita a la inactividad, por lo que se echó en la cueva y se quedó dormido al lado de su madre. Le despertó un aullido de ella, que nunca le pareció más terrible. Es probable que la loba no aullara nunca de manera tan horripilante como aquella vez. Había razón para ello y nadie lo sabía mejor que la misma loba. No se despoja impunemente el cubil de un lince. A plena luz del día, el lobezno observó a la atacante, la hembra cuyos hijos habían devorado, que se encontraba junto a la entrada de la cueva. El pelo del lomo se le erizó en cuanto la vio. Aquí había algo de lo que debía tenerse miedo: no hacía falta que se lo advirtiera el instinto. Por si no bastara verla, el grito de rabia de la intrusa, que empezó con un aullido y que se convirtió bruscamente en un rugido ronco, era por sí mismo bastante convincente.

El lobezno sintió el aguijón de la vida que había estado latente en él, se levantó, intentó aullar y se puso valientemente al lado de la madre. Pero ella le rechazó ignominiosamente, colocándole tras de sí. Debido a que el techo de la cueva era muy bajo, el lince no podía entrar y cuando pretendía arrastrarse hacia dentro la loba saltaba sobre la intrusa y a mordiscos la obligaba a desistir. El lobezno no vio gran cosa de la batalla. Ambas hembras se mostraron los dientes, se los clavaron mutuamente y profirieron gritos histéricos de rabia. Ambas se revolcaron atacándose mutuamente a golpes: el lince hendiendo y desgarrando con sus dientes y con las uñas mientras que la loba no utilizaba sino sus colmillos.

Llegó un momento en el cual el lobezno pudo mezclarse en la pelea y clavó los dientes en una de las patas traseras del lince. Quedó prendido, aullando salvajemente. Aunque nunca lo supo, el peso de su cuerpo impidió la libre acción de la pata, con lo que evitó muchas heridas a su madre. Un cambio en la batalla le hizo soltar su presa y quedar debajo de ambas combatientes. Enseguida las dos se separaron y antes de que volvieran a trenzarse en la pelea, el lince con una de sus patas delanteras atacó al lobezno causándole una herida en la paletilla, que dejaba al descubierto el hueso y que lo arrojó rodando entre gimoteos a uno de los muros de la cueva. Así, los gritos de miedo y de dolor se agregaron a la barahúnda general. Pero la lucha duró tanto, que el lobezno tuvo tiempo de cansarse de gritar y de experimentar un segundo impulso de valor. Al final de la batalla aún seguía prendido con los dientes a una de las patas posteriores y tratando de aullar al mismo tiempo por entre sus dientes apretados.

El lince estaba muerto. Pero la loba había quedado muy débil y enferma. Al principio acarició al lobezno y lamió sus heridas. Pero con la sangre que había perdido desapareció su fuerza. Durante todo el día y la noche siguiente yació al lado de su enemiga sin moverse, respirando apenas. Durante una semana no salió de la cueva, excepto para beber, y aun entonces sus movimientos eran lentos y penosos. Al terminar aquella semana ambos habían acabado de devorar al lince y las heridas de la loba estaban ya suficientemente curadas como para que pudiera dedicarse otra vez a cazar.

La paletilla del lobezno estaba todavía rígida y dolía. Durante algún tiempo cojeó, debido a la terrible desgarradura que había sufrido. El mundo parecía distinto ahora. Marchaba con una mayor confianza en sí mismo con un sentimiento de coraje que no era propio de él antes de la pelea con el lince.

Había observado la vida en su aspecto más terrible, había luchado, había clavado sus dientes en la carne de su enemigo y había sobrevivido. Debido a todo esto marchaba más audazmente con un aire de desafío que era nuevo en él. Ya no temía las cosas pequeñas; había desaparecido gran parte de su timidez, aunque lo desconocido nunca dejó de impresionarle con sus terrores y misterios, intangible y eternamente amenazador.

Empezó a acompañar a su madre en la caza, viendo cómo se mataba y desempeñando su parte en ella. A su manera, débil y confusa aprendió la ley del sustento. Había dos clases de vida: la de su especie y la de las otras. La suya incluía a su madre y a él. La otra estaba formada por todas las cosas que se movían y que se dividía en aquellos seres que su propia especie devoraba y que se subdividía en animales que no mataban o que si lo hacían eran pequeños. La otra parte mataba y devoraba a su propia especie o era devorada por ella. De esta clasificación se infería la ley. La vida necesitaba el alimento. Y era alimento. La vida vivía de la vida. Existían seres que devoraban y otros que eran devorados. La ley era: devora o te devorarán. No la formuló claramente en términos unívocos y fijos, ni tampoco trató de obtener la moraleja de ello. Ni siquiera la pensó. Vivía la ley, sin pensar en ella.

Notaba que a su alrededor se cumplía la ley. Él mismo había devorado los polluelos de la gallinácea. El halcón se había tragado a la madre y pudo haberle devorado a él. Después, cuando el lobezno se sintió más fuerte, intentó devorar al halcón. Se había comido al hijo de la hembra de lince, que le hubiera devorado a él si la loba no la hubiera matado antes. Así seguía la cadena. Todas las cosas vivientes cumplían la ley a su alrededor: él mismo no era más que una parte de ella, pues era un asesino. Su único alimento era la carne; la carne viviente que corría velozmente ante él o que volaba por los aires, o que se subía a los árboles, o que se ocultaba en el suelo, o que le hacía frente y luchaba contra él, o ante los que tenía que huir cuando se volvían las tornas.

Si el lobezno hubiera tenido el cerebro de un hombre, hubiera definido la vida como un apetito voraz y el mundo como un lugar donde se desplazaban una multitud de esos apetitos, perseguido y siendo perseguido, dando caza y siendo su víctima, devorando y siendo devorado, en el que todo ocurre ciega y confusamente, con violencia y desorden, un caos de glotonería y de sangre regido por la casualidad, sin merced, plan o fin. Pero el lobezno no pensaba como los hombres. Carecía de una visión amplia de las cosas. No tenía más que un propósito y le preocupaba sólo una idea o un deseo cada vez. Además de la ley del sustento había muchísimas otras menores que él debía aprender y obedecer. El mundo estaba lleno de sorpresas. La vida bulliciosa que había en él, el juego de sus músculos, era un goce interminable. Correr detrás de la presa equivalía a experimentar intensas emociones y el orgullo del triunfo. Sus rabietas y batallas eran verdaderos placeres. El mismo terror y el misterio de lo desconocido le inducían a su modo peculiar de vida.

También existían para él momentos de expansión y de satisfacción. Tener el estómago bien repleto, estar tirado al sol, eran premios a sufrimientos y trabajos que en sí mismos encerraban su propia recompensa. Eran expresiones de la vida, y ésta siempre es feliz cuando se expresa a sí misma. Por ello el lobezno no sentía ninguna hostilidad por su mundo. La vida tenía una intensidad excepcional en él; era muy feliz y estaba muy orgulloso de sí mismo.

TERCERA PARTE

CAPÍTULO PRIMERO

Los dioses del fuego

El lobezno tropezó de repente con ello. Fue su propia falta, pues no había tenido cuidado. Había salido de la cueva para ir a beber. Es probable que no lo notara, pues tenía mucho sueño (había estado cazando toda la noche y acababa de despertarse). Su falta de cuidado pudo deberse a que estaba muy familiarizado con el sendero hasta el río. Lo había recorrido muchas veces y nada le había pasado.

Bajó, pasó de largo al lado del pino semidestruido y siguió trotando por entre los árboles. En el mismo momento lo vio y lo olió. Ante él estaban sentadas cinco cosas vivientes, de una especie que hasta entonces no había visto. Fue su primera visión de los hombres. Al ver al lobezno, los cinco no se echaron sobre él de un salto, ni le mostraron los dientes, ni tampoco aullaron. Ni siquiera se movieron, sino que permanecieron sentados, silenciosos, como si fuera la advertencia de algo terrible.

Tampoco el lobezno se movió. Todos los impulsos de su naturaleza le habrían inducido a echar a correr de modo veloz, si de repente no hubiera aparecido en él otro que los contradecía. Un gran miedo le dominó. Estaba derrotado hasta la inmovilidad por el sentido aplastante de su propia debilidad y pequeñez. Allí había una voluntad de dominio y una fuerza que estaban muy lejos de él.

El lobezno nunca había visto un hombre con anterioridad, y sin embargo, poseía instintivamente conocimiento de él. De manera confusa reconocía en el hombre al animal que había luchado hasta obtener la supremacía sobre los demás de la selva. No sólo miraba al hombre con sus ojos, sino además con los de todos sus antepasados, con los que describieron círculos en la oscuridad alrededor de innumerables fuegos de campamento, con los que observaron desde una distancia segura, ocultos entre la espesura, a aquel extraño animal de dos patas que era el amo de las cosas vivientes. Se apoderaba del lobezno el encanto mágico que el hombre había ejercido sobre sus antepasados, el miedo y el respeto que provenía de los siglos de lucha y de la experiencia acumulada de numerosas generaciones. La herencia tenía una fuerza que no podía resistir el lobezno. Si hubiera sido adulto, se hubiera escapado a toda prisa. Pero como era joven se echó a tierra, paralizado por el miedo, recitando a medias la fórmula de sumisión que profirió el primer lobo que se acercó a un hombre y se calentó a su fuego.

Uno de los indios se levantó, se dirigió hacia él y se detuvo cuando se encontró a su lado. El lobezno se apretó aún más sobre la tierra. Era lo desconocido, que finalmente se objetivaba, que adquiría forma de carne y hueso, que se inclinaba para apoderarse de él. Involuntariamente se le erizó el pelo. Sus labios se encogieron, mostrando los pequeños colmillos. La mano quedó suspendida sobre él como una amenaza y dudó un momento, después de lo cual el hombre habló, riéndose: *Waban wabisca ip pit tah!* («¡Fijaos en los colmillos blancos!»).

Los otros indios rieron ruidosamente e indujeron al que había hablado a levantar al lobezno. Cuanto más cerca se encontraba la mano, tanto más intensa era la batalla de los instintos que se desarrollaban dentro del animal. Experimentaba dos grandes impulsos: uno de entregarse y otro de luchar. La acción, por la que se decidió, fue un compromiso; hizo ambas cosas. Se entregó hasta que la mano estuvo exactamente encima de él. Entonces luchó, mostrando los dientes con la velocidad de un relámpago e hincándolos profundamente en la mano. Inmediatamente recibió un golpe en la cabeza que le hizo dar una vuelta completa. Le abandonó su deseo de pelea. Se apoderaron de él su carácter de cachorro y el instinto de sumisión. Se echó en el suelo y se quejó. Pero el hombre cuya mano había mordido estaba muy enojado. Recibió otro golpe en la cabeza, después de lo cual se levantó y se quejó más fuertemente que antes.

Los cuatro indios se rieron aún más ruidosamente, tanto que hasta el hombre que había sido mordido empezó a reírse también. Rodearon al cachorro y se rieron de él, mientras el animal se quejaba de terror y de dolor. De repente oyó algo, que tampoco escapó a los indios. Pero el lobezno sabía lo que era. Con un último lamento, que era casi un canto triunfal, dejó de quejarse y esperó que llegara su madre: la feroz e indomable, que luchaba contra todas las cosas y las mataba, y que nunca tenía miedo. La loba aullaba mientras corría. Había oído el grito de su hijo y se apresuraba a salvarle.

Casi chocó con el grupo de indios. Su instinto maternal ansioso y combativo no la embellecía, sino que le daba un aspecto terrible. Pero para el lobezno era agradable el aspecto de su rabia. Profirió una exclamación corta de alegría y saltó para salir a su encuentro, mientras los indios retrocedían varios pasos. La loba se colocó delante de su hijo, haciendo frente a los hombres, erizado el pelo, mientras de su garganta se escapaba un profundo ronquido. Contraída la cara con una maligna expresión de ferocidad, hasta el puente de la nariz de la loba formaba ondulaciones desde la punta hasta los ojos; tan prodigioso era su ronquido.

Entonces uno de los hombres gritó:

—¡Kiche! —Era una exclamación de sorpresa. El lobezno observó que al oír esa palabra su madre perdió parte de su enojo—. ¡Kiche! —gritó el hombre otra vez, pero ahora con su tono agudo de mando.

Entonces el lobezno vio que su madre, la loba, la que no tenía miedo de nada, se echaba a tierra, hasta que su vientre tocó el suelo, profiriendo aullidos de reconciliación, moviendo la cola; en una palabra, ofreciendo sumisión y no la lucha. El lobezno no podía entenderlo. Estaba completamente asombrado. Le dominó otra vez el terror que proviene del hombre. Su instinto no le había engañado; hasta su madre era una demostración de tal acatamiento, pues ella también se sometía los hombres.

El hombre que había hablado se acercó a ella. Puso su mano sobre la cabeza de la loba y ésta sólo se apretó más contra el suelo. No mordió ni trató de hacerlo. Se acercaron los otros hombres y la rodearon, la palparon y la acariciaron, cosa que ella no pareció tomar a mal. Los indios estaban muy excitados y hacían extraños ruidos con sus bocas, que el lobezno no consideró señales de peligro, por lo que decidió echarse al lado de su madre, sin poder evitar que se le erizara el pelo de cuando en cuando, pero haciendo todo lo posible por someterse.

—Es extraño —dijo uno de los indios—. «Kiche» es hija de un lobo. Es cierto que su madre era una perra. Pero ¿no la ató mi hermano tres noches seguidas en el bosque, durante la época de celo? En consecuencia, el padre de «Kiche» es un lobo.

—Hace un año, Nutria Gris, que se escapó —comentó otro de los indios.

—No es extraño, Lengua de Salmón —respondió Nutria Gris—. Era la época del hambre y no había nada que dar de comer a los perros.

—Ha vivido con los lobos —dijo el tercero de los indios.

—Así parece, Tres Águilas —asintió Nutria Gris, poniendo su mano sobre el cachorro—. Ésta es la demostración.

El lobezno mostró un poco los dientes al sentir el contacto de la mano, que se volvió para pegarle, pero ocultó sus colmillos y se hundió sumisamente mientras la mano volvió a tocarle, acariciando las orejas y el lomo de arriba abajo.

—Ésta es la demostración —repitió Nutria Gris.

—Está claro que «Kiche» es su madre. Pero su padre ha sido un lobo. En consecuencia tiene mucho de lobo y poco de perro. Sus colmillos son blancos, por lo que se llamará «Colmillo Blanco». Está dicho. Es mi perro. Pues ¿no pertenecía «Kiche» a mi hermano? ¿Y no está muerto mi hermano?

El lobezno, que acababa de recibir su nombre, seguía echado y vigilaba. Durante algún tiempo aquellos animales que se llaman hombres siguieron haciendo ruido con sus bocas. Entonces Nutria Gris sacó un cuchillo que llevaba atado a una cuerda alrededor de su cuello, se dirigió al bosquecillo más cercano y cortó un palo. «Colmillo Blanco» no le perdía de vista. Perforó el bastón por sus dos extremos, por los que introdujo una tira de cuero crudo. Ató al cuello de «Kiche» uno de los extremos y el otro a un pequeño pino.

«Colmillo Blanco» siguió a su madre y se echó al lado de ella. La mano de Lengua de Salmón se extendió hasta él y le hizo dar la vuelta. «Kiche» les observaba ansiosamente. «Colmillo Blanco» sintió que se apoderaba otra vez el miedo de él. No pudo impedir que se le escapara un ronquido, pero no intentó morder. La mano, cuyos dedos estaban ampliamente extendidos, le hacía cosquillas en el vientre y le hacía oscilar de un lado para otro. Era ridículo e incómodo estar tirado allí, patas arriba. Además era una postura en la que no se podía defender, tanto que toda la naturaleza de «Colmillo Blanco» se rebelaba contra ello.

«Colmillo Blanco» sabía que así era imposible escapar a cualquier mala intención que pudiera tener aquel animal que se llamaba hombre. ¿Cómo podría escaparse de un salto, estando con las cuatro patas en el aire? Sin embargo, la sumisión se sobrepuso a su miedo y se limitó a gruñir levemente. No podía suprimirlo enteramente y el hombre tampoco parecía molestarse por ello; por lo menos no le pegó otra vez. Además, «Colmillo Blanco» sentía una inexplicable sensación placentera mientras la mano subía y bajaba a lo largo del pecho y del vientre. Cuando le hizo dar una vuelta, cesó de gruñir; cuando los dedos apretaron y acariciaron la base de las orejas, aumentó la sensación de placer; cuando finalmente el hombre se alejó después de haberlo frotado por última vez, todo el miedo de «Colmillo Blanco» había desaparecido. En sus tratos con el hombre aún habría de experimentarlo muchas veces, aunque esto sólo fue una muestra de la amistad con el hombre, no enturbiada por el miedo, que había de ser su experiencia definitiva.

Después de algún tiempo, «Colmillo Blanco» oyó el ruido de algo extraño que se aproximaba. Pronto lo clasificó, pues lo reconoció como peculiar de aquellos animales que se llamaban hombres. Algunos minutos más tarde apareció el resto de la tribu, que había decidido seguir viaje. Aparecieron más hombres, mujeres y niños, cuarenta almas en total, todos pesadamente cargados con sus utensilios. También había muchos perros; a excepción de los cachorros, todos estaban pesadamente cargados con bolsas atadas a los lomos y fijas mediante correajes, como la cincha de un caballo. Cada animal transportaba así de diez a quince kilos.

«Colmillo Blanco» nunca había visto perros antes, pero comprendió enseguida que eran de su propia raza, sólo que ligeramente distintos. Sin embargo, en cuanto descubrieron a la madre y a su cachorro, no demostraron diferir mucho de los lobos. Se produjo una verdadera embestida. «Colmillo Blanco» erizó el pelo, mostró los dientes y roncó frente a la ola que se les vino encima. Cayó debajo de ellos, sintiendo cómo los dientes de sus atacantes se le hincaban en las carnes, mordiendo él también y desgarrando con los suyos las patas y los vientres de sus enemigos. Se produjo un tremendo alboroto. Oyó los aullidos de «Kiche» que trataba de defenderle, los gritos de los hombres, el ruido de los garrotazos que repartían éstos y los gritos de dolor de los perros al recibirlos.

Pasaron sólo unos pocos segundos hasta que pudo ponerse nuevamente en pie. Vio a los hombres que, a garrotazos y pedradas, le salvaban de las dentelladas de los de su especie, que por alguna extraña razón no le reconocían como igual. Aunque no cabía en su cerebro ningún concepto claro de la justicia, sin embargo, reconoció, a su manera, la equidad de los animales llamados hombres y comprendió que eran los autores de la ley y sus ejecutores. Se admiró también del poder que tenían para administrar la ley. Se diferenciaban de los otros animales que «Colmillo Blanco» había conocido en que no mordían ni se servían de garras. Reforzaban su potencia vital con la de las cosas inertes que obedecían sus mandatos. Los bastones y las piedras, dirigidos por aquellas extrañas criaturas, volaban por el aire como si tuvieran vida, produciendo terribles heridas.

Para el cerebro de «Colmillo Blanco» esta potencia era inconcebible, sobrenatural, propia de dioses. Por su misma naturaleza no podía comprender nada acerca de Dios; cuando mucho, podía darse cuenta de que había cosas que estaban más allá de su conocimiento, pero la idea que él se formaba y el miedo que tenía de aquellos extraños animales que se llamaban hombres se parecía al que sentiría un ser humano ante una divinidad que, desde la cima de una montaña, arrojara rayos con las dos manos sobre un mundo asombrado.

Se había alejado el último perro. Volvió la calma. «Colmillo Blanco» se lamió las heridas y reflexionó sobre su primera experiencia de la crueldad gregaria de los perros y del conocimiento que acababa de trabar con sus congéneres, tomados en conjunto. Nunca se había imaginado que existieran otros seres de su especie fuera del «Tuerto», su madre y él, que constituían una especie aparte. Por lo visto éstos eran también de su raza.

Se sentía poseído de un resentimiento inconsciente contra los individuos de su misma especie que a primera vista se habían echado sobre él y habían intentado aniquilarle. De la misma manera le molestaba que su madre estuviese atada con un palo, aunque lo hubieran hecho aquellos animales superiores que se llamaban hombres. Olía a trampa, a esclavitud, a servidumbre, aunque él no sabía nada de eso. En su herencia existía el amor por la libertad, por el derecho a correr o a echarse a voluntad. Aquí se le negaba todo eso. Los movimientos de su madre estaban restringidos por la longitud del palo, que también le ataba a él, pues todavía no había pasado la época en que podría alejarse de ella.

No le gustaba. Le gustó aún menos cuando uno de los animales de corta edad que se llamaban hombres agarró el palo por uno de los extremos y condujo a «Kiche» en cautividad, seguida de «Colmillo Blanco», sumamente preocupado y harto de aquella aventura en la que se había metido.

Siguieron por el valle del río, mucho más allá de cuanto se había atrevido a llegar «Colmillo Blanco» en sus correrías, hasta que alcanzaron el punto donde el río desembocaba en el Mackenzie. Allí había canoas suspendidas a gran altura, en el extremo de palos altos, y artefactos para sacar el pescado. «Colmillo Blanco» lo examinaba todo con ojos muy abiertos de admiración. La superioridad de aquellos animales llamados hombres aumentaba por momentos. Había podido observar ya su dominio sobre los perros, por muy afilados que fueran sus dientes. Todo ello denotaba su poder. Pero lo que más suscitaba la admiración de «Colmillo Blanco» era su dominio sobre las cosas inanimadas, su capacidad para ponerlas en movimiento, para cambiar el aspecto del mundo.

Era esto último lo que más le afectaba. Enseguida se percató de la altura de aquellos palos, aunque en sí mismo no tenía mucho de notable, puesto que eran obra de las mismas criaturas que hacían volar palos y piedras a tan gran distancia. Pero cuando los cubrieron con paños y pieles para convertirlos en toldos o habitaciones, «Colmillo Blanco» se asombró. Era su tamaño colosal lo que le admiraba. Se encontraban por todas partes a su alrededor, como si fueran alguna monstruosa forma de vida, de crecimiento muy rápido. Les tenía miedo. Arrojaban sobre él una sombra que parecía de mal agüero. Cuando los movía la brisa, provocaba en ellos gigantescas contorsiones. «Colmillo Blanco» se echaba a tierra aterrorizado, manteniendo fija la vista en ellos y muy atento para alejarse de un salto si intentaban echarse sobre él.

Pero pronto desapareció el miedo que les tenía. Vio que las mujeres y los niños entraban y salían de ellos sin que les ocurriera nada, y que los perros, al intentar entrar, eran ahuyentados por los indios a palos y pedradas. Después de algún tiempo «Colmillo Blanco» se separó de «Kiche» y se arrastró cautelosamente hasta el más cercano. Era la curiosidad propia del crecimiento lo que le indujo a ello, la necesidad de aprender, de vivir y de hacer, que trae consigo la experiencia. Los últimos centímetros de distancia los recorrió con una lentitud y una precaución casi dolorosa. Los hechos del día, le habían preparado para esperar que lo desconocido se le manifestase de la manera más estupenda e inimaginable. Finalmente, su nariz tocó el tejido. Esperó, no ocurrió nada. Oyó aquella tela extraña saturada de olor a hombre. Afirmó sus dientes en ella y tironeó. Nada ocurrió, aunque las partes adyacentes se movieron ligeramente. Tiró con más fuerza. Se produjo un fuerte movimiento, que le causó gran satisfacción. Tiró más enérgica y repetidamente hasta que toda la estructura empezó a moverse. Entonces, desde dentro, los agudos gritos de una india le hicieron echar a correr, yendo a refugiarse el lado de «Kiche». Pero después de esto ya no le asustaron más.

Instantes después volvió a separarse de su madre. El palo de la loba estaba atado a una estaca clavada en el suelo, por lo que no podía seguirle. Un cachorro, al que le faltaba muy poco para ser ya perro, algo más grande y naturalmente más viejo que él, se le acercó lentamente desplegando toda la importancia de un beligerante. Como «Colmillo Blanco» se enteró después, se llamaba «Bocas». Ya tenía una cierta experiencia en peleas entre cachorros y era algo así como un matón.

Era de la misma raza que «Colmillo Blanco» y cachorro, por lo que no parecía peligroso. Se preparó a recibirle amistosamente. Pero cuando el extraño empezó a caminar con las patas rígidas y levantó los belfos, dejando al descubierto los colmillos, el lobezno hizo exactamente lo mismo. Dieron media vuelta el uno alrededor del otro como si buscasen sus puntos débiles, mostrando los dientes y erizando el pelo. Esta exhibición duró varios minutos. Empezó a gustarle a «Colmillo Blanco», a quien le pareció un juego agradable. Pero, de repente, con una rapidez notable, «Bocas» atacó mordiéndole y alejándose otra vez. Le mordió en la misma paletilla en la que había hincado los dientes el lince y que todavía le dolía hasta el hueso. La sorpresa y el dolor indujeron a «Colmillo Blanco» a gritar, pero enseguida, en un verdadero ataque de rabia, se echó sobre «Bocas», mordiendo con toda la mala intención de que era capaz. Mas su enemigo había vivido siempre en el campamento y tenía una amplia experiencia en aquellas peleas de cachorros. Sus dientecillos se hundieron tres, cuatro, seis veces en el recién llegado, hasta que «Colmillo Blanco», aullando lastimosamente, perdido enteramente su orgullo, huyó buscando la protección de su madre. Fue ésta la primera de las muchas peleas que mantuvo con «Bocas», pues fueron enemigos desde el principio, por ser enteramente opuestas sus naturalezas desde el día en que nacieron.

«Kiche» lamió las heridas de «Colmillo Blanco» y trató de persuadirle para que se quedara junto a ella. Pero la curiosidad le dominaba y algunos minutos más tarde se aventuró nuevamente a escapar. Se encontró entonces con uno de los animales llamados hombres, Nutria Gris, que, sentado en cuclillas, estaba empeñado en hacer algo con unos bastones y musgo seco, esparcido en el suelo delante de él.

«Colmillo Blanco» se acercó a vigilarle. Nutria Gris hacía ruidos con la boca que no le parecieron hostiles, por lo que se acercó aún más.

Las mujeres y los niños llevaban más leña al lugar donde se encontraba Nutria Gris. Evidentemente se trataba de un asunto de importancia. «Colmillo Blanco» se acercó hasta tocar la rodilla del indio, tanta era su curiosidad, olvidando que aquél era uno de esos terribles animales llamados hombres. De repente vio que entre los palos y el musgo se elevaba una cosa tenue como la niebla. Entonces, en el mismo lugar, apareció algo viviente que se retorcía y daba vueltas, de un color parecido al del sol en el cielo. «Colmillo Blanco» no sabía nada acerca del fuego. Le atraía, como le había fascinado el muro luminoso de la cueva en los primeros días de su vida. Se arrastró hasta la llama. Oyó que Nutria Gris se reía y comprendió que aquel ruido no era nada hostil. Entonces su nariz tocó la llama y extendió la lengua para lamerla.

Durante un momento se quedó paralizado. Lo desconocido, agazapado en aquello que emergía de los bastones y del musgo, le había agarrado ferozmente del hocico y no le soltaba. Se echó hacia atrás, estallando en una explosión de quejidos de asombro. Al oírlos, «Kiche» saltó tratando de escapar, poniéndose furiosa al ver que no podía acudir en su ayuda. Nutria Gris se reía ruidosamente, se golpeaba las piernas y contó a todos los habitantes del campamento lo que había ocurrido, hasta que todos se rieron como él. «Colmillo Blanco» se sentó y aulló miserablemente, pareciendo aún más pequeña y lastimosa su figura en medio de los animales llamados hombres.

Era la peor herida que se le hubiera infligido jamás. La cosa viviente del color del sol, que crecía entre las manos de Nutria Gris, le había quemado la nariz y la lengua. «Colmillo Blanco» gritaba sin cesar; cada nuevo aullido suyo era saludado por un coro de carcajadas de los animales llamados hombres. Intentó calmar el dolor de la nariz pasando la lengua por encima, pero como estaba herida también, al reunirse ambas lesiones le causaron un malestar mayor. Gritó aún más fuerte que antes, con mayor desesperanza y sintiéndose más abandonado que nunca.

Entonces se avergonzó. Conocía la risa y su significado. No nos es dado saber cómo algunos animales la conocen y comprenden cuándo uno se burla de ellos, pero de todas maneras «Colmillo Blanco» estaba enterado. Se avergonzó de que los animales llamados hombres se rieran de él. Dio media vuelta y se alejó no del peligro del fuego, sino de la burla que se hundía aún más profundamente en su espíritu que la herida en la carne. Corrió hacia «Kiche», que tiraba del palo como un animal que se había vuelto loco; «Kiche» era la única criatura del mundo que no se reía de él.

Llegó el crepúsculo y la noche, sin que «Colmillo Blanco» se apartara del lado de su madre. Todavía le dolían la nariz y la lengua, aunque eso era muy poco comparado con otra preocupación. Sentía nostalgia, un vacío, la necesidad del silencio y de la quietud del río y de la cueva. La vida abundaba en demasiados seres. Había excesivo número de aquellos animales llamados hombres, mujeres y niños, todos los cuales hacían ruido y le irritaban, sin contar los perros que discutían continuamente y se mordían entre ellos, armando camorra y creando confusiones. La soledad tranquila había desaparecido. En el campamento, el mismo aire palpitaba de vida. Incesantemente había un ruido como de colmena o de enjambre de mosquitos. Cambiaba continuamente de intensidad, variaba repentinamente de tono, hiriendo sus sentidos y sus nervios, poniéndole nervioso e intranquilo, continuamente preocupado con la sensación de que iba a ocurrir algo.

Observaba las entradas y salidas y los movimientos de los animales llamados hombres. De una manera que guardaba una cierta semejanza con la que los hombres adoran los dioses que ellos mismos crean, «Colmillo Blanco» creía que los humanos estaban por encima de él. En verdad eran criaturas superiores, verdaderos dioses. Para su débil cerebro, eran tan grandes taumaturgos como los dioses lo son para los hombres. Eran criaturas que dominaban, que poseían toda clase de poderes desconocidos e imposibles, amos y señores de lo animado y de lo inanimado, que obligaban a obedecer a las cosas, que creaban la vida, tenían el color del sol que mordía y que salía del musgo muerto y de la madera. Eran los creadores del fuego, verdaderos dioses sobre la Tierra.

CAPÍTULO II

La esclavitud

Para «Colmillo Blanco» los días estaban llenos de experiencia. Mientras «Kiche» estuvo atada al palo, recorrió todo el campamento, estudiando, investigando, aprendiendo. Pronto conoció muchos de los métodos de los animales llamados hombres, pero su familiaridad no le condujo al desprecio. Cuanto más los conocía, más evidente era su superioridad, mayor el número de sus misteriosos poderes, más intensa la ominosa luz de su divinidad.

A menudo se experimenta la desgracia de ver caer por tierra a los dioses y sus altares derribados. Pero el lobo y el perro salvaje, que vinieron a postrarse a sus pies, jamás han experimentado esa desdicha. A diferencia del hombre, cuyos dioses son invisibles o producto de una concepción demasiado audaz, vapores y jirones de niebla de la fantasía, que eluden el contacto con la realidad, muertos espíritus del deseo de divinidad y de potencia, producto intangible del yo en el campo del espíritu, el lobo y el perro salvaje que se acercaron al fuego encontraron dioses de carne y hueso, tangibles, que ocupan un determinado espacio y que requieren un cierto tiempo para ejecutar los fines propuestos y vivir. No se necesita ningún esfuerzo de fe para creer en él. Ningún esfuerzo de voluntad puede negarle. No es posible escapar de él. Allí está, en pie sobre sus dos patas traseras con un palo en la mano, apasionado, rabioso, capaz de amar, dios, misterio y poder en una pieza, estructura de carne, que sangra cuando se la muerde y que es tan buena para comer como cualquier otra.

Así le pasó a «Colmillo Blanco». Los animales llamados hombres eran dioses, de los que no se podía escapar, a los que no se podía menos que asignarles esas cualidades. Puesto que «Kiche», su madre, les había prestado obediencia en cuanto oyó por primera vez que la llamaban por su nombre, él estaba dispuesto a hacer lo mismo. Les cedía el paso, como un privilegio que les pertenecía sin lugar a dudas. Cuando caminaban, se apartaba de su camino. Cuando le llamaban, acudía. Cuando le amenazaban, se echaba a tierra. Cuando le ordenaban que se fuera, echaba a correr, pues detrás de cualquier deseo de los hombres existía el poder de hacerse obedecer, un poder que podía herir, que se expresaba en piedras, palos y latigazos que eran como una quemadura.

Pertenecía a ellos como todos los otros perros. Sus actos eran simples órdenes suyas. El cuerpo de «Colmillo Blanco» les pertenecía para hacer con él lo que quisieran: ponerlo azul a golpes, patearle o soportar su presencia. Tal era la lección que le metieron muy pronto en la cabeza. Fue difícil de aprender si se tiene en cuenta todo lo que había en su propia naturaleza de energía y de voluntad de dominio. Aunque le disgustaba aprenderlo, sin darse cuenta aprendía a disfrutarlo. Equivalía a colocar su destino en manos de otro, a desplazar las responsabilidades de la existencia. Esto era en sí una compensación, pues siempre es más fácil apoyarse en otro que erguirse solo.

Pero todo esto no ocurrió en un día. No se entregó, en un momento, en cuerpo y alma a los animales llamados hombres. No podía olvidar en un instante su herencia salvaje y sus recuerdos de la selva. Muchas veces se arrastraba hasta el principio del bosque, donde se detenía y escuchaba la llamada lejana de algo desconocido. Volvía siempre al lado de «Kiche», sin haber encontrado el reposo, para quejarse lastimeramente junto a su madre y lamer su cara con una lengua activa e interrogante.

«Colmillo Blanco» aprendió rápidamente la rutina del campamento. Conoció la injusticia padecida y el hambre de los perros viejos, cuando se les arrojaba carne o pescado. Aprendió que los hombres eran más justos, los niños más crueles y las mujeres más bondadosas, pues era más probable que éstas le arrojaran un trozo de carne o un hueso. Después de dos o tres dolorosas aventuras con las madres de algunos cachorros, comprendió que la mejor política consistía en dejarlas solas, en mantenerse tan lejos de ellas como fuera posible y evitarlas al cruzarse.

Pero «Bocas» le envenenaba la vida. Por ser más grande, más fuerte y de más edad, había elegido a «Colmillo Blanco» como objeto especial de su persecución. El lobezno ponía toda su voluntad en la pelea, pero no podía sobrepasar a su rival, pues éste era tan grande, que se convirtió en una pesadilla. En cuanto se apartaba de su madre, aparecía «Bocas» corriendo por detrás, mostrándole los dientes, atacándole y esperando a que no hubiera ningún hombre cerca para obligarle a pelear. Como su enemigo ganaba siempre, se complacía en ello. Llegó a ser su diversión principal y el martirio mayor que tenía que soportar «Colmillo Blanco».

El efecto sobre éste no consistió en acobardarle. Aunque sufría numerosas heridas y salía siempre derrotado, su espíritu no se doblegaba. Pero a la larga fue malo. Su carácter se transformó, adquiriendo una buena dosis de malignidad y de pésimo humor. Su temperamento era salvaje de nacimiento, lo que se intensificó por aquella interminable persecución, o podía manifestarse el impulso juguetón, lo que había en él de cachorro. Nunca jugó o correteó con los otros, pues «Bocas» nunca lo hubiera permitido. En cuanto «Colmillo Blanco» se acercaba a ellos, le asaltaba «Bocas», haciéndose el matón y el jefe con él, obligándole a pelear hasta que tenía que alejarse.

Todo esto condujo a que «Colmillo Blanco» no conociera las diversiones propias de su edad y a que en su comportamiento pareciese más viejo de lo que era. Como se le negaba la válvula de escape del juego, se recogió en sí mismo y desarrolló su inteligencia. Adquirió una verdadera astucia, pues no tenía tiempo libre para ocuparse de jugarretas. Como se le impedía obtener su parte de carne o de pescado cuando se daba de comer a los perros del campamento, se convirtió en un pícaro ladrón. Tenía que alimentarse por su cuenta y se alimentaba bien, aunque se convirtió en una verdadera calamidad para las mujeres.

Aprendió a meterse por todas partes, sin llamar la atención, a tener habilidad, a saber lo que ocurría, a verlo y oírlo todo, a razonar de acuerdo con las circunstancias y a tener éxito en encontrar medios y recursos para evitar a su implacable perseguidor.

En los primeros días de la persecución, «Colmillo Blanco» hizo su primera jugada grande, consiguiendo así una sabrosa venganza. Como lo hizo «Kiche» cuando vivía con los lobos, atrayendo a los perros fuera del alcance de los hombres. «Colmillo Blanco» atrajo a «Bocas» hasta que éste se encontró a tiro de los dientes de su madre. Como si huyera de «Bocas», «Colmillo Blanco» dio vueltas alrededor de todos los toldos del campamento. Era un excelente corredor, más veloz que cualquiera de los otros cachorros del campamento y, por tanto, más que su enemigo. Pero esta vez no dio de sí todo lo que podía. Se limitó a conservar la distancia necesaria para que «Bocas» no pudiera hacerle el menor daño.

Excitado por la persecución y la persistente cercanía de su víctima, dejó de lado toda precaución y se olvidó de dónde se encontraba. Cuando lo recordó era demasiado tarde. Corriendo a toda velocidad alrededor de uno de los toldos, chocó con «Kiche», que estaba echada sobre el extremo del palo. Lanzó un grito de consternación antes que las mandíbulas, que ansiaban castigarle, se cerraran sobre él. A pesar de estar atada, «Bocas» no pudo escapar fácilmente. De un zarpazo le arrojó patas arriba, para que no pudiera correr, mientras le clavaba los dientes y le desgarraba las carnes con ellos.

Cuando finalmente, a fuerza de dar vueltas, pudo ponerse fuera de su alcance, intentó levantarse, con todo el vientre abierto, herido tanto en el cuerpo como en el espíritu. Tenía el pelo erizado en mechones, allí donde había sido mordido. Se puso en pie, abrió la boca y lanzó el largo aullido propio de los cachorros, capaz de partir el corazón. Pero ni siquiera pudo terminarlo. Cuando estaba en lo mejor de ello, «Colmillo Blanco» se le echó encima, hundiendo los dientes en la pata trasera; como ya no le quedaban ganas de pelear, echó a correr, perdida ya por completo la vergüenza, mientras su víctima corría detrás de él, sin darle descanso hasta que llegaron al toldo de su dueño. Allí las indias acudieron en auxilio de «Bocas», alejando con una granizada de piedras a «Colmillo Blanco», que en esos instantes se había convertido en un demonio furioso.

Llegó un día en el cual Nutria Gris creyó que había pasado ya el peligro de que «Kiche» se escapara, por lo que la dejó suelta. «Colmillo Blanco» estaba encantado de ver a su madre libre otra vez. La acompañó por todo el campamento. Mientras permaneció al lado de ella, «Bocas» se mantuvo a una distancia respetuosa. «Colmillo Blanco» se mostró con el pelo erizado y empezó a caminar con las piernas encogidas, pero el otro ignoró el desafío. No era ningún tonto, y por ganas que tuviera de vengarse, decidió esperar hasta que pudiera encontrarse a solas con «Colmillo Blanco».

Aquella misma tarde «Kiche» y su hijo pasearon hasta llegar al extremo del bosque, que se encontraba cercano al campamento. «Colmillo Blanco» condujo a su madre hasta allí paso a paso y trató entonces de inducirla a ir más lejos. Le llamaban el río, el cubil y los pacíficos bosques, y él no podía resistir su atracción. «Colmillo Blanco» corrió unos cuantos pasos y esperó que se le reuniera su madre. Siguió corriendo, se detuvo y echó una mirada hacia atrás. Ella no se había movido. El lobezno aulló lastimeramente, corrió juguetonamente hacia los primeros arbustos y volvió. Se acercó a ella, lamió su hocico y echó a correr otra vez. Se detuvo y la miró, expresando con sus ojos toda la intensidad de su deseo, que se desvaneció lentamente en él, mientras ella volvía la cabeza para observar el campamento.

Allí en el bosque había una voz que le llamaba. También su madre la oía. Pero «Kiche» oía también la otra, más fuerte, del fuego y del hombre, la llamada que el lobo ha sido el único en responder entre todos los animales, mejor dicho, el lobo y el perro salvaje, que son hermanos.

«Kiche» se volvió y se dirigió lentamente al campamento. La atracción que el hombre ejercía sobre ella era más fuerte que el palo con el que la ataban. Los dioses, aunque ocultos e invisibles, no la dejaban partir. «Colmillo Blanco» se echó a la sombra de un árbol y se lamentó en voz baja. El aire estaba lleno de un intenso olor a pino saturado de sutiles fragancias, que le recordaban sus viejos días de libertad antes de caer en la esclavitud de los hombres. Pero «Colmillo Blanco» era un cachorro; todavía no había alcanzado la plenitud de su desarrollo. Más intenso que las voces de los hombres o del bosque era la llamada de la sangre. Hasta entonces había dependido siempre de ella. Ya llegaría la hora de la independencia. Se levantó y se dirigió tristemente al campamento, deteniéndose una y otra vez para echarse en el suelo y lamentarse y escuchar la voz que sonaba todavía desde las profundidades de la selva.

En la naturaleza la convivencia de madre e hijo es corta; bajo el dominio del hombre lo es aún más. Así le pasó a «Colmillo Blanco». Nutria Gris tenía una deuda pendiente con Tres Águilas, que emprendía un viaje por el Mackenzie hasta el Gran Lago de los Esclavos. Un pedazo de tela roja, una piel de oso, veinte cartuchos y «Kiche» constituyeron el pago de la deuda. «Colmillo Blanco» vio cómo metían a su madre en la canoa de Tres Águilas e intentó seguirla. Con un golpe el indio le echó a tierra otra vez. La canoa se apartó de la orilla y el cachorro se echó al agua, nadando detrás de ella, sordo a los agudos gritos de Nutria Gris, que le ordenaba que volviese. «Colmillo Blanco» ignoraba los gritos de uno de esos animales, llamados hombres, aun los de un dios, ante el terror que le inspiraba la simple idea de perder a su madre.

Pero los dioses están acostumbrados a que se les obedezca. Lleno de rabia, Nutria Gris saltó a su canoa para salir en persecución de «Colmillo Blanco». Cuando le alcanzó, metió la mano en el agua y le subió, agarrándole como si fuera un conejo. Pero no le colocó enseguida en el fondo de la canoa. Mientras le sostenía con una mano, con la otra procedió a darle una buena azotaina. Su mano era pesada, y cada golpe que administraba estaba destinado a causar daño, sin tener en cuenta que no fueron pocos.

Impelido por los golpes que caían sobre él, de un lado y de otro, «Colmillo Blanco» oscilaba de aquí para allá, como un péndulo que hubiera perdido su sincronismo. Muy diversas eran las emociones que experimentaba. Al principio se sorprendió. Después se asustó, aunque sólo momentáneamente, aullando varias veces al sentir el contacto de la mano. Pero enseguida se sintió poseído por la rabia. Su naturaleza libre se despertó y mostró los dientes, roncando sin miedo en la misma cara de aquel dios enfurecido, lo que sólo contribuyó a acrecentar la rabia del hombre. Se multiplicaron los golpes, que eran más pesados y que tenían una intención aún más maligna de herir.

Nutria Gris siguió pegando, mientras «Colmillo Blanco» continuaba mostrando los dientes, lo que no podía durar indefinidamente. Uno de los dos tenía que ceder: fue «Colmillo Blanco». Nuevamente se apoderó de él el miedo. Por primera vez en su vida se sentía en las manos de un hombre. Los golpes fortuitos que había recibido hasta ahora, fueran de un palo o con piedras, eran simples caricias comparados con los que le daban ahora. Se abatió su orgullo y empezó a gemir. Durante algún tiempo cada golpe provocó un grito de cachorro. El miedo se transformó en verdadero terror hasta que, finalmente, emitía sus quejidos en una sucesión ininterrumpida, sin ninguna relación con los golpes.

Al fin, Nutria Gris dejó de castigarle. «Colmillo Blanco», que todavía seguía colgado de su mano, continuó lamentándose. Esto pareció satisfacer a su amo, que lo arrojó brutalmente al fondo de la canoa. Mientras tanto, la corriente les había conducido río abajo. Nutria Gris agarró el remo, pero como «Colmillo Blanco» le impidiera el libre juego de sus movimientos, le apartó salvajemente de una patada. En aquel momento, su naturaleza libre despertóse, una vez más, hundiendo sus dientes en el pie de su amo.

La paliza que había recibido no fue nada comparada con la que Nutria Gris le administró entonces. La rabia del hombre era terrible, pero no lo era menos el horror de «Colmillo Blanco». El indio no sólo utilizó sus manos sino que recurrió también al remo. El cuerpecillo del cachorro estaba lleno de mataduras cuando fue a parar nuevamente al fondo de la canoa. Otra vez, pero ésta con verdadera intención, Nutria Gris le pateó. «Colmillo Blanco» no repitió el ataque sobre el pie que le había castigado. Había aprendido otra lección de su esclavitud.

Nunca, absolutamente en ninguna circunstancia, debía atreverse a morder al dios, que era su amo y señor. No debía profanar su carne con dientes como los suyos. Evidentemente ése era el mayor de los crímenes, el delito que no se podía perdonar o pasar por alto.

Cuando la canoa tocó la orilla, «Colmillo Blanco» permaneció en el fondo de ella inmóvil y quejándose débilmente, esperando la manifestación de la voluntad de Nutria Gris, que consistió en que fuera a tierra, lo que se le demostró con un golpe en el costado que le hizo volar por los aires y doler nuevamente todas sus heridas. Se arrastró temblando hasta los pies del hombre y se quedó allí quejándose débilmente. «Bocas», que había observado todo el suceso desde la costa, le atacó inmediatamente, derribándole y clavándole los dientes. «Colmillo Blanco» era ya incapaz de defenderse. Le hubiera ido bastante mal si no hubiera intervenido el pie de Nutria Gris, que hizo volar por el aire a «Bocas», cayendo tres o cuatro metros más lejos. Así era la justicia de los animales llamados hombres. Aun en la terrible situación en que se encontraba, «Colmillo Blanco» no pudo menos que sentir agradecimiento. Detrás de los talones de Nutria Gris, le siguió hasta su toldo, a través de todo el campamento. Así aprendió que los dioses se reservaban el derecho al castigo, negándolo, en cambio, a las criaturas menores que vivían con ellos.

Aquella noche, cuando todo estuvo tranquilo, «Colmillo Blanco» se acordó de su madre y se lamentó a gritos, tan intensamente, que despertó a Nutria Gris, quien le pegó otra vez. Después de ello aprendió a lamentarse en voz baja cuando los dioses estaban cerca. Pero a veces se escapaba hasta el lindero del bosque, donde daba rienda suelta a su congoja, aullando intensamente.

Durante ese período pudo haber recordado el cubil y el río y haber vuelto a la selva, pero le retenía la memoria de su madre. Así como los animales llamados hombres, cuando se dedicaban a la caza, iban y volvían, así tornaría ella al campamento, por lo que permaneció en esclavitud esperándola.

Pero, en resumidas cuentas, no era muy desgraciado. Había muchas cosas que le interesaban. Siempre ocurría algo. No se agotaban las cosas extrañas que podían hacer los dioses, y «Colmillo Blanco» siempre tenía curiosidad por verlas. Además, aprendió a arreglárselas con Nutria Gris. Se le exigía una obediencia rígida, que no se apartara ni un ápice de lo ordenado, en pago de lo cual escapaba a los castigos y se le dejaba vivir.

Aún más: a veces Nutria Gris le arrojaba un pedazo de carne y le defendía de los otros perros que querían arrebatárselo. Ese pedazo de carne era muy valioso. Por alguna extraña razón, valía más que una docena de trozos que le hubiera dado cualquier india. Nutria Gris nunca le acariciaba. Tal vez era el poder de su mano, su justicia, o las cosas de que era capaz, lo que infundía respeto a «Colmillo Blanco». Lo cierto es que empezaba a formarse un cierto lazo de afecto entre él y su orgulloso amo.

Insidiosamente, por remotos caminos, así como por el poder de las piedras, los palos y las manos de Nutria Gris, se cerraban sobre «Colmillo Blanco» los eslabones de su cadena de esclavo. Las virtudes de su raza que, en un principio, hicieron posible que sus antepasados buscaran refugio al lado de los fuegos de los hombres, eran capaces de desarrollarse. De hecho progresaban en él. Sin sentirlo empezaba a encariñarse con la vida del campamento, a pesar de todas sus miserias. Pero «Colmillo Blanco» no se daba cuenta. Sólo lamentaba la desaparición de «Kiche», esperando que volviera, así como sentía un deseo irreprimible de una intensidad tan grande como la del hambre, por la vida libre que había sido suya.

CAPÍTULO III

EL VAGABUNDO

Como «Bocas» seguía siendo su sombra negra, «Colmillo Blanco» se hizo aún más malo y feroz que lo que por naturaleza tenía derecho a ser. El salvajismo era una parte de su naturaleza, pero llegó a un grado tal que excedió su propia herencia. Aun entre los animales que se llaman hombres adquirió reputación de malo. Siempre que se armaba algún escándalo en el campamento, o gritaba alguna india porque le habían robado la carne, era seguro que «Colmillo Blanco» estaba entreverado en el asunto, o probablemente que era el autor de todo. Los indios no se preocupaban en investigar las causas de su conducta; les bastaba con ver los efectos, que eran bastante malos. Era un ladrón que se deslizaba sigilosamente, que armaba siempre escándalos y que fomentaba las peleas. Las indias enfurecidas le decían en plena cara que era un lobo, que no servía para nada y que iba a tener un mal fin, mientras él no las perdía de vista, atento a esquivar cualquier proyectil que le arrojaran.

No tardó en comprender que era un animal de rapiña en aquel campamento tan numeroso. Todos los perros jóvenes seguían a «Bocas». Existía una diferencia entre ellos y «Colmillo Blanco». Tal vez veían en él lo indómito de su raza y sentían instintivamente la enemistad que el perro doméstico experimenta por el lobo. Sea como fuera, todos se unían a «Bocas» para perseguirle. En cuanto se unieron una vez contra él, tuvieron muy buenas razones para seguir unidos. Cada uno de ellos había sentido, alguna vez, los dientes de «Colmillo Blanco». Conviene decir en favor de éste que siempre dio más que recibió. Hubiera podido derrotar a muchos de ellos peleando uno contra uno, pero se le negaba este derecho. El comienzo de una lucha de esa clase era la señal para que acudieran todos los perros jóvenes del campamento y se echaran sobre él.

De este odio de la masa aprendió dos cosas: cómo cuidarse cuando le atacaban muchos y cómo infligir el mayor daño posible a un solo perro, en el más corto espacio de tiempo. Aprendió muy bien que tenerse en pie en una pelea equivalía a la vida. Su habilidad para mantenerse sobre sus patas, en estas condiciones, tenía algo de felino. Incluso los adultos entre los perros podían hacerle retroceder o ceder terreno hacia un costado, saltar por el aire o deslizarse, mediante el choque de sus pesados cuerpos, pero nunca cedían sus piernas y siempre caía de pie sobre la madre tierra.

Cuando los perros pelean nunca omiten los preliminares de costumbre, tales como mostrar los dientes, erizar el pelo y caminar con las patas rígidas. «Colmillo Blanco» aprendió a omitir todo eso. Cualquier pérdida de tiempo significaba un aumento del número de atacantes a los que tendría que hacer frente. Tenía que hacer rápidamente su labor y echar a correr. Aprendió a no anunciar de ninguna manera sus intenciones. Atacaba, mordía y desgarraba en el mismo instante, sin previo aviso, antes de que su enemigo estuviera preparado para recibirle. Así aprendió a infligir heridas rápidas y graves. Un perro sorprendido cuando no estaba en guardia, al que se le desgarra el lomo o se le hace trizas una oreja, es un animal semiderrotado.

Además, era facilísimo derribar a un perro al que se le sorprende, posición en la cual el animal expone invariablemente la parte blanda del cuello, el punto vulnerable donde se destruye la vida, que «Colmillo Blanco» conocía muy bien. Era algo que le habían enseñado por herencia muchas generaciones de lobos. El método de «Colmillo Blanco», cuando tomaba la ofensiva, consistía en lo siguiente: primero, encontrar solo a uno de los perros jóvenes; segundo, sorprenderle y derribarle; tercero, atacar con sus dientes las partes blandas del cuello.

Como todavía no había llegado a la edad adulta, sus mandíbulas no eran ni lo suficientemente grandes ni poderosas para que su ataque fuera mortal. Sin embargo, más de un perro joven andaba por el campamento con una herida en el cuello que demostraba las intenciones de

«Colmillo Blanco». Un día, al encontrar a uno de sus enemigos solo en el límite del bosque, mediante ataques repetidos consiguió cortarle la yugular, por la que se escapó la vida de su contrincante. Aquella noche se armó un gran escándalo en el campamento. Muchos habían sido testigos de la hazaña de «Colmillo Blanco», otros habían llevado la noticia al dueño del perro muerto, las mujeres recordaron los casos de robo de carne que se le debían y muchas voces furiosas exigieron a Nutria Gris que se castigara al culpable. Pero el indio se mantuvo en la puerta de su vivac, dentro del cual había encerrado a «Colmillo Blanco», y se negó a permitir la venganza que le exigía la tribu. Hombres y perros le odiaban. Durante esta etapa de su desarrollo nunca tuvo un momento de seguridad. El diente de cada perro y la mano de cada hombre estaban contra él. Los de su raza le recibían mostrando los dientes; los dioses, con maldiciones, palos y pedradas. Vivía intensamente. Siempre estaba a tono, alerta para atacar, harto de que le atacasen, vigilando con un ojo los posibles proyectiles, dispuesto a obrar rápida y fríamente, a atacar como un rayo con los dientes o a echarse atrás, roncando amenazadoramente.

En cuanto a esto último, podía hacerlo de manera más terrible que cualquier otro perro, joven o viejo, del campamento, con objeto de advertir o de asustar. Se necesita una cierta discreción para saber cuándo hay que usarlo. «Colmillo Blanco» tenía una idea muy clara de cómo y cuándo utilizarlo. Ponía en su voz todo lo malvado y horrible. Agitada la nariz por violentos espasmos, erizado el pelo por ondas paralelas, sacando y volviendo a sacar la lengua como si fuera una serpiente, gachas las orejas, con los ojos que echaban llamas, contraídos los labios para dejar al descubierto los colmillos, podía obligar a detenerse a la mayor parte de sus asaltantes. Una pausa, por corta que fuera, si le relevaba del deber de estar en guardia, le daba tiempo para pensar y determinar su método de ataque. Pero a menudo esa tregua se alargaba tanto que el ataque no se producía. Ante alguno de los perros adultos, su voz daba a «Colmillo Blanco» la oportunidad para una honrosa retirada. Puesto que era un animal de rapiña, en lo que respecta a la sociedad de los perros adultos, sus métodos sanguinarios y su éxito en la lucha eran el precio que los otros debían pagar por haberle perseguido. Como no le dejaban marchar junto a ellos, se produjo un hecho curioso: él no permitía que ningún perro abandonara la formación. Los perros jóvenes le temían y no se atrevían a andar solos, sea que tuvieran miedo de sus emboscadas o de sus ataques solitarios. Con excepción de «Bocas», todos los demás se apretujaban para protegerse contra el terrible enemigo que se habían creado. Un cachorro que anduviera solo por la orilla del río equivalía a un muerto o a uno que ponía en conmoción todo el campamento con sus agudos gritos de dolor y de miedo, mientras huía del lobezno que le había atacado.

Pero la venganza de «Colmillo Blanco» no cesó ni siquiera cuando los perros jóvenes aprendieron por amarga experiencia que no podían andar solos. Los atacaba cuando estaban aislados y ellos hacían lo mismo cuando se encontraban juntos. Bastaba que le vieran para correr tras él, salvándose «Colmillo Blanco» gracias a su agilidad. Pero ¡ay del perro que se adelantaba a sus compañeros en la persecución! Había aprendido a dar la vuelta rápidamente, a atacar al perro que se encontraba a gran distancia del grueso de sus atacantes y a abrirlo en canal antes que pudieran llegar los otros. Esto ocurría con mucha frecuencia, pues en cuanto se sentían poseídos de ganas de pelear, los perros eran muy capaces de olvidar las precauciones más elementales, cosa que no le ocurría a «Colmillo Blanco». Mientras corría, miraba furtivamente hacia atrás, siempre dispuesto a dar la vuelta con la velocidad de un torbellino y a derribar al perseguidor que, poseído de demasiado celo, se había adelantado de los otros.

Los cachorros gustan de los juegos, por lo que dar caza a «Colmillo Blanco» se convirtió en la máxima diversión: juego mortal y siempre serio. Por otra parte, como era el más ligero de todos, no temía meterse en cualquier lugar. Durante los tiempos en que había esperado vanamente a su madre, los perros le persiguieron muchas veces por los bosques que rodeaban el campamento, sin alcanzarle nunca. Sus gritos advertían a los otros su presencia, mientras corría solo, con patas que parecían de terciopelo, una sombra que se movía entre los árboles, como lo habían hecho sus secretos y estratagemas. El recurso favorito de «Colmillo Blanco» consistía en meterse en una corriente de agua, con lo cual sus perseguidores perdían la pista, y ocultarse entonces en cualquier bosquecillo cercano, mientras los gritos de los otros perros resonaban a su alrededor.

Odiado por los de su especie y por los hombres, indomable, continuamente perseguido, persiguiendo él mismo sin descanso a los demás, el desarrollo de «Colmillo Blanco» fue rápido y unilateral. En él no podían fructificar la bondad o el afecto, cosas de las cuales no tenía la menor idea. El código que había aprendido era muy sencillo: obedecer a los fuertes y oprimir a los débiles. Nutria Gris era fuerte y divino, por lo que «Colmillo Blanco» le obedecía. Pero el perro que era más joven o más pequeño que él era débil y había que aniquilarle.

«Colmillo Blanco» se desarrollaba exclusivamente en el sentido de la potencia. Para poder hacer frente al peligro constante de que le hirieran o de que le mataran, se desarrollaron excesivamente sus cualidades predatorias y protectoras. Sus movimientos adquirieron una rapidez mayor que la de los otros perros; se hizo más fuerte; su ataque era ya mortal; sus músculos eran más flexibles, más finos, acompañados de nervios de acero; adquirió más resistencia, mientras que en lo moral era más cruel, más feroz, más inteligente. Debía llegar a adquirir esas cualidades, pues de lo contrario no hubiera podido mantenerse o sobrevivir en aquel ambiente hostil en que se encontraba.

CAPÍTULO IV

El camino de los dioses

Al terminar el año, cuando los días empezaban a ser más cortos y se sintieron los primeros fríos, «Colmillo Blanco» tuvo una oportunidad de recuperar su libertad. Durante varios días reinó en el campamento una actividad inusitada. Los indios iban a abandonar su residencia de verano para dedicarse a la caza. «Colmillo Blanco» no perdió detalle. Cuando vio cómo se desarmaban las cabañas y se cargaban las canoas, lo comprendió. Algunas de las embarcaciones habían desaparecido ya aguas abajo.

Con toda intención, determinó quedarse. Esperó una ocasión para escaparse a los bosques. Allí, en la corriente, donde el hielo empezaba a formarse, hizo desaparecer sus huellas. Se deslizó hasta lo más denso de la selva y esperó. Pasó el tiempo, del cual «Colmillo Blanco» dedicó algunas horas al sueño. Le despertó la voz de Nutria Gris que le llamaba por su nombre. Además, resonaban varias voces. «Colmillo Blanco» podía oír la de la mujer de Nutria Gris y la de Mit-sah, su hijo, que le ayudaban a buscarle.

«Colmillo Blanco» tembló de miedo. Aunque sintió el impulso de salir de su escondite, se resistía a ello. Después de algún tiempo ya no se oyeron los gritos, que se perdían en la distancia, por lo que finalmente salió de la espesura para gozar la libertad entre los árboles.

Repentinamente se sintió solo. Se echó a tierra para pensar con calma, escuchando el silencio de la selva, que le molestaba. Parecía anunciar algo terrible el que nada se moviera o hiciera ruido. Sentía que el peligro, invisible e insospechado, estaba al acecho. Desconfiaba de los enormes troncos de los árboles y de las oscuras sombras, en las que podían ocultarse toda clase de cosas peligrosas.

Hacía frío. No existía allí ninguna cabaña abrigada donde arrimarse. Sentía que se le helaban los pies, por lo que los mantuvo en movimiento, uno después de otro. Encorvó la peluda cola para protegerlos y al mismo tiempo vio algo que en sí no tenía nada de extraño. Dentro de sí mismo, mediante una serie de representaciones mnemónicas veía el campamento, las chozas y las llamas del fuego. Oyó las voces estridentes de las indias, las de bajo profundo de los hombres, los aullidos de los perros... Tenía hambre y recordó los pedazos de carne o de pescado que le habían arrojado allí. Donde se encontraba ahora no había carne, sino un silencio amenazador que no era comestible.

La esclavitud le había ablandado. La irresponsabilidad le había debilitado. Se había olvidado de cómo proveer sus propias necesidades. La noche abría su negra boca alrededor de él. Sus sentidos, acostumbrados al bullicio del campamento, al efecto continuo de colores y sonidos sobre la vista y el oído, estaban inactivos. No había nada que ver u oír. Los aguzó para captar cualquier interrupción del silencio y la inmovilidad de la naturaleza. Comprendía que sus sentidos perdían su agudeza por aquella inmovilidad y por la premonición de algo terrible que iba a ocurrir.

El terror le hizo dar un gran salto. Una cosa enorme y amorfa corría a través de su campo visual. Era la sombra de un árbol iluminado por la Luna, que las nubes habían ocultado hasta entonces. Recuperó la tranquilidad y aulló suavemente, pero dejó de hacerlo en el acto temeroso de que el sonido pudiera atraer la atención de los peligros que le acechaban.

Un árbol, cuya madera sufría el ataque del frío de la noche, produjo un ruido intenso, directamente por encima de él. Aulló de miedo. El pánico se apoderó de él y echó a correr locamente hacia el campamento. Se sentía poseído de un deseo incontenible de encontrarse bajo la protección y en compañía del hombre. Sentía en sus narices el olor del humo que se desprendía del campamento. Sonaban intensamente en sus oídos los ruidos y los gritos de las chozas. Atravesó el bosque y el claro alumbrado por la luz de la Luna, donde no había sombras ni estaba oscuro. Pero sus ojos no llegaron a distinguir la aldea india. Lo había olvidado. Los indios se habían ido.

Cesó súbitamente su loca carrera. No existía ningún lugar en el que pudiera refugiarse. Se arrastró por todo el campamento abandonado, husmeando los montones de basura y los restos de objetos, que los dioses habían abandonado. Se hubiera alegrado de recibir en aquel momento un diluvio de piedras, arrojadas por cualquier india enojada, o los golpes de la furiosa mano de Nutria Gris, o de un ataque de «Bocas» y de toda la jauría de perros gritones y cobardes.

Llegó hasta el lugar donde se encontraba la cabaña de Nutria Gris. Se sentó en el mismo centro. Sacudían su garganta espasmos rígidos, se le abría la boca, y con un grito que partía el corazón expresó su soledad y su miedo, su amor por «Kiche», todo lo que había sufrido, todas sus miserias, todo lo que temía que le trajera el futuro en sufrimientos y peligros. Era el largo y tétrico aullido del lobo, que sale del fondo de la garganta, y que «Colmillo Blanco» emitía por primera vez.

La aurora hizo desaparecer sus temores, pero aumentó su sensación de soledad. La tierra desnuda, que hacía tan poco tiempo estaba densamente poblada, imponía su soledad sobre «Colmillo Blanco» con una opresión ya inaguantable. No tardó mucho tiempo en decidirse. Siguió la orilla del río durante todo el día, sin descansar. Sus músculos de acero no conocían la fatiga. Cuando llegó el cansancio, su heredada resistencia le indujo a acrecentar su esfuerzo y a obligar a correr a su cuerpo que se quejaba.

Cuando la corriente de agua se precipitaba por rápidos, «Colmillo Blanco» seguía las montañas de la orilla. Cuando se encontraba con arroyos que desembocaban en el principal, buscaba un paso o los atravesaba a nado. A menudo marchó por encima de la débil capa de hielo que empezaba a formarse; más de una vez cedió bajo su peso y tuvo que luchar por su vida en la corriente helada. Nunca perdía de vista su objeto, que era encontrar la huella de los dioses, que probablemente habían abandonado el río en un cierto punto y se internaron tierra adentro.

«Colmillo Blanco» era más inteligente que el término medio de su especie. Sin embargo, su cerebro no alcanzó a percibir la posibilidad de que su amo hubiera desembarcado en la otra orilla. ¿Qué pasaría si los dioses habían hecho eso? Más tarde, cuando hubiese viajado y conocido más, cuando tuviese más años y adquirido mayor sabiduría, es probable que pudiera percibir esa posibilidad. Pero estaba muy lejos el día en que poseería esa capacidad mental. Por ahora corría ciegamente por la misma ribera del Mackenzie, donde se habían asentado los indios.

Corrió toda la noche, tropezando en la oscuridad, que dilataba su viaje, pero que no podía detenerle. A mediados del segundo día había estado corriendo desde hacía ya cuarenta horas. Su musculatura de hierro empezaba a ceder. Sólo la resistencia de su cerebro le mantenía aún. Hacía cuarenta horas que no comía y sentía debilidad. Las repetidas inmersiones en el agua fría empezaban a producir su efecto. Su piel estaba cubierta de barro. Sus patas, llenas de heridas, sangraban. Empezaba a cojear, y el efecto era peor a cada hora que pasaba. Para empeorarlo todo, se oscureció el cielo y empezó a nevar. Era una nieve nueva, húmeda, que se fundía al instante, se quedaba pegada y hacía que el suelo fuera resbaladizo; que le ocultaba el paisaje y que por tapar las desigualdades de la tierra hacía que su recorrido fuera aún más difícil y doloroso.

Nutria Gris quería acampar aquella noche en la lejana ribera del Mackenzie, pues por allí andaba la caza. Pero poco antes del anochecer, Klu-kuch, su mujer, observó un reno que se acercó al río para beber. Si no hubiera bajado a beber, si Mit-sah no hubiera cambiado el rumbo debido a la nieve, si Klu-kuch no lo hubiera visto, y si Nutria Gris no lo hubiera matado de un certero disparo, todos los hechos posteriores hubieran sido distintos. Nutria Gris no hubiera acampado en aquel mismo lado del Mackenzie y «Colmillo Blanco» hubiera seguido de largo, para morir o para encontrar a sus salvajes hermanos de raza, convirtiéndose en uno de ellos: un lobo más hasta el fin de sus días.

Cayó la noche. La nieve descendía en copos más espesos. «Colmillo Blanco», tratando de reprimir sus aullidos y cojeando, fue a dar sobre una huella fresca en la nieve, tan nueva, que inmediatamente reconoció su naturaleza. Aullando de deseo abandonó la ribera de la corriente y se internó en el bosque. Llegaron a sus oídos los ruidos peculiares del campamento. Vio el fuego, en el cual Klu-kuch cocinaba algo, y a Nutria Gris, sentado en cuclillas, que mordía un pedazo de carne grasienta y cruda. ¡En el campamento tenía qué comer!

«Colmillo Blanco» esperaba una buena paliza. Se echó a tierra y erizó el pelo cuando pensó en ello. Siguió avanzando. Temía y le repugnaban los golpes que sabía que le esperaban. Pero, además, deseaba la comodidad del fuego que sería suya, la protección de los dioses y la compañía de los perros, de sus enemigos, más compañía al fin, que podía satisfacer su instinto gregario.

Se acercó al fuego, arrastrándose. En cuanto le vio Nutria Gris dejó de masticar. «Colmillo Blanco» siguió arrastrándose lentamente, humillado y sumiso. Mientras se arrastraba en línea recta hasta Nutria Gris cada centímetro que avanzaba era más doloroso y de un recorrido más lento. Finalmente se encontró a los pies de su amo, en cuya posesión se entregó total y voluntariamente. Por su propia voluntad se había acercado al fuego del hombre para que él le gobernara. «Colmillo Blanco» temblaba esperando el castigo que había de caer sobre él. La mano que estaba por encima de su cuerpo se movió. «Colmillo Blanco» se encogió involuntariamente, esperando el golpe, que no llegó. Miró hacia arriba. ¡Nutria Gris cortaba el pedazo de carne en dos!

Con mucha precaución y sospechando alguna trampa, «Colmillo Blanco» le olió primero y después empezó a comer. Nutria Gris ordenó que le trajeran más carne y le protegió de los otros perros mientras comía. Después, agradecido y harto, se echó a los pies de Nutria Gris, mirando el fuego que le calentaba, mientras los ojos se le cerraban de sueño, seguro de que al día siguiente estaría, no recorriendo algún sitio solitario de la selva, sino en el campamento de los animales llamados hombres, a los cuales se había entregado y de los que dependería de ahora en adelante.

CAPÍTULO V

El contrato

Cuando había transcurrido ya gran parte de diciembre, Nutria Gris emprendió un viaje por el Mackenzie, aguas arriba. Le acompañaban su hijo y su mujer.

Él mismo dirigía uno de los trineos, tirado por perros que había adquirido por canje o que le habían prestado. Mit-sah estaba a cargo del otro, mucho más pequeño y arrastrado por cachorros. Era más un juguete que otra cosa, pero, sin embargo, hacía las delicias de Mit-sah, a quien le parecía que empezaba a hacer ya un trabajo de hombres. Aprendía así a manejar un trineo y a adiestrar los perros, con lo cual los mismos cachorros se hacían al correaje. Además, aquel trineo, al parecer de juguete, prestaba sus servicios, pues transportaba casi cien kilos de enseres domésticos y de alimentos.

«Colmillo Blanco» había observado muchas veces cómo los perros tiraban de los trineos; por tanto, no se preocupó gran cosa la primera vez, cuando le ataron a él también. Le pasaron por el cuello una especie de collar unido por dos correas a un arnés que le cruzaba el pecho y el lomo, y al que se sujetaba finalmente la larga correa, mediante la cual tiraban del trineo.

Siete cachorros estaban encargados de aquella labor. Los otros habían nacido en el mismo año, pero tenían ya nueve y diez meses de edad cuando «Colmillo Blanco» tenía sólo ocho. Cada uno estaba atado al trineo por una correa única, siendo todas de longitud diferente, de tal modo que cada dos se diferenciaban entre sí por lo menos en la longitud del cuerpo de un perro o un múltiplo de ella. El trineo mismo no tenía rieles, estando formada la parte inferior por una superficie muy lisa que en su extremo delantero se encorvaba hacia arriba para no atrancarse en la nieve, tal como la proa de un navío corta las aguas. Esta construcción permitía que el peso de la carga se repartiera por una superficie muy grande de nieve cristalina y blanda, lo que era una ventaja. Para mantener el mismo principio de amplia distribución de la carga, los perros formaban una especie de abanico, por lo que ninguno pisaba las huellas de otro.

Esta formación en abanico tenía además otra ventaja. Las correas de diferente longitud impedían que los perros se echasen sobre los que marchaban delante de ellos, pues para esto hubiera sido necesario que el delantero estuviera atado a una correa más corta, en cuyo caso se hubieran encontrado ambos animales cara a cara y al alcance del látigo de quien los conducía. Pero la virtud más peculiar consistía en que para que un perro pudiera alcanzar a otro tenía que tirar más enérgicamente del trineo, y cuanto más corría el vehículo tanto más inalcanzable era el animal delantero. El perro que iba atrás nunca podía alcanzar al que estaba delante de él. Cuanto más corría, más velozmente escapaba el delantero y tanto más ligeramente se deslizaba el trineo. Así, por un astuto método indirecto, aumentaba el hombre su dominio sobre las bestias.

Mit-sah se parecía mucho a su padre, poseyendo gran parte de su gris sabiduría. Mucho tiempo antes había observado cómo «Bocas» perseguía a «Colmillo Blanco», pero el primero pertenecía a otro indio, por lo que nunca se había atrevido más que a arrojarle alguna piedra de cuando en cuando. Pero ahora le pertenecía. Dio comienzo a su venganza poniéndole en el extremo de la correa más larga, lo que le convirtió en el jefe de la traílla y era al parecer un honor, pero en lugar de ser el matón y el amo de ella encontró que todos los perros le odiaban y perseguían.

Como corría en primer lugar, los otros no veían de él sino la cola peluda y las patas traseras, menos feroces e intimidadoras que sus pelos erizados o sus brillantes colmillos. Por otra parte, estaba en la naturaleza de los perros que al verle correr sintieran ganas de perseguirle y creyeran que huía de ellos.

En cuanto el trineo se puso en movimiento echaron a correr detrás de «Bocas», lo que no terminó sino con la llegada de la noche. Al principio «Bocas», lleno de rabia y celoso de su autoridad, pretendió dar vueltas y hacer frente a sus perseguidores, pero en cuanto hacía el menor ademán de ello, Mit-sah hacía restallar su látigo largo de casi diez metros sobre su hocico, lo que le obligaba a dar media vuelta y a correr. «Bocas» podía hacer frente a todos los perros juntos, pero no al látigo; la energía que le restaba la empleaba en mantener tensa la larga correa a la que estaba atado y los flancos lejos de los dientes de sus compañeros.

Pero la cabeza del indio era capaz de inventar algo aún más malo. Para que los perros no dejaran de perseguir a su jefe, Mit-sah le favorecía abiertamente, lo que despertaba el odio y los celos de los demás. En presencia de todos, Mit-sah daba carne a «Bocas» y sólo a él, lo que ponía al resto locos, furiosos. Echaban espumarajos de rabia, mientras el favorecido devoraba la carne protegido por el látigo de Mit-sah. Si no había carne, mantenía a los otros animales a distancia y hacía como si se la diera.

«Colmillo Blanco» se adaptó voluntariamente al trabajo. Había recorrido una distancia mayor que los otros perros para entregarse a la voluntad de los dioses y había aprendido muy bien que era inútil oponerse a su voluntad. Además, la persecución de que había sido objeto por parte de sus congéneres le había inducido a disminuir su respeto por ellos y a aumentar el que tenía por el hombre. No había aprendido a depender de sus compañeros en lo que se refería a la compañía. Asimismo había olvidado completamente a «Kicke»; sus emociones, o lo que quedaba de ellas, se expresaban en la fidelidad con que servía a los dioses, que había aceptado como amos. Así pues, trabajaba duro, aprendía la disciplina y era obediente. Su actividad se caracterizaba por la fidelidad y la buena voluntad. Son éstos rasgos esenciales del lobo y del perro vagabundo, cuando han sido domesticados, y que «Colmillo Blanco» poseía en alto grado.

Existía una cierta hermandad entre él y los otros perros, pero consistía exclusivamente en compartir las peleas y la enemistad. Nunca había aprendido a jugar con ellos. Sólo sabía luchar, y eso era lo que hacía, pagándoles centuplicados los mordiscos que le habían proporcionado a él cuando «Bocas» era el matón de los cachorros. Pero éste ya no era su jefe, excepto cuando huía ante todos sus compañeros, tirando del extremo de su correa. En los campamentos se mantenía cerca de Nutria Gris, de su mujer o de su hijo. No se aventuraba a separarse de los dioses, pues ahora estaban contra él los colmillos de todos los perros, experimentando hasta la saciedad la misma persecución de la que él había hecho objeto en otros tiempos a «Colmillo Blanco».

Con el destronamiento de «Bocas» pudo haberse convertido en el jefe de los perros, pero su mal humor era demasiado pronunciado y le gustaba estar solo. Sus relaciones sociales con los otros animales se limitaban a desgarrarles las carnes de cuando en cuando. Por lo demás, ignoraba su existencia. Se apartaban de su camino en cuanto aparecía. Ni el más audaz de ellos se atrevía a disputarle su pedazo de carne. Por el contrario, la devoraban apresuradamente por miedo a que «Colmillo Blanco» se la quitase, pues éste conocía muy bien la ley: oprimir al débil y obedecer al fuerte. Comía su ración de carne con toda la prisa posible. Después, ¡ay del que no hubiera terminado! Un aullido, un relampagueo de dientes y el perro tendría que tomar a las estrellas, que no podían consolarle, por testigos de su indignación mientras «Colmillo Blanco» acababa de devorar la parte del otro.

Sin embargo, de cuando en cuando, cualquiera de los perros se rebelaba y se sometía rápidamente. Así «Colmillo Blanco» no perdía el adiestramiento adquirido. Tenía celos del aislamiento en que él mismo se había colocado y que, a veces, luchaba por mantener, aunque esas peleas eran de corta duración. Era demasiado rápido para los otros perros. Les abría la carne con los dientes haciéndoles sangrar profusamente antes que comprendieran qué era lo que había pasado, derrotados antes de que hubieran empezado a pelear.

Tan rígida como la disciplina que mantenían los dioses al tirar del trineo era la que mantenía «Colmillo Blanco» entre sus compañeros. Nunca les permitía nada. Les obligaba a tenerle respeto sin desfallecimientos. Entre ellos podían hacer lo que quisieran. Eso no le importaba. Pero sí le interesaba que le dejaran solo en su aislamiento, que se apartaran cuando se mezclaba entre ellos y que reconocieran siempre que era el mejor. Bastaba que los otros pusieran rígidas las patas, levantaran el labio superior o erizaran un solo pelo, para que se echase sobre ellos sin misericordia y sin cuartel, convenciéndoles rápidamente del error que habían cometido.

Era un tirano monstruoso. Su dominio era tan rígido como el acero. Oprimía a los débiles como si se tratara de una venganza. No en balde, cuando era un simple cachorro, había estado expuesto a una lucha por la vida en la cual se desconocía la misericordia, cuando su madre y él, solos y sin ayuda extraña, se mantuvieron y sobrevivieron en el feroz ambiente de la selva. No en balde había aprendido a caminar suavemente cuando pasaba alguien que podía más que él. Oprimía al débil, pero respetaba al fuerte. Durante todo el largo viaje con Nutria Gris se deslizó muy suavemente entre los perros adultos, que encontró en los diferentes campamentos de los animales llamados hombres, en los cuales se detuvo su señor.

Pasaron los meses. Continuaba el viaje de Nutria Gris. Las largas horas de trabajo desarrollaron el cuerpo de «Colmillo Blanco». Por otra parte parecería que en lo psíquico había llegado también a la adultez. Poseía un conocimiento completo del mundo en el cual vivía. Sus ideas eran groseras y materialistas. Tal como él lo veía, el mundo era terrible y brutal; carecía de cariño; no existían las caricias, los afectos y la extraña dulzura del espíritu.

No sentía ningún cariño por Nutria Gris. Es cierto que era un dios, pero una divinidad muy salvaje. «Colmillo Blanco» aceptaba voluntariamente su predominio, que se basaba en una inteligencia superior y en el empleo de la fuerza bruta. Había algo en el carácter de «Colmillo Blanco» que le hacía deseable la sujeción a otro, pues de otra manera no hubiera vuelto de la selva para someterse. En su naturaleza existían rincones que nadie había explorado. Una palabra bondadosa, una caricia con la mano de parte de Nutria Gris hubiera podido llegar hasta ellos, pero el indio no hacía esas cosas. No era su modo de ser. Su predominio se basaba en el salvajismo con que gobernaba, con que administraba justicia, usando un palo, castigando una falta con el dolor de un golpe y premiando los méritos, no con la bondad, sino dejando de pegar.

Por ello «Colmillo Blanco» no conocía la dicha que podía encerrar para él la mano del hombre. Por otra parte, no le gustaban esas manos, sino que recelaba de ellas. Es cierto que muchas veces daban carne, pero a menudo administraban golpes. Las manos eran cosas de las que había que apartarse. Arrojaban piedras, manejaban palos, garrotes y látigos, administraban golpes y porrazos y cuando le tocaban era para herirle. En campamentos extraños había conocido las manos de los niños y visto que eran crueles para herir. Uno de ellos, que apenas podía caminar, casi le sacó un ojo. Estas experiencias le hicieron desconfiar de todos los niños. No podía tolerarles. En cuanto se acercaban con sus manos, que parecían una advertencia de algo malo que iba a ocurrir, «Colmillo Blanco» se alejaba instintivamente.

En uno de los campamentos sobre las orillas del Gran Lago de los Esclavos, al defenderse contra la maldad de las manos de aquellos animales llamados hombres, vino a modificar la ley que había aprendido de Nutria Gris, según la cual era un crimen imperdonable morder a uno de los dioses. En aquel campamento, como es costumbre de todos los perros en todo lugar, «Colmillo Blanco» se dedicó a buscar comida. Un muchacho cortaba con un hacha un pedazo de carne congelada de reno: las astillas volaban por la nieve. «Colmillo Blanco» se detuvo y empezó a comérselas. Observó que el muchacho dejaba el hacha y agarraba un palo. Saltó y se alejó en el momento preciso para evitar el golpe que iba a caer sobre él. El muchacho le persiguió; como desconocía el campamento, se metió entre dos cabañas, encontrando que la huida era imposible por aquel lado, pues estaba cerrada por un alto bardal de tierra.

«Colmillo Blanco» no podía escapar. El muchacho le cerraba la única salida. Manteniendo el palo preparado para golpear, le acorraló. Furioso, hizo frente al muchacho, utilizando toda su táctica de intimidación, profundamente herido en su sentido de justicia. Conocía la ley: todos los desperdicios de carne, tales como las astillas que se producen cuando está helada la carne, pertenecen al perro que las descubre. «Colmillo Blanco» no había quebrantado ninguna ley, no había cometido ningún delito y, sin embargo, allí estaba el muchacho dispuesto a darle una paliza. «Colmillo Blanco» nunca supo exactamente lo que ocurrió. Lo que hizo aconteció en un repentino ataque de rabia, tan rápidamente que el muchacho no lo comprendió tampoco. Todo lo que vio el joven indio fue que algo o alguien le tiró sobre la nieve y que los dientes del perro le desgarraron la mano en la que tenía el palo.

Pero «Colmillo Blanco» sabía que había quebrantado la ley de los dioses. Había clavado sus dientes en la carne sagrada de uno de ellos, y lo único que podía esperar era un terrible castigo. Huyó a refugiarse entre las piernas de Nutria Gris, desde donde vio al muchacho y a su familia pidiendo venganza. Pero tuvieron que irse sin verla satisfecha. Nutria Gris, así como Mit-sah y Klu-kuch, defendieron a «Colmillo Blanco» mientras éste escuchaba aquel altercado y observaba los gestos airados comprendiendo que su acto estaba justificado. Así aprendió que hay dioses y dioses. Existían los suyos y los otros, y entre ambos grupos había una diferencia. Justo o injusto, siempre era lo mismo, debía tomar las cosas de las manos de sus propios dioses. Pero no estaba obligado a tragar una injusticia de divinidades extrañas. Tenía el privilegio de defenderse con los dientes. Esto era parte del código de los dioses.

Antes que terminara el día, «Colmillo Blanco» aprendió algo más acerca de esta ley. Salió sólo con Mit-sah, que había ido al bosque a juntar leña. Encontraron allí, junto con algunos amigos suyos, al muchacho que había sido mordido. Se insultaron mutuamente, después de lo cual todos ellos atacaron a Mit-sah, que entonces lo pasó bastante mal, pues de todas partes llovían golpes sobre él. Al principio, «Colmillo Blanco» se limitó a observar, pues se trataba de un asunto de los dioses, que nada le importaba, pero comprendió que estaban maltratando a Mit-sah. Sin razonar, «Colmillo Blanco», poseído de una rabia loca, se arrojó entre los combatientes.

Transcurridos apenas cinco minutos, los muchachos huyeron en todas direcciones, dejando huellas de sangre sobre la nieve, demostrativas de la eficacia de los dientes de «Colmillo Blanco». Cuando Mit-sah se lo contó a su padre, Nutria Gris ordenó que se le diera carne a «Colmillo Blanco», mucha carne. Harto y somnoliento, cerca del fuego, comprendió que la ley se había cumplido.

Al mismo tiempo aprendió a conocer la ley de la propiedad y su deber de defender la que pertenecía a su dios. No había más que un paso entre proteger al cuerpo del hijo de su amo y la propiedad de éste, paso que «Colmillo Blanco» dio muy pronto. Lo que pertenecía a su dios debía defenderlo contra todo el mundo, aunque tuviera que despedazar a otros dioses. No sólo ese acto era sacrílego, sino que además encerraba un gran peligro. Los dioses eran omnipotentes y un perro nada podía contra ellos. Sin embargo, «Colmillo Blanco» aprendió a hacerles frente sin miedo. El deber estaba por encima de cualquier consideración por la seguridad personal. Los dioses ladrones aprendieron a respetar la propiedad de Nutria Gris.

En lo que a esto respecta, «Colmillo Blanco» aprendió muy pronto que las divinidades que se dedican al robo son generalmente cobardes y que tienden a escapar en cuanto se da la voz de alarma.

También aprendió que transcurría muy poco tiempo entre la alarma y la llegada de Nutria Gris. Comprendió que el ladrón no huía por temor a él, sino al indio. «Colmillo Blanco» no daba la alarma mediante aullidos. Nunca aullaba. Su método consistía en atacar al intruso y clavarle los dientes. Puesto que estaba siempre de mal humor y eternamente solo, puesto que no jugueteaba con los otros perros, era el más indicado para guardar la propiedad de su amo, cualidades que Nutria Gris fomentaba y educaba, pero de lo que resultó que se hizo aún más huraño, feroz e indomable.

Pasaron los meses, haciendo más y más efectivo el contrato que unía al perro y al indio. Era el mismo que el primer lobo salido de la selva celebró con el hombre e idéntico al que han mantenido todos los otros lobos y perros fugitivos que han hecho lo mismo. Las condiciones eran muy simples. Entregaba su libertad a cambio de la posesión de un dios de carne y hueso. El alimento y el fuego, la protección y la compañía eran algunas de las cosas que recibía de los dioses. En pago de ellas custodiaba su hacienda, defendía su cuerpo y le obedecía.

La posesión de un dios implica servicio. El de «Colmillo Blanco» se componía del deber y del respeto que le infundía su amo, pero en el que no entraba el amor, pues no sabía lo que era. «Kicke» era sólo un recuerdo remoto. Además, no sólo había abandonado la selva cuando se entregó al hombre, sino que los términos del contrato eran tales, que no podía desertar del servicio de su dios ni siquiera para seguir a «Kicke» si la encontrara. Su fidelidad al hombre parecía ser una ley de su naturaleza, más imperiosa que el amor por la libertad o por los de su sangre.

CAPÍTULO VI

EL HAMBRE

Nutria Gris terminó su largo viaje al llegar la primavera. Era en abril cuando «Colmillo Blanco» cumplía un año. Estaba atado al trineo, del que le desató Mit-sah, cuando entraron en el viejo campamento. Aunque todavía faltaba mucho para llegar a su desarrollo completo, era después de «Bocas» el perro más grande de su edad. Tanto de su padre, el lobo, como de «Kiche», había heredado estatura y fortaleza, por lo que ya hacía buena figura al lado de los adultos. Pero todavía no tenía mucho cuerpo; el suyo era esbelto y alargado, y su fuerza residía más en sus tendones que en los voluminosos músculos. Su pelo era verdaderamente gris, como el de los lobos, pareciéndose en todo a estos animales. La porción de sangre de perro que había heredado de «Kiche» no se reflejaba de ninguna manera en lo físico, aunque formaba una gran parte de su psiquismo.

Atravesó el campamento, reconociendo con tranquila satisfacción a los diversos dioses que había conocido antes de emprender el largo viaje. Había bastantes perros: cachorros como él mismo, que estaban en el período de crecimiento, y adultos, que no parecían tan grandes ni tan formidables como se los pintaba su imaginación. Les tenía menos miedo que antes, permaneciendo entre ellos con una soltura descuidada, que era para él tan nueva como agradable.

Allí estaba «Baseek», un viejo perro gris, que anteriormente no tenía más que mostrar los dientes para que «Colmillo Blanco» se echara en tierra. De él había aprendido mucho el joven, en cuanto a su propia insignificancia. Él mismo le enseñaría ahora el cambio que se había operado. En tanto «Baseek» se debilitaba por la edad, «Colmillo Blanco» aumentaba en fuerzas.

Mientras se cortaba la carne de un reno recién cazado, «Colmillo Blanco» entendió el cambio que se había operado en sus relaciones con el mundo canino. Había conseguido una de las pezuñas y parte de la pata, de la cual pendía un gran trozo de carne. Se retiró del alboroto que producían los perros, poniéndose a cubierto de sus miradas, detrás de un bosquecillo. Devoraba su parte, cuando «Baseek» le atacó. Sin comprender lo que hacía, saltó sobre su atacante, le desgarró la piel en dos puntos y se echó hacia atrás, esperando. «Baseek» se quedó sorprendido de la temeridad del otro y de la rapidez de su ataque. Se quedó parado mirando estúpidamente a «Colmillo Blanco», separándoles la carne por la que disputaban.

«Baseek» estaba viejo. Comprendía que había aumentado el valor de los perros con los que antes podía hacerse el malo. Varias amargas experiencias, que tuvo que tragar sin quejarse, le habían obligado a desplegar toda su sabiduría para poder enfrentarse con ellos. En otros tiempos se habría arrojado rabiosamente sobre «Colmillo Blanco». Pero su capacidad de lucha, que se desvanecía, no le permitía ahora seguir ese camino. Erizó ferozmente el pelaje y echó una mirada fúnebre al hueso que les separaba. «Colmillo Blanco», que empezaba a sentir el peso del miedo que le había tenido, pareció empequeñecerse y recogerse en sí mismo, mientras buscaba mentalmente cualquier salida que le permitiera retirarse de manera no muy ignominiosa.

En este punto «Baseek» cometió un error capital. Si se hubiera contentado con mostrarse feroz y terrible, todo le hubiera salido bien. «Colmillo Blanco», que iniciaba ya la retirada, le hubiera dejado la carne. Pero «Baseek» no quiso esperar. Creyó que la victoria ya era suya y se echó sobre el alimento. Cuando inclinó la cabeza para olerlo, «Colmillo Blanco» erizó levemente el pelo. Aun entonces, no hubiera sido demasiado tarde para que «Baseek» hubiera salvado la situación. Si se hubiese quedado parado delante de la carne, con la cabeza alta y atenta, su joven enemigo hubiese terminado por retirarse. Pero el olor de la carne fresca ascendía hasta las narices del más viejo y la gula le indujo a probarla.

Esto era demasiado para «Colmillo Blanco». La conducta de «Baseek» venía a producirse justamente después de aquel período de predominio de «Colmillo Blanco» sobre todos sus compañeros en el arrastre del trineo, y no podía observar tranquilamente cómo otro se comía la carne que le pertenecía. Según su costumbre, atacó sin previo aviso. Del primer mordisco la oreja derecha de «Baseek» quedó reducida a tiras. Le dejó asombrado la rapidez del ataque. Pero ocurrieron otras cosas, igualmente desagradables, con la misma rapidez. Perdió el equilibrio, mientras «Colmillo Blanco» le mordía en el cuello. Cuando intentaba ponerse en pie, el joven volvió a clavarle dos veces los dientes en la paletilla. La rapidez con que ocurría todo quitaba el aliento. Intentó un ataque inútil contra «Colmillo Blanco», cerrando el aire entre sus mandíbulas furiosas. Un instante después los colmillos de su enemigo le abrieron el hocico, mientras trataba de retroceder.

Se habían invertido los papeles. «Colmillo Blanco» se encontraba al lado del hueso, amenazador, con todo el pelo erizado, mientras «Baseek», más lejos, intentaba emprender la retirada. No se atrevía a entablar una lucha con este joven, cuyos movimientos tenían la rapidez del rayo. Una vez más comprendió la amargura del debilitamiento que viene con la vejez. Su tentativa por mantener su dignidad fue heroica. Volvió las espaldas calmosamente al joven y al hueso, como si no merecieran su atención, y se alejó lentamente con orgullosa arrogancia. Sólo cuando estuvo fuera de la vista de su contrincante se detuvo a lamerse las heridas.

Esto condujo a que «Colmillo Blanco» adquiriera una mayor fe en sí y más orgullo. Ya no andaba tan suavemente entre los demás perros, sin que esto significara que buscara camorra. Todo lo contrario. Pero exigía que se le tuviese la consideración debida. Insistía en su derecho de que no se le molestase y en no ceder el camino a ningún otro perro. Había que tenerle en cuenta, eso era todo. Era imposible despreciarle o ignorarle, como pasaba con los demás cachorros y con sus propios compañeros en el trabajo de arrastrar el trineo. Estaban obligados a apartarse del camino de los adultos y a entregarles la comida, so pena de castigo. Pero sus extrañados mayores aceptaban como igual a «Colmillo Blanco», el insociable, el solitario, el de mal humor, que no miraba ni a derecha ni a izquierda, al que todos temían, de un aspecto que infundía miedo, que parecía no ser de su raza.

Pronto aprendieron a dejarle solo, a no abrir las hostilidades, ni a darle muestras de amistad. Si le dejaban solo, él no les molestaba, *modus vivendi* que todos encontraron altamente deseable, después de algunos encuentros.

A mediados del verano «Colmillo Blanco» tuvo una experiencia particular. Cuando se dirigía silenciosamente a husmear un nuevo vivac, que habían levantado en un extremo de la aldea, mientras él estaba fuera con los cazadores que habían dado muerte al reno, se encontró con «Kiche». Se detuvo y la miró. Se acordaba vagamente de ella, pero se acordaba, lo que era mucho más de lo que pudiera afirmarse de ella. «Kiche» levantó el labio superior, mostrándole los dientes, la vieja mueca de ella, que hizo que el recuerdo de «Colmillo Blanco» fuera aún más nítido. Como un torbellino, recordó aquel período cuando era sólo un cachorro, todo lo que su mente asociaba con aquel gesto familiar. Antes de conocer a los dioses ella fue el eje alrededor del cual giraba su universo. Volvieron los sentimientos familiares de aquel tiempo, cubriéndole como una ola. Se acercó alegremente a ella, pero «Kiche» le recibió con los colmillos descubiertos. Él no podía entenderlo, por lo que retrocedió asombrado.

Pero eso no era ninguna falta de «Kiche». Una loba no recuerda a sus lobeznos del año anterior, por lo que no se acordaba de «Colmillo Blanco», que para ella era un animal intruso, un extraño. Tenía ahora una nueva camada, lo que le daba derecho a sentir disgusto por los avances de «Colmillo Blanco».

Uno de los cachorros se arrastró hasta «Colmillo Blanco», sin saber que eran medio hermanos. Éste le olfateó con curiosidad, al verlo, «Kiche» se le echó encima hiriéndole en el hocico. Retrocedió aún más. Murieron en él todos los antiguos recuerdos, cayendo en la tumba de la que habían resucitado. Observó como «Kiche» lamía a su cachorro, deteniéndose de cuando en cuando para mostrarle los dientes. «Kiche» había perdido el valor que tenía para él. Había aprendido a vivir sin ella. Había olvidado su significado. En su mundo no había ya lugar para ella, y lo mismo le pasaba a su madre.

Aún seguía detenido allí, estúpidamente, observándola embobado, olvidado del motivo de su asombro, preguntándose extrañado qué pasaba, cuando «Kiche» le atacó otra vez, decidida a alejarle definitivamente del lugar. «Colmillo Blanco» no se opuso a que le echaran. Era hembra y, según las leyes de su raza, no se puede luchar contra ellas. En realidad, no sabía nada de semejante cosa, pues ni era una generalización de su mente ni algo que hubiera aprendido por experiencia. Lo comprendió como una necesidad urgente, como una imposición del instinto, el mismo motivo que le hacía aullar a la Luna y a las estrellas, durante la noche, y a temer la muerte y lo desconocido.

Pasaron los meses. «Colmillo Blanco» crecía, aumentaba su peso y sus fuerzas, mientras su carácter se desarrollaba, siguiendo la inclinación que le imponían su herencia y el medio. En cuanto a la primera, se la podría comparar con la arcilla, pues poseía muchas posibilidades, por lo que era posible darle muy diversas formas. El medio actuaba como modelo, dándole una forma particular. Si «Colmillo Blanco» no se hubiera acercado nunca a los fuegos de los hombres, la selva le hubiera convertido en un verdadero lobo. Pero los dioses le habían proporcionado un medio distinto, por lo que adquirió la forma de un perro, que aunque tenía mucho de lobo, pertenecía al grupo del primero.

De acuerdo con su naturaleza y con la influencia que sobre él ejercía el medio, su carácter adquirió una forma particular. No había ninguna posibilidad de escape. Cada día era más feroz, más insaciable, más solitario, lo que significaba que tenía peor carácter. Los perros aprendían todos los días que era mejor estar en paz con él. Nutria Gris le apreciaba más y más cada día.

Aunque las fuerzas de «Colmillo Blanco» parecían crecer a cada instante, padecía una debilidad: no podía aguantar que se rieran de él. La risa de los dioses era algo odioso. No le preocupaba que se rieran entre ellos de cualquier cosa, pero en cuanto se burlaban de él se apoderaba de «Colmillo Blanco» una rabia que lindaba con la locura. Grave, digno y sombrío, una carcajada le exasperaba hasta una locura casi ridícula. Le ofendía y desequilibraba de tal manera, que durante muchas horas se portaba como un demonio. ¡Ay del perro que no se portara bien con él en esos momentos! Conocía demasiado bien la ley para desquitarse con Nutria Gris, pues era un dios armado de un palo. Pero detrás de los perros sólo había tierra para correr, y hacia ella huían cuando «Colmillo Blanco» aparecía en la escena, enloquecido por aquella risa.

En el tercer año de su vida, los indios del Mackenzie pasaron por un período de hambre. Durante el verano faltó el pescado. En el invierno el reno no acudió a sus acostumbrados pastos. Los ciervos eran escasos. Casi desaparecieron enteramente las liebres. Murieron de hambre los animales de presa. Como carecían de alimento y estaban debilitados por el hambre, se atacaban mutuamente y devoraban a los vencidos. Sólo sobrevivían los fuertes. Los dioses de «Colmillo Blanco» habían sido siempre animales de presa que vivían de la caza. En las chozas todo eran lamentos, pues las mujeres y los niños dejaban de comer para que lo poco que quedaba fuera a parar al estómago de los cazadores, flacos y de ojos hundidos, que recorrían inútilmente la selva en busca de carne.

El hambre llevó a los dioses a un extremo tal, que devoraron el cuero sobado, muy suave, de sus mocasines y de sus mitones, mientras los perros se contentaban con sus arneses y hasta con los látigos. También los perros se devoraban los unos a los otros y hasta los comían los dioses. Primero debieron morir los más débiles y los de menos valor. Los perros sobrevivientes observaban y comprendían.

Algunos de los más audaces y más inteligentes abandonaron las fogatas de los hombres, que no eran ya más que mataderos, y huyeron a la selva, donde, finalmente, murieron de hambre o se los comieron los lobos.

En estos tiempos de miseria también «Colmillo Blanco» se refugió en el bosque. Podía adaptarse mejor a tal vida que los otros perros, debido a las enseñanzas recibidas siendo cachorro. Se adaptaba especialmente para atacar a las pequeñas cosas vivientes. Se ocultaba durante muchas horas, siguiendo los movimientos de un pájaro precavido, esperando con una paciencia tan grande como su intensa hambre, hasta que se aventuraba por tierra. Ni aun entonces hacía «Colmillo Blanco» un movimiento prematuro. Esperaba hasta estar seguro de dar el golpe antes de que su presunta víctima pudiera subirse a un árbol. Entonces, y no antes, salía como un relámpago de su escondite, con la velocidad de un proyectil gris, increíblemente ligero, sin que jamás se le escapara su presa: el pájaro que no podía huir con bastante celeridad.

Por mucho éxito que tuviera en esa clase de caza, resultaba una dificultad que impedía que viviera y engordara a costa de ella: no había bastantes animales de esa especie, por lo que se vio obligado a dedicarse a la caza de sabandijas aún más pequeñas. Algunas veces su hambre era tan intensa, que no consideró impropio de su dignidad hacer salir con el movimiento de las patas a los ratones de sus cuevas. Tampoco desperdició la oportunidad de dar batalla a una comadreja tan hambrienta como él y muchas veces más feroz.

En los peores períodos del hambre se arrastraba hasta las fogatas de los dioses, pero sin acercarse mucho. Vigilaba desde el extremo del bosque, evitando que le descubrieran y robando las trampas en los raros casos en que habían cazado algo. Una vez saqueó una trampa del mismísimo Nutria Gris, donde había caído una liebre mientras su amo se arrastraba por la selva hacia ella, sentándose a menudo para descansar de puro débil y sin aliento.

Un día «Colmillo Blanco» encontró un lobezno, flaco y desmirriado por el hambre. Si no hubiera tenido tantas ganas de comer, habría marchado con él, encontrando así quizá el camino hacia sus congéneres de la selva. Tal como estaban las cosas, atacó al lobezno, le mató y le devoró.

La fortuna parecía favorecerle. Siempre, cuando la necesidad era mayor, encontraba algo que matar. Cuando estaba debilitado por el hambre, tenía la suerte de no encontrarse con animales más fuertes que él que le dieran caza. Cuando se sintió muy fuerte, por haberse alimentado dos días con un lince, una manada de lobos cayó sobre él. Fue una caza larga y cruel, pero como estaba mejor alimentado pudo correr más que ellos. No sólo esto, sino que dando una vuelta de gran radio pudo matar y devorar a uno de sus agotados perseguidores.

Después de eso abandonó aquella parte de la región y recorrió aquella en que había nacido. Allí, en el antiguo cubil encontró otra vez a «Kiche», la que, siguiendo sus costumbres de antaño, había huido de las inhospitalarias fogatas de los dioses y se había refugiado allí para parir. De la camada sólo quedaba uno con vida cuando «Colmillo Blanco» apareció, y aun éste no estaba destinado a vivir mucho tiempo. El lobezno no tenía ninguna posibilidad de sobrevivir durante el hambre.

El saludo de «Kiche» no tenía nada de cariñoso, aunque «Colmillo Blanco» no se preocupó de ello. Ya era adulto. Filosóficamente dio media vuelta y siguió recorriendo la ribera del arroyo, aguas arriba. En la desembocadura se dirigió a la izquierda, donde encontró el cubil del lince contra el que había luchado junto con su madre. Allí descansó durante un día.

Al principio del verano, en los últimos días del período de hambre, encontró a «Bocas», que también había huido al bosque, donde llevó una existencia miserable. «Colmillo Blanco» topó inesperadamente con él. Corrían en direcciones opuestas, a lo largo de una muralla natural de piedra, cuando al dar vuelta a una esquina se encontraron frente a frente. Se detuvieron un instante, alarmados, y se examinaron descontroladamente.

«Colmillo Blanco» se encontraba en un espléndido estado. Había tenido suerte en la caza, y en la última semana se había alimentado bien. Había quedado harto de su última hazaña cinegética. En cuanto vio a «Bocas» se le erizó todo el pelaje. Fue un acto involuntario por su parte, el estado físico que siempre habían producido en el pasado las persecuciones de «Bocas». Así como antes, en cuanto le veía, se le erizaba el pelo y mostraba los dientes, así lo hizo también en aquella ocasión. «Colmillo Blanco» no perdió tiempo. Lo hizo de una manera completa e instantánea. Su antiguo enemigo intentó retroceder, pero «Colmillo Blanco» le golpeó sin misericordia, cayendo al suelo con las patas al aire, lo que aprovechó para clavarle los dientes en el cuello. No le perdió de vista ni bajó su guardia durante la agonía de su enemigo, después de lo cual siguió su camino, a lo largo del muro de piedra.

Un día, poco después, se acercó al extremo de la selva, donde una estrecha franja de tierra desciende hasta el Mackenzie. Ya había estado otras veces allí cuando no estaba habitado, pero ahora se encontraba un campamento en su lugar. Todavía oculto entre los árboles, se detuvo para estudiar la situación. La vista, el oído y el olfato le transmitían sensaciones familiares. Era el viejo campamento, instalado en otra parte. Pero era algo distinto de cuando había estado allí por última vez. Ya no se oían sollozos o gritos. Hasta sus oídos llegaban voces de alegría. Cuando oyó la voz enojada de una mujer comprendió que debía tener el vientre lleno. Llenaba el aire un olor a pescado. Había alimento. Había terminado el hambre. Audazmente salió de entre los árboles y se dirigió al campamento, directamente a la choza de Nutria Gris. El indio no estaba, pero Klu-kuch le saludó con alegres gritos y le arrojó pescado. Se echó a esperar a que volviera su amo.

CUARTA PARTE

CAPÍTULO PRIMERO

El enemigo de su raza

Si hubiera existido cualquier posibilidad, por remota que fuera, de que alguna vez «Colmillo Blanco» llegara a crearse amigos entre los de su especie, se perdió cuando le convirtieron en jefe de los perros del trineo, pues ahora todos le odiaban por la ración extraordinaria que le daba Mit-sah, por los favores reales o imaginarios que recibía y porque siempre huía a la cabeza de ellos, enloqueciéndoles la visión de su cola y de sus patas traseras en continua fuga.

Cierto es que se lo devolvían con creces. Su puesto no tenía nada de agradable para él. Era más de lo que podía aguantar estar obligado a correr delante de los perros ladradores, a los que había dominado y castigado durante tres años. Pero debía aguantarlo o morir y la vida que alentaba en él no tenía ganas de desaparecer. En cuanto Mit-sah daba la orden de partir, los perros se echaban sobre «Colmillo Blanco» gritando ansiosa y salvajemente.

No podía defenderse. Si se daba vuelta para atacarlos, Mit-sah le castigaba con el látigo en el mismo hocico. Sólo podía huir. Le era imposible hacer frente a aquella horda con la cola y las patas traseras, pues eran armas nada adecuadas para compensar los colmillos inmisericordes de sus enemigos. Así pues, corría, a despecho de su propia naturaleza y de su orgullo, lo que tenía que hacer todo el día.

Es imposible faltar a los dictados de la propia naturaleza sin que se repliegue en sí misma. Esa inversión es como la de una uña, que debe crecer hacia fuera por su naturaleza y que cuando lo hace en otro sentido, antinatural, se convierte en algo que duele y hace daño. Así le pasaba a «Colmillo Blanco». Toda su naturaleza le impelía a dar la vuelta y arrojarse sobre la horda que aullaba detrás de él, pero era voluntad de los dioses que no lo hiciera. Detrás de la orden de los dioses estaba el látigo de tripa de reno, de una longitud de más de diez metros, que mordía donde tocaba. Así pues, «Colmillo Blanco» sólo podía apretarse el corazón en su amargura y favorecer el desarrollo de un odio y de una malignidad proporcionados a la ferocidad y al carácter indomable de su naturaleza.

Si alguna vez hubo un ser que odiara a su propia especie, fue «Colmillo Blanco». No pedía ni daba cuartel. Continuamente le aterrorizaban los dientes de la horda así como siempre los marcaba él. A diferencia de la mayor parte de los jefes de perros de trineo, que cuando se desata a los animales buscan la protección de los dioses, «Colmillo Blanco» la despreciaba. Recorría audazmente el campamento, resarciéndose en la noche de lo que había sufrido durante el día. Antes de ser jefe la horda había aprendido a apartarse de su camino. Excitados por la persecución que había durado todo el día y dominados inconscientemente por la insistente repetición de la imagen, en la que «Colmillo Blanco» huía delante de ellos, los perros no podían ceder ahora. En cuanto aparecía entre ellos se producía una verdadera batalla. Cada uno de sus pasos era un gruñido o un mordisco. El mismo aire que respiraba estaba sobresaturado de odio y de malignidad, lo que sólo servía para acrecentar en él la intensidad de esos mismos sentimientos.

En cuanto Mit-sah daba la orden de detenerse, «Colmillo Blanco» obedecía. Al principio esto producía dificultades a los otros perros. Todos se echaban sobre el odiado jefe, para encontrar que las cosas habían variado. Detrás de él estaba Mit-sah con el gran látigo que entonaba su canción de castigo. Así aprendieron los perros que cuando se detenía el trineo por alguna orden no había que molestar a «Colmillo Blanco». Pero cuando éste se detenía sin que Mit-sah lo hubiera ordenado, les estaba permitido arrojarse sobre él y destrozarle si podían. Después de varias experiencias, no se detenía sin recibir órdenes. Estaba en la naturaleza de las cosas que aprendiera rápidamente si había de sobrevivir en las condiciones extremadamente severas en las que se le permitía vivir.

Pero los perros nunca pudieron aprender a dejarle solo en el campamento. Diariamente, al marchar y ladrar detrás de él, olvidaban la lección de la noche anterior que «Colmillo Blanco» tendría que enseñarles otra vez para que la olvidasen de nuevo inmediatamente. Los perros eran lógicos al odiarle. Sentían que existía entre ellos y él una diferencia de raza: causa suficiente en sí misma de hostilidad. Como él, sólo eran lobos domesticados, mas ellos habían vivido durante generaciones al lado de las fogatas de los hombres, habiendo perdido mucha de la herencia de sus antepasados, por lo que la selva era lo desconocido, lo terrible, eternamente amenazador, que luchaba sin tregua. En cambio, en «Colmillo Blanco», tanto en el aspecto como en las acciones o en los impulsos, aún se veía claramente la selva, la simbolizaba, era su encarnación, por lo que cuando le mostraban los dientes no hacían más que defenderse contra las potencias destructivas que acechaban en las sombras de la selva y en las tinieblas que se extendían más allá del fuego.

Pero una cosa sí aprendieron los perros: a mantenerse unidos. «Colmillo Blanco» era demasiado terrible para que cualquiera de ellos le hiciera frente solo, por lo que luchaban contra él en formación cerrada; de lo contrario los hubiera matado a todos, uno por uno, en una sola noche. Tal como se presentaron las cosas, nunca tuvo oportunidad de matar a ninguno. Podía derribar a uno, pero la horda se le echaba encima antes que pudiera asestar el golpe mortal al cuello. Al primer indicio de pelea se reunía toda la horda y le hacía frente. Los perros tenían sus peleas propias, pero las olvidaban en cuanto se trataba de «Colmillo Blanco».

Por otra parte, por mucho que lo intentaran no podían matarle. Era demasiado rápido, demasiado formidable, demasiado inteligente. Evitaba los espacios cerrados y buscaba un espacio abierto cuando mostraban ganas de pelea. En cuanto a derribarle, ningún perro de la horda podía hacerlo. Sus patas se aferraban a la tierra con la misma tenacidad con la que él se agarraba a la vida. En lo que a esto respecta, mantenerse en pie y vivir eran sinónimos en aquella eterna guerra con la horda y nadie lo sabía mejor que «Colmillo Blanco».

Así se convirtió en el enemigo de su raza, de los lobos domesticados que habían perdido su acometividad en contacto con el hombre y cuya sombra protectora los había debilitado. «Colmillo Blanco» era duro e implacable, pues así había sido plasmada su sustancia. Declaró una guerra a muerte a todos los perros, tan terrible, que hasta el mismo Nutria Gris, que no era más que una fiera, no podía menos que maravillarse de su ferocidad. Juraba que nunca había visto un animal igual, y los indios de los diferentes campamentos visitados coincidían con él al contar el número de sus perros que había matado.

Cuando «Colmillo Blanco» tenía casi cinco años de edad Nutria Gris le llevó consigo. Durante mucho tiempo se recordaron en el Mackenzie, en el Porcupine y en las chozas los desastres que «Colmillo Blanco» dejó a su paso. Se regocijaba de la venganza de que hacía víctima a su propia especie. Eran perros comunes, que no sospechaban nada. No sabían que era un rayo aniquilador. Se le acercaban desafiantes, erizado el pelo, rígidas las patas, mientras él, que no perdía el tiempo en preparativos inútiles, iniciaba la pelea, saltando sobre ellos como un resorte de acero, mordiéndoles en el cuello antes de que comprendieran lo que pasaba y cuando aún no se habían repuesto de su sorpresa.

Se convirtió en un adepto de la lucha. Economizaba sus fuerzas, nunca gastaba su energía ni la perdía en ceremonias preliminares, pues era demasiado rápido para eso, y si por casualidad erraba el golpe, atacaba otra vez con mayor velocidad. Poseía en altísimo grado el horror del lobo por la lucha cuerpo a cuerpo. No podía aguantar durante mucho tiempo el estrecho contacto con otro cuerpo, pues le parecía peligroso y le ponía loco de furor. Debía estar lejos, ser libre, fuera del contacto de cualquier cosa viviente. Era la selva, que no le había abandonado enteramente aún y que afirmaba su existencia en él. La vida solitaria que había llevado desde que era cachorro acentuó este rasgo de su carácter. El peligro se ocultaba en la vecindad de otros. Era la trampa, la eterna trampa, cuyo miedo se ocultaba en lo más profundo de su vida, entrelazado en las fibras de su carne.

En consecuencia, los perros que se encontraban con él no tenían ninguna posibilidad de escapar. Eludía sus colmillos, los vencía y escapaba siempre incólume. Claro está que algunas veces fueron excepcionales. En algunas ocasiones, varios perros le atacaron antes de que pudiera huir; en otras, un solo perro le hería profundamente. Pero éstos eran gajes del oficio. En general, por haberse convertido en un luchador muy capaz, escapaba sin un rasguño.

Otra ventaja suya consistía en apreciar adecuadamente el tiempo y la distancia, sin que, claro está, lo hiciera conscientemente, pues no calculaba esas cosas, haciéndolo automáticamente. Sus ojos observaban sin deformar las cosas y sus nervios transmitían también fielmente lo observado hasta el cerebro. Sus músculos estaban mejor ajustados que los de cualquier otro perro, colaborando de manera más continua y suave. Poseía una mejor coordinación nerviosa mental y muscular. Cuando sus ojos transmitían a su cerebro una imagen en movimiento, su sistema nervioso, sin esfuerzo consciente de ninguna clase, delimitaba el espacio en que debía tener lugar la acción y determinaba el tiempo necesario para llevarla a cabo. Así podía evitar el salto de otro perro o el ataque de sus colmillos y, al mismo tiempo, establecer la fracción infinitesimal de segundo en la que debía atacar. Su cuerpo y su cerebro eran un mecanismo cercano a la perfección. No merecía ninguna alabanza por ello: la naturaleza había sido con él más generosa que con los otros. Eso era todo.

En verano, «Colmillo Blanco» llegó al Fuerte Yukón. Nutria Gris había cruzado la región situada entre el Mackenzie y el Yukón a fines del invierno, dedicándose en la primavera a cazar entre las últimas estribaciones de las Montañas Rocosas. Cuando, por la fusión del hielo, era posible navegar por el Porcupine, construyó una canoa y se dirigió aguas abajo, hasta desembocar en el Yukón, exactamente en el Círculo Polar Ártico. Allí se encontraba el antiguo fuerte de la Compañía de Hudson, donde abundaban los indios, el alimento y la agitación. Era en el verano de 1898. Muchos buscadores de oro subían por el Yukón hasta la ciudad de Dawson y la región de Klondike. Aunque se encontraban todavía a centenares de kilómetros del punto al que se dirigían, algunos estaban en viaje desde hacía un año, y el que menos había recorrido ocho mil kilómetros para llegar hasta allí, pues venían del otro extremo del mundo.

Aquí se detuvo Nutria Gris. Había oído rumores según los cuales se habían descubierto minas de oro. Llegó allí con varios paquetes de pieles y otro de mocasines y mitones bien cosidos. No se habría atrevido a emprender un viaje tan largo si no hubiera esperado grandes ganancias. En sus más locos sueños nunca creyó que pasarían del ciento por ciento. En realidad, ganó el mil por cien. Como verdadero indio, decidió quedarse para negociar lenta y cuidadosamente, aunque necesitara todo el verano y parte del invierno para liquidar lo que tenía en venta.

En el Fuerte Yukón, «Colmillo Blanco» vio por primera vez hombres de raza blanca. Comparados con los indios que había conocido, parecían pertenecer a una especie distinta, a una clase de dioses superiores. Le parecía que eran aún más poderosos, cualidad característica de las verdaderas deidades. «Colmillo Blanco» no se devanó los sesos ni procedió por generalización para comprender que esos dioses de tez blanca poseen poderes especiales. Era un sentimiento suyo y nada más. Así como cuando era cachorro le habían impresionado las chozas levantadas por el hombre, que tuvo por manifestaciones de su poder, así le afectaban ahora las casas y el inmenso fuerte construido de troncos. Allí se veía la potencia. Aquellos dioses blancos eran poderosos. Poseían un dominio mayor sobre las cosas materiales que los que él había conocido hasta entonces, entre los cuales el más fuerte era Nutria Gris, que parecía un dios infantil entre los blancos.

Seguramente sólo sentía esas cosas. Carecía de la conciencia de ellas. Pero los animales obran más a menudo guiados por el sentimiento que por el pensamiento, por lo que, desde aquel entonces, los actos de «Colmillo Blanco» se basaron en el sentimiento según el cual los hombres blancos eran dioses superiores. En primer lugar desconfiaba de ellos. Era imposible predecir de qué métodos desconocidos usaban para producir el terror o qué dolores desconocidos podrían causar. Les observaba curiosamente, temeroso de que notaran su presencia. Durante las primeras horas se limitó a deslizarse suavemente por todas partes y a vigilarlos desde una prudente distancia. Viendo que los perros que se les acercaban no sufrían ningún mal, se atrevió a ir más cerca de ellos.

Inmediatamente fue objeto de gran curiosidad. Notaron enseguida su apariencia lobuna. Los unos se mostraban a los otros. Esta acción de señalarle con el dedo puso en guardia a «Colmillo Blanco», y en cuanto trataron de acercarse retrocedió y les mostró los dientes. Ninguno pudo ponerle la mano encima, lo que no dejó de tener sus ventajas.

Muy pronto comprendió que pocos de aquellos dioses, no más de una docena, vivían allí. Cada dos o tres días llegaba un barco (otra colosal manifestación de poder) hasta la orilla, donde permanecía varias horas. Los hombres blancos llegaban y se iban en él. Parecía que su número era infinito. En el primer día vio más de ellos, que indios había visto en su vida. En el curso del tiempo continuaron llegando, deteniéndose en el fuerte y siguiendo aguas arriba para desaparecer definitivamente.

Pero si los dioses blancos eran omnipotentes, sus perros no valían gran cosa, lo que «Colmillo Blanco» descubrió muy pronto, mezclándose entre los que bajaban a tierra con sus amos. Eran de todas las formas y tamaños. Algunos tenían patas cortas, demasiado cortas, y otros extremidades largas, demasiado largas. Tenían el pelo muy distinto del suyo y algunos demasiado poco. Ninguno de ellos sabía luchar.

Como enemigo de su raza, era obligación de «Colmillo Blanco» pelear contra ellos. Inició muy pronto su tarea sintiendo un gran desprecio por ellos. Eran tan blancos como incapaces; hacían mucho ruido y daban vueltas tratando de hacer por la fuerza lo que él conseguía con destreza y astucia. Se echaban sobre él ladrando. «Colmillo Blanco» se retiraba. No sabían lo que había sido de él; en aquel momento los atacaba haciéndoles caer al suelo y mordiéndoles entonces en el cuello.

A veces el mordisco era mortal, quedando su contrincante en el barro, para que se echaran sobre él como un rayo y le deshicieran los perros de los indios, que esperaban el final. «Colmillo Blanco» era más inteligente que todo eso. Sabía desde mucho tiempo atrás que los dioses se enfurecen cuando se mata a sus perros, y que los hombres blancos no eran ninguna excepción a esa regla, por lo que se contentaba con alejarse, en cuanto había derribado y abierto el cuello de su enemigo, mientras se acercaban los otros y terminaban la sucia tarea. Entonces acudían corriendo los hombres blancos, descargando su rabia sobre la horda, mientras él seguía su camino. Se detenía a corta distancia observando cómo caían sobre sus compañeros los golpes, los palos, las hachas, las piedras y toda clase de armas. «Colmillo Blanco» era muy inteligente.

Pero sus compañeros aprendieron a su manera y «Colmillo Blanco» con ellos. Comprendieron que podían divertirse cuando un buque atracaba a la orilla. Después de atacar y matar a dos o tres perros de a bordo, los hombres silbaban a sus canes para que volvieran al barco y se vengaban de los atacantes. Un hombre blanco que vio morir despedazado a su setter sacó el revólver y disparó seis veces: otros tantos perros quedaron tendidos en el barro, manifestación de poder que a «Colmillo Blanco» se le grabó profundamente.

A éste le divertía enormemente el espectáculo, pues no amaba a los de su especie y era lo bastante inteligente como para escapar al castigo. Al principio fue una diversión matar a los perros de los hombres blancos, pero más tarde se convirtió en una ocupación, pues no tenía nada que hacer. Nutria Gris estaba muy atareado negociando y haciéndose rico, por lo que «Colmillo Blanco» tenía tiempo para pasearse por el desembarcadero acompañado por otros perros, propiedad de indios, todos los cuales tenían malísima fama, esperando que llegara un barco. Después de unos pocos minutos, cuando los hombres blancos se reponían de su sorpresa, la horda había desaparecido. Había terminado la diversión hasta que llegara el próximo vapor.

Pero no puede decirse que «Colmillo Blanco» perteneciera a la horda. No se mezclaba con ellos, sino que permanecía solitario, pues le temían. Cierto es que colaboraba con ellos, pues iniciaba la pelea con los perros de los forasteros, mientras la horda esperaba. En cuanto había derribado al extraño los demás se precipitaban para rematarle. Pero es igualmente cierto que se retiraba entonces, dejando que la horda aguantara el castigo de los dioses ultrajados.

No costaba mucho trabajo iniciar la pelea. En cuanto los perros extraños bajaban a tierra, todo lo que tenía que hacer era dejarse ver, pues en cuanto le observaban se echaban sobre él. Era su instinto, pues representaba la selva, lo desconocido, lo terrible, la eterna amenaza, lo que acecha en la oscuridad alrededor de los fuegos del mundo primitivo, cuando ellos, echados muy cerca de las llamas, educaban sus instintos, aprendiendo a temer la selva de la que provenían, de la que habían desertado y traicionado. De generación en generación, a través de las edades, se había enraizado en sus naturalezas ese miedo a la selva. Durante siglos ella significó el terror y la aniquilación. Durante todo aquel tiempo, sus amos les habían dado permiso para matar a los seres que venían de ella, pues haciéndolo se protegían a sí mismos y a sus dioses, cuya compañía compartían.

Así pues, estos perros que acababan de llegar del país más apacible del Sur, que bajando por la planchada pisaban las tierras del Yukón, no tenían más que ver a «Colmillo Blanco» para experimentar el irresistible impulso de echarse sobre él y matarle. Podían ser perros que habían vivido hasta entonces en ciudades sin que por eso carecieran del miedo instintivo por la selva, pues no sólo veían con sus propios ojos a aquella criatura lobuna a plena luz del día, delante de ellos, sino que le contemplaban con los de sus antepasados, cuya memoria transmitida de generación en generación afirmaba que «Colmillo Blanco» era un lobo y que debían renovar el viejo feudo entre las especies.

Todo esto servía para hacer agradables los días de «Colmillo Blanco». Si los perros extraños se arrojaban sobre él en cuanto le veían, tanto mejor para él y peor para ellos. Si se consideraban presa legítima, él podía hacer lo mismo.

No en balde había abierto los ojos por primera vez en una solitaria guarida y hecho sus primeras armas contra el lince y otros animales.

No en balde «Bocas» y los otros perros de la horda habían amargado los primeros años de su vida. Pudo haber sido de otra manera y, en tal caso, él hubiera sido distinto. Si no hubiese existido «Bocas», hubiera pasado los primeros años de su vida con los otros cachorros y en su edad adulta hubiera tenido más de perro que de lobo y hubiera sentido más cariño por los primeros. Si Nutria Gris hubiera sido capaz de dar afecto o amor, hubiera podido sondear la naturaleza de «Colmillo Blanco» y despertar en él muchas buenas cualidades. Pero no fue así. Creció «Colmillo Blanco» hasta convertirse en lo que era: un amargado, solitario, cruel y feroz enemigo de su raza.

CAPÍTULO II

El dios loco

En el Fuerte Yukón vivía un pequeño número de hombres blancos, que residían en el país desde hacía tiempo. Se llamaban a sí mismos los ácimos, de cuyo título se enorgullecían mucho. No sentían sino desprecio por los otros, los recién llegados, que arribaban con el barco, a los que llamaban chechaquos, nombre que no les gustaba nada. Eran los que preparaban el pan con levadura. Ésta era la envidiosa diferencia entre ellos y los ácimos que cocían el pan sin ella, pues no la tenían.

Todo lo demás es otra historia. Los habitantes del fuerte despreciaban a los recién llegados y se alegraban en cuanto les ocurría un percance. Les divertían especialmente las tragedias que producían «Colmillo Blanco» y sus mal afamados compañeros entre los perros foráneos. En cuanto llegaba un vapor, los habitantes del fuerte consideraban su deber acudir al desembarcadero y observar el divertido espectáculo. Lo esperaban con tanta ansiedad como los perros de los indios, aunque comprendieron rápidamente el papel cruel y potente que desempeñaba en ello «Colmillo Blanco».

Pero había entre ellos un hombre al que divertía particularmente el espectáculo. Corría al oír el primer silbido de la sirena del vapor. En cuanto terminaba la pelea y «Colmillo Blanco» y sus compañeros se escondían por el fuerte, volvía a él con expresión de pesadumbre. Algunas veces, cuando algún delicado perro que venía del Sur lanzaba su grito de agonía entre los dientes de la horda, aquel hombre era incapaz de contenerse: saltaba y gritaba de júbilo. Su mirada, aguda y ansiosa, se fijaba siempre en «Colmillo Blanco».

Los otros hombres del fuerte le llamaban el Bonito. Nadie conocía su nombre de pila. En toda la región era Smith, el Bonito, aunque resultaba totalmente diferente a lo que indica ese apodo, que se debía, precisamente, a la antítesis. Era eminentemente feo. La naturaleza había sido avara en sus favores con él. Para empezar, era esmirriado de cuerpo, sobre el cual alguien había colocado, como en un descuido, una cabeza diminuta, que terminaba en punta como una pera. De hecho, en su juventud, antes de que sus compañeros actuales le llamaran Bonito, sus amigos le conocían por el apodo de Pera.

Por detrás, desde su altura máxima, la cabeza descendía en un plano inclinado hasta la nuca; por delante formaba una frente baja y notablemente ancha. En este punto, como si la naturaleza hubiese lamentado su tacañería, empezó a mostrarse pródiga. Sus ojos eran grandes, y entre ellos había distancia suficiente para otro par. Comparada con el resto, la cara era prodigiosa. Para disponer de espacio suficiente la naturaleza le había dado una mandíbula prognata de enormes dimensiones, ancha y pesada, que parecía apoyarse en el pecho. Es probable que su aspecto se debiera a la fatiga del fino cuello, incapaz de soportar semejante peso.

Su mandíbula daba la impresión de una voluntad enérgica. Pero le faltaba algo. Tal vez fuera excesiva. O, quizá, la quijada fuera demasiado grande. En todo caso era una mentira. En toda la región se sabía que Smith el Bonito era el más débil y llorón de todos los cobardes. Para completar su descripción hay que decir que sus dientes eran largos y amarillentos; los dos caninos grandes, sin proporción con los otros, se destacaban entre los finos labios como si fueran colmillos. Sus ojos eran amarillentos, de un color de nieve sucia, como si la naturaleza hubiera carecido de pigmentos y le hubiera echado el último resto de sus tubos. Otro tanto ocurría con su pelo, escaso y de crecimiento irregular, del mismo color que los ojos, que se elevaba sobre su cabeza y le salía por la cara en montones irregulares, sin orden ni concierto, como grano que ha aventado el viento.

En una palabra, Smith el Bonito era una monstruosidad, cuya justificación había que buscar en otra parte, pues él no tenía la culpa, Así había sido modelada su cabeza y su rostro. Preparaba la comida para los otros hombres del fuerte, lavaba la ropa y realizaba el trabajo de limpieza. No le despreciaban por ello, sino que más bien le toleraban, así como se tiene paciencia con una criatura mal conformada. Además, le temían, pues sus rabias cobardes les hacía suponer que un día les apuñalaría por la espalda o les pondría veneno en el café. Pero alguien tenía que encargarse de hacer la comida y lavar la ropa, y cualesquiera que fueren sus defectos, Smith el Bonito sabía cocinar.

Éste era el hombre que observaba a «Colmillo Blanco» y se deleitaba de su feroz habilidad y que deseaba poseerlo. Empezó por tratar de congraciarse con él, lo que «Colmillo Blanco» fingió no comprender. Más adelante, cuando se mostró más insistente, erizó el pelo, le enseñó los dientes y retrocedió. No le gustaba aquel hombre. Sus sentimientos eran malos. «Colmillo Blanco» sentía toda la perversidad que había en él y tenía miedo de aquella mano extendida y de sus intentos de hablar suave y cariñosamente. Debido a eso odiaba a aquel hombre.

Las criaturas simples comprenden perfectamente la diferencia entre el mal y el bien. Lo bueno representa todas las cosas que producen paz y satisfacción y que suprimen el dolor. En consecuencia, gustan de ello. Lo malo representa todas las cosas que conducen al desasosiego, al dolor, por lo que, en consecuencia, se las odia. «Colmillo Blanco» sentía que Smith el Bonito era malo. Así como de un pantano se elevan miasmas pútridos, «Colmillo Blanco» sentía la maldad que emanaba de aquel cuerpo contrahecho y de aquel alma deforme. Aquel sentimiento provenía no del intelecto o de sus cinco sentidos, sino de otros más sutiles y desconocidos que le advertían que dicho hombre estaba poseído por el mal lleno del deseo de hacer daño y que, en consecuencia, era algo maligno que era prudente odiar.

«Colmillo Blanco» se encontraba en el toldo de Nutria Gris cuando Smith el Bonito se presentó allí por primera vez. Al oír el imperceptible ruido de sus pisadas antes de que fuera visible, «Colmillo Blanco» comprendió quién llegaba y empezó a erizar el pelo. Había estado cómodamente echado hasta entonces, pero se levantó rápidamente, y en cuanto el hombre se acercó, se alejó furtivamente como un verdadero lobo, hasta donde empezaba el bosque. No comprendió lo que hablaron entre ellos, pero vio que conversaban. Una vez el hombre señaló con el dedo a «Colmillo Blanco», ante lo cual éste erizó el pelo, como si la mano fuera a caer sobre él, en lugar de estar a quince metros de distancia. El hombre se rio de ello y, al oírle, «Colmillo Blanco» se dirigió hacia el bosque, donde creía estar seguro, volviendo la cabeza de cuando en cuando, mientras se deslizaba suavemente sobre el suelo.

Nutria Gris se negó a vender el perro. Se había hecho rico con sus negocios y no necesitaba nada. Además, «Colmillo Blanco» era un animal valioso, el perro más fuerte que hubiera arrastrado jamás un trineo y el mejor jefe de traílla. Por otra parte, no había otro como él en toda la región del Mackenzie y del Yukón. Podía luchar y mataba a los otros perros con la misma facilidad con la que un hombre extermina mosquitos. Los ojos de Smith el Bonito relucieron al oírlo y se pasó la ansiosa lengua por los labios resecos. No, «Colmillo Blanco» no estaba en venta a ningún precio.

Pero Smith el Bonito conocía las costumbres de los indios. Visitó con frecuencia el campamento de Nutria Gris, llevando siempre oculta entre las ropas alguna botella de wiski o cosa parecida, una de cuyas cualidades consiste en despertar la sed del bebedor, sin que Nutria Gris escapara a esa ley. Su boca afiebrada y su estómago convertido en una llama viva empezaron a exigir a gritos aquella bebida ardiente. Su cerebro, que había perdido toda lucidez, debido a aquel estimulante al que no estaba acostumbrado, le concedía entera libertad para seguir adelante. Empezó a desaparecer el dinero que había obtenido de la venta de sus pieles, mitones y mocasines. Desaparecía rápidamente, y cuánto más se vaciaba su bolsa, tanto más se enojaba.

Finalmente perdió la paciencia, el dinero y los bienes. No le quedaba sino la sed, algo prodigioso que crecía con cada aspiración de aire, en cuanto estaba fresco. Entonces Smith el Bonito habló otra vez con él acerca de la venta de «Colmillo Blanco»; ofreció pagar el precio en botellas, no en dólares, ante lo cual los oídos de Nutria Gris se dispusieron a escuchar.

—Usted le agarra perro y lleva usted con él, bien —fue su decisión definitiva.

Pasaron a su poder las botellas, pero al cabo de dos días Smith el Bonito insistió en que Nutria Gris «le agarra perro».

Una tarde «Colmillo Blanco» se acercó al vivac y se tiró al suelo, satisfecho. El dios blanco, a quien él temía, no estaba allí. Desde hacía varios días aumentaba la intensidad de las manifestaciones de poner la mano sobre «Colmillo Blanco», por lo que éste dejó de acercarse a la choza. No sabía qué diabólica jugarreta se proponían aquellas manos insistentes. Sabía únicamente que le amenazaba algún mal, por lo que era mejor ponerse fuera de su alcance.

Pero apenas acababa de echarse, cuando Nutria Gris se acercó furtivamente y le puso una correa al cuello. Se sentó al lado de «Colmillo Blanco», manteniendo con una mano la correa y con la otra una botella, que empinaba de cuando en cuando, con un ruido como el de un hombre que hace gárgaras.

Pasó alrededor de una hora. Se sintió el ruido de pasos que precedió a la llegada de una persona. «Colmillo Blanco» lo oyó primero, erizando el pelo en señal de haberle reconocido, mientras Nutria Gris cabeceaba estúpidamente. «Colmillo Blanco» trató de arrancar la correa de manos de su amo, pero los dedos, que hasta entonces no habían mantenido muy rígidamente la correa, se cerraron sobre ella. Nutria Gris se levantó.

Smith el Bonito avanzó hacia la choza y se detuvo delante de «Colmillo Blanco», que gruñó y mostró los dientes a aquella cosa, de la que tenía miedo, mientras observaba atentamente los movimientos de las manos, una de las cuales empezó a bajar hasta él. Su gruñido adquirió una intensidad y una dureza mayor. La mano siguió bajando lentamente, mientras él seguía echado observándole malignamente, adquiriendo un tono más profundo su ronquido, cada vez más corto, hasta llegar al timbre más alto. De repente mordió con la rapidez de una serpiente. La mano retrocedió, por lo que sus mandíbulas se cerraron en el aire, con un ruido metálico. Smith el Bonito se asustó y se enojó muchísimo. Nutria Gris golpeó a «Colmillo Blanco» en la cabeza para que se echara a tierra y se mantuviera en esa posición de respetuosa obediencia.

Los ojos de «Colmillo Blanco» seguían recelosos todos los movimientos de ambos hombres. Vio alejarse a Smith el Bonito y volver armado con un recio palo. Entonces Nutria Gris le entregó el extremo de la correa. Smith el Bonito echó a andar, siguiendo hasta que la correa se puso tirante, pues «Colmillo Blanco» se negaba a seguirle. Nutria Gris le golpeó a derecha e izquierda para que se levantara y le siguiera. Obedeció, saltando y echándose sobre el intruso que intentaba arrastrarle. Smith el Bonito no retrocedió, pues esperaba el ataque. Manejó bien el palo cortando el salto a mitad del camino y arrojando a «Colmillo Blanco» al suelo. Nutria Gris se rio ruidosamente e inclinó la cabeza en señal de aprobación. Smith el Bonito tiró de la cuerda y «Colmillo Blanco», cojeando y atontado por el golpe, le siguió.

No se le ocurrió atacar por segunda vez. Un golpe del palo bastó para convencerle de que el dios blanco sabía manejarle. Era demasiado inteligente para luchar contra lo inevitable. Siguió de mal humor a Smith el Bonito, con el rabo entre las piernas, pero gruñendo en voz muy baja. Su nuevo dueño no le perdía de vista, teniendo siempre pronto el palo.

Cuando llegaron al fuerte le ató cuidadosamente y se fue a dormir. «Colmillo Blanco» esperó una hora, después de lo cual se dedicó a morder la correa, bastándole diez segundos para ser libre otra vez. No había perdido tiempo: estaba cortada transversalmente, por la distancia mínima, con un corte tan limpio como el de un cuchillo. «Colmillo Blanco» elevó la vista hasta el fuerte, mientras al mismo tiempo se le erizaba el pelo y gruñía. Después dio media vuelta y se dirigió al rancho de Nutria Gris, pues no debía vasallaje a aquel dios extraño y terrible. Libremente se había dedicado al servicio del indio, a quien, según él, todavía pertenecía.

Pero se repitió lo que había ocurrido una vez. Nutria Gris le ató nuevamente con una correa y a la mañana siguiente le entregó a Smith el Bonito. Hasta aquí todo había sido igual. Pero ahora surgió una diferencia: Smith el Bonito le dio una paliza. Atado, de manera que no podía defenderse, «Colmillo Blanco» no tuvo más remedio que aguantar y rabiar inútilmente. Se le castigó con palo y látigo, recibiendo la peor tunda de toda su vida. Hasta la primera, que recibió de manos de Nutria Gris, cuando era cachorro, era algo suave comparada con ésta.

Smith el Bonito se alegraba de aquella tarea, se complacía en ella. No perdía de vista a su víctima, y mientras sacudía el látigo o el palo, escuchaba los gritos de dolor o de rabia impotente de «Colmillo Blanco», pues era cruel a la manera de todos los cobardes. Se hundía y achicaba frente a los golpes o la voz enojada de un hombre, pero se desquitaba con los que eran más débiles que él. Toda vida posee la voluntad de potencia y Smith el Bonito no era ninguna excepción. Como le estaba negada su expresión entre sus iguales, caía sobre los que podían menos, con los que se vengaba la vida que había en él. Pero no se había creado a sí mismo, por lo que no se le podía echar la culpa. Había venido al mundo con un cuerpo deforme y una inteligencia oscurecida, su idiosincrasia, que el medio no había podido moldear en forma favorable.

«Colmillo Blanco» sabía por qué le castigaba. Cuando Nutria Gris le ató con una correa alrededor del cuello que entregó a Smith el Bonito, «Colmillo Blanco» comprendió que la voluntad de su dios era que perteneciera al otro. Cuando se le ató fuera del fuerte, «Colmillo Blanco» comprendió que su voluntad era que permaneciera allí. Había desobedecido la voluntad de ambos dioses. Ésa era la razón por la que se le castigaba. Había visto muchas veces cómo los perros cambiaban de dueño y cómo se castigaba a los desertores. Era inteligente, pero en su naturaleza había fuerzas más intensas que toda su sabiduría. Una de ellas era la fidelidad. No amaba a Nutria Gris, pero le era fiel, a pesar de que había expresado claramente su voluntad y su enojo. No podía hacer otra cosa. Esa fidelidad era uno de los componentes de la pasta de la que estaba hecho. Era una cualidad peculiar de su especie, que la separaba de todas las otras y que indujo al lobo y al perro vagabundo a convertirse en compañeros del hombre.

Después de recibir la paliza le arrastraron al fuerte otra vez. Pero ésta, Smith el Bonito le ató con un palo. No se abandona fácilmente a un dios a pesar de la voluntad expresa de Nutria Gris; éste seguía siendo el dios particular de «Colmillo Blanco», que no estaba dispuesto a cambiarle. Cierto es que le había abandonado, pero esto no le hacía ningún efecto. No en balde se había entregado a él en cuerpo y alma, sin ninguna reserva, por lo que no era fácil romper aquel lazo.

Cuando dormían los habitantes del fuerte, «Colmillo Blanco» dedicó su atención al palo que le sujetaba. Aquella madera era dura y seca y estaba atada tan estrechamente al cuello, que sólo muy difícilmente podía hincar sus dientes en ella. Únicamente mediante el más severo ejercicio muscular y dando vueltas al cuello pudo ponerla entre los dientes. Con inmensa paciencia, que debió ejercitar durante varias horas, pudo cortarla en dos con los dientes. Generalmente se cree que los perros son incapaces de hacer eso —por lo menos no se recuerda ningún otro caso—, pero «Colmillo Blanco» lo hizo alejándose del fuerte antes de la aurora, colgando de su cuello el otro extremo del palo.

Era muy inteligente. Pero si no hubiera sido más que eso no habría vuelto al rancho de Nutria Gris, que ya le había traicionado dos veces. Su fidelidad le indujo a volver por tercera vez a los dominios del traidor. Una vez más permitió que Nutria Gris le atara una correa al cuello. Smith el Bonito volvió a reclamarle. Esta vez recibió una azotaina mucho peor que la anterior.

Nutria Gris observaba estúpidamente mientras el blanco manejaba el látigo. No le protegió, pues ya no era su perro. Cuando terminó el castigo, «Colmillo Blanco» estaba enfermo. Un perro menos resistente, que proviniera del Sur, hubiera muerto por los golpes. Pero él no. Había sido educado en una escuela más severa, era de fibra más resistente. Tenía mayor vitalidad y se aferraba a la vida con gran energía. Pero estaba muy enfermo. Al principio pareció incapaz de arrastrarse, por lo que Smith el Bonito tuvo que esperar hora y media hasta que pudo ponerse en pie. Después, medio ciego y vacilando sobre sus patas, le siguió hasta el fuerte.

Pero ahora le ató con una cadena, que era un desafío a sus dientes. «Colmillo Blanco» intentó en vano arrancar del suelo el poste al cual estaba atado. Después de algunos días, Nutria Gris, ya disipados los efectos del alcohol y completamente arruinado, se dirigió por el Porcupine, agua arriba, hacia el Mackenzie, del cual estaba tan lejos. «Colmillo Blanco» permaneció en el Yukón. Era propiedad de un hombre que estaba más que medio loco y que era una bestia. Pero ¿qué conciencia puede tener un perro de la locura humana? Para «Colmillo Blanco», Smith el Bonito era un verdadero dios, aunque terrible. Aun considerándole favorablemente, era un dios loco, pero «Colmillo Blanco» no sabía nada de la locura, sino simplemente que debía someterse a la voluntad de su nuevo amo y obedecer a todos sus caprichos.

CAPÍTULO III

El reinado del odio

Bajo la tutela del dios loco, «Colmillo Blanco» se convirtió en una furia. Se le tenía atado, con una cadena, en una casilla, fuera del fuerte. Smith el Bonito le atormentaba, le irritaba y le volvía loco con pequeños aunque continuos sufrimientos. Su amo descubrió muy pronto que la risa le causaba exasperación, por lo que se acostumbró a burlarse de él después de hacerle sufrir. Su risa era ruidosa y burlona. Al mismo tiempo el dios señalaba con el dedo a «Colmillo Blanco», que en tales momentos perdía la razón, hasta tal punto, que en aquellos accesos de rabia estaba aún más loco que su dueño.

Anteriormente «Colmillo Blanco» había sido el enemigo de su raza, un enemigo feroz. Ahora lo era de todas las cosas y más feroz que nunca. Se le atormentaba hasta tales extremos, que odiaba ciegamente a todos y a todo, sin el más leve motivo. Odiaba la cadena con la cual se le tenía atado, a los hombres que le examinaban a través de las tablas de la casilla, a los perros que les acompañaban y que le mostraban los dientes, sabiendo que no podía atacarles. Odiaba hasta la misma madera de la casilla. Y, ante todo y sobre todo, odiaba a Smith el Bonito.

Pero su amo se proponía hacer algo de «Colmillo Blanco». Un día, varios hombres se reunieron alrededor de la casilla. Armado de un palo, Smith el Bonito entró y soltó a «Colmillo Blanco». Cuando salió su amo, dio vueltas, tratando de acercarse a los hombres que estaban fuera. Parecía terrible en su poderío. Tenía un metro y medio de largo y sus hombros se levantaban a setenta y cinco centímetros del suelo. En cuanto al peso, sobrepasaba a cualquier otro lobo de su tamaño. Había heredado de su madre las proporciones más macizas de los perros, por lo que su peso excedía de cuarenta y cinco kilos. Todo en él eran músculo, hueso, tendón, una máquina hecha para la pelea, mantenida en las mejores condiciones.

Al abrirse la puerta de la casilla, «Colmillo Blanco» se detuvo. Algo extraordinario iba a ocurrir. Arrojaron dentro a un perro grande y volvieron a cerrar la puerta. «Colmillo Blanco» nunca había visto esa raza. Era un mastín, pero ni el tamaño ni el aspecto feroz del intruso le detuvieron. Era algo distinto del hierro o de la madera, en que podía desahogarse del odio acumulado. Saltó, mostrando los colmillos, sólo una fracción de segundo, lo suficiente para desgarrar el cuello del perro. Éste sacudió la cabeza, gruñó roncamente y se echó sobre su enemigo, que estaba aquí y allí y en todas partes, siempre eludiéndole, siempre atacándole y abriendo anchas heridas, pero saltando siempre a tiempo para escapar al castigo.

Los hombres gritaron y aplaudieron, mientras Smith el Bonito contemplaba admirado la obra de destrucción. Desde el principio el mastín no tuvo ninguna probabilidad de ganar, pues era demasiado lento y pesado. Finalmente, mientras Smith el Bonito arrinconaba a «Colmillo Blanco» armado de un palo, su dueño arrastró hacia fuera al can. Se pagaron las apuestas y el dinero cayó en manos de Smith el Bonito.

«Colmillo Blanco» llegó a tales extremos, que esperaba ansiosamente que los hombres se reunieran alrededor de la casilla. Era la señal de la lucha, la única ocasión que le quedaba de expresar la vida que bullía en él. Atormentado, sometido a una excitación continua para que odiase, mantenido prisionero no tenía ninguna oportunidad de satisfacer su odio sino cuando a su amo le convenía echarle otro perro para pelear. Smith el Bonito había apreciado exactamente sus cualidades: siempre era vencedor. Un día le echaron tres perros, uno después de otro. Otro hicieron entrar un lobo que acababan de cazar vivo en la selva. Un tercero le echaron dos perros al mismo tiempo. Ésta fue su más terrible pelea, y aunque finalmente pudo matar a los dos, salió él mismo medio muerto de ella.

A fines de aquel año, cuando empezaron a caer las primeras nevadas y a formarse hielo en el río, Smith el Bonito tomó pasaje para Dawson, llevando consigo a «Colmillo Blanco», que ya tenía su fama hecha por toda la región y al que se conocía con el remoquete de «El lobo peleador». La jaula en la que se le mantuvo a bordo estaba siempre rodeada de curiosos, a los cuales mostraba los dientes o a los que observaba con un odio reconcentrado y frío. ¿Por qué no había de odiarles? Era ésta una pregunta que nunca se planteó a sí mismo. Sólo conocía el odio y este sentimiento solía dominarle totalmente. La vida se había convertido en un infierno. No había sido creado para aquel confinamiento estrecho que los animales del bosque deben soportar cuando caen en manos del hombre. Sin embargo, se le trataba exactamente de esa manera. Le miraban, luego metían palos por entre los barrotes, para que les mostrara los dientes y pudieran reírse de él. Éste era el ambiente en el que vivía. Su idiosincrasia adquiría así una forma más feroz que la intentada por la naturaleza que, sin embargo, le había dado plasticidad. Allí donde otro animal hubiera muerto o perdido su combatividad, se adaptó y vivió sin que su espíritu sufriera por ello. Es probable que Smith el Bonito, su tormento y archienemigo, fuera capaz de doblegarle, pero hasta entonces no había ninguna indicación de que pudiera tener éxito.

Si Smith el Bonito tenía un demonio dentro de sí, «Colmillo Blanco» poseía otro y ambos estaban poseídos de un infinito odio mutuo. En otros tiempos tenía la sabiduría de echarse a tierra y someterse a un hombre con un palo en la mano, pero pronto la perdió. Bastaba ahora que viera a Smith el Bonito para que se sintiera poseído por una furia satánica. Cuando se acercaba para encerrarle otra vez, con el palo en la mano, gruñía y mostraba los dientes, siendo imposible hacerle callar definitivamente. Por muy grande que fuera la paliza, siempre disponía de otro ronquido. Cuando Smith el Bonito renunciaba a seguir castigándole y se alejaba, le seguía aquella voz desafiante o «Colmillo Blanco» se erguía contra los barrotes escupiendo su odio.

Cuando el barco llegó a Dawson, «Colmillo Blanco» bajó a tierra. Pero seguía viviendo una vida en público, en una caja, rodeada de curiosos. Se le exhibía y la gente pagaba cincuenta centavos en polvo de oro para verle. No tenía descanso. Si se echaba a dormir, se le despertaba con un palo de punta aguzada, de modo que el auditorio recibiera algo por su dinero. Para que la exhibición fuera interesante se le mantenía continuamente enfurecido. Pero aún peor que eso era la atmósfera en que vivía. Se le consideraba como la más feroz de las bestias de la selva, lo que se le daba a entender a través de los barrotes. Toda palabra, todos los actos, cuidadosamente estudiados de los hombres, le demostraban su propia ferocidad. Era otro tanto combustible que se agregaba a la llama de su ferocidad. Todo esto sólo podía tener un resultado: aumentarla, pues se alimentaba de sí misma. Era otra demostración de la plasticidad de su carácter, de su capacidad para dejarse moldear por la influencia del ambiente.

Además de las exhibiciones, era un luchador profesional. A intervalos irregulares, siempre que podía concertarse una pelea, se le sacaba de la caja y se le llevaba al bosque, a unos cuantos kilómetros de la ciudad, generalmente de noche, para evitar cualquier dificultad con la Policía Montada del territorio. Después de algunas horas de espera, cuando ya era de día, llegaban los espectadores y el perro contra el que tenía que luchar; sus contrincantes eran de toda raza y tamaño. Era una tierra sin ley, no teniéndola tampoco los hombres que vivían en ella, por lo que las peleas sólo terminaban con la muerte.

Puesto que «Colmillo Blanco» seguía luchando, es evidente que eran los otros perros a los que les tocaba morir. Nunca conoció la derrota. Le sirvió de mucho el adiestramiento que recibió en su juventud por parte de «Bocas» y de los demás perros y cachorros. Poseía, además, una tenacidad notable en aferrarse a la tierra. Ningún perro podía hacerle perder el equilibrio. Ésta es la maniobra favorita de los descendientes del lobo: correr hacia él, sea directamente o dando una vuelta inesperada, esperando chocar con el costado de su contrincante y derribarle. Los perros del Labrador y del Mackenzie, los de los esquimales, todos intentaron la misma treta con él y fracasaron. Nunca se le vio perder el pie. Los hombres lo comentaban entre sí y no perdían ningún detalle de la pelea, para observarlo si ocurría, pero «Colmillo Blanco» nunca les dio ese gusto.

Además era ligero como el rayo, lo que le daba una enorme ventaja sobre sus contrincantes. Por mucha que fuera su experiencia en peleas entre perros, nunca habían encontrado un animal tan rápido como él. También debían tener en cuenta que atacaba al instante y sin preparativos. Por lo general el perro está acostumbrado a ciertas ceremonias preliminares: mostrar los dientes, gruñir, erizar el pelo..., por lo que «Colmillo Blanco» lo derribaba y mataba antes de que hubiera empezado a pelear o se hubiera recobrado de su sorpresa. Tan a menudo ocurrió esto, que se estableció la costumbre de tener atado a «Colmillo Blanco» hasta que el otro perro, habiendo liquidado ya las ceremonias preliminares, procedía a atacar.

Pero la más importante de las ventajas de que gozaba «Colmillo Blanco» era su experiencia. Sabía más acerca del modo de pelear que cualquier otro de los perros que le hacían frente. Había luchado más veces, sabía cómo anular todas las fintas y poseía unas cuantas propias mientras que era sumamente difícil superar su propia manera de luchar.

Cuando pasó el tiempo se hizo más difícil concertar peleas con él. Los hombres dudaban de que algún perro pudiera derrotarle, por lo que Smith el Bonito se vio obligado a recurrir a los lobos, que los indios cazaban vivos en sus trampas con ese propósito y que siempre atraían a gran número de espectadores. Una vez le pusieron frente a un lince, una hembra adulta. En esa ocasión, «Colmillo Blanco» tuvo que pelear duramente por su vida. Su rapidez era tanta como la suya y no le cedía en ferocidad, pero él luchaba sólo con los colmillos, mientras ella, además, utilizaba las uñas.

Afortunadamente para «Colmillo Blanco», después del lince cesaron las luchas. No quedaban ya animales con los que luchar, por lo menos que tuvieran oportunidad de vencerle, por lo que siguió en exhibición hasta la primavera, cuando llegó a Dawson un tal Tomás Keenan, jugador de profesión, que trajo consigo un bull-dog, el primero que llegó al Klondike. Era inevitable que se concertara una pelea entre este perro y «Colmillo Blanco». Una semana antes de la fecha convenida para el espectáculo era la comidilla de ciertos sectores de la población.

CAPÍTULO IV

El abrazo de la muerte

Smith el Bonito soltó la cadena del cuello de «Colmillo Blanco» y retrocedió. Por primera vez no atacó enseguida. Se detuvo, levantó las orejas y examinó con curiosidad al extraño animal que se le enfrentaba, pues nunca había visto otro semejante. Tomás Keenan echó a su perro hacia delante, murmurando: —¡Vete!—. El animal, moviendo la cola, se dirigió al centro del círculo, sobre sus cortas patas, como si cojeara y, al parecer, sin gran entusiasmo. Se detuvo y miró a «Colmillo Blanco».

Los espectadores gritaron:

—¡Mátale, «Cherokee», mátale, devórale!

Pero el bull-dog no parecía tener muchas ganas de pelear. Volvió la cabeza, miró a los hombres que le gritaban y movió la cola alegremente. No tenía miedo; simplemente era demasiado haragán. Además, no podía comprender que se le hiciera luchar con el animal que tenía delante. No conocía aquella raza y esperaba a que le trajeran un perro de verdad.

Tomás Keenan se inclinó sobre «Cherokee» y empezó a acariciarle a ambos lados de las paletillas, pasando las manos a contrapelo con movimientos suaves dirigidos hacia delante, que eran otras tantas sugestiones. Su efecto debía ser irritante, pues «Cherokee» empezó a roncar suavemente desde lo más profundo de su garganta. Existía una correspondencia rítmica entre la culminación de cada uno de aquellos movimientos, dirigidos hacia delante, y la voz de «Cherokee», pues el rugido crecía en intensidad al avanzar la mano y cesaba para empezar de nuevo en cuanto se iniciaba una nueva caricia. El final de cada movimiento era el acento de la voz terminando repentinamente el primero y elevándose también súbitamente la voz del perro.

Esto no dejó de tener su efecto sobre «Colmillo Blanco». Empezó a erizársele el pelo en el cuello y en el lomo. Tomás Keenan empujó por última vez a su perro y volvió a su puesto. Aunque si hubiera sido por los esfuerzos de su amo, «Cherokee» no habría llegado muy lejos, éste siguió avanzando por su propia voluntad, con un trotecillo corto de sus patas encorvadas. Entonces «Colmillo Blanco» atacó. Se elevó un grito de admiración, pues había salvado la distancia y atacado más como un gato que como un perro, clavando los dientes y escapando a distancia segura.

El bull-dog sangraba de una oreja, herida que se extendía hasta el nacimiento de ella en el cuello. «Cherokee» no demostró sentir absolutamente nada, ni siquiera gruñó; limitose a dar la vuelta y a seguir a «Colmillo Blanco». La táctica de ambos, la rapidez de uno y la constancia del otro excitaron el espíritu de partido de los espectadores, por lo que se cruzaban nuevas apuestas y se aumentaba el importe de las anteriores. Una y otra vez «Colmillo Blanco» atacó, desgarró con sus dientes y escapó. Pero siempre le seguía aquel extraño enemigo, sin prisa, pero tampoco sin lentitud, deliberada y determinadamente, como si se tratara de un asunto de negocios. Había un propósito en sus métodos, algo que tenía que hacer, que quería hacer y de lo que nada en el mundo podría apartarle. Toda su conducta, cada una de sus acciones, lo demostraba, cosa que asombraba a «Colmillo Blanco». Nunca había visto un perro de esa clase: no tenía pelo que le protegiera; era blando y sangraba fácilmente. Su piel no estaba recubierta de pelambrera espesa, donde no tenían efecto los dientes. Cada vez que pretendía morderle, sus colmillos se hundían fácilmente en la carne. Por otra parte, parecía incapaz de defenderse. Otra cosa desconcertante era que no gritaba, como acostumbraban a hacerlo los otros canes contra los que había luchado. Aceptaba en silencio el castigo, sin emitir más que un débil gruñido. Pero nunca dejaba de perseguirle.

«Cherokee» no era tardo. Podía dar la vuelta bastante velozmente, pero «Colmillo Blanco» nunca estaba allí. El bull-dog también estaba extrañado. Nunca hasta entonces había tenido que pelear con un perro al que no pudiera acercarse. El deseo de llegar a la lucha cuerpo a cuerpo era siempre mutuo. Pero ahora tenía que vérselas con uno que se mantenía a distancia, que bailaba y se escurría, estando aquí, allí y en todas partes. En cuanto le clavaba los dientes, en lugar de aferrarse, se escapaba instantáneamente con la velocidad de una flecha.

Pero «Colmillo Blanco» no podía morderle debajo del cuello, pues el bull-dog era demasiado corto de patas, contando además con la protección de sus mandíbulas macizas. Se precipitaba sobre él, le hería y escapaba sin un rasguño, mientras aumentaban las heridas de «Cherokee», cuya cabeza y ambos lados del cuello estaban desgarrados por amplias heridas. Sangraba profusamente, pero no daba señales de estar vencido. Continuaba su agotadora persecución, aunque en un cierto momento se detuvo profundamente asombrado y miró a los hombres que le observaban, moviendo al mismo tiempo la cola rabona, como una manifestación de su voluntad de luchar.

En ese momento «Colmillo Blanco» se echó y se apartó de él desgarrando lo que le quedaba de oreja. Con una expresión como si se hubiera enojado un poco, «Cherokee» empezó otra vez a perseguir a su enemigo recorriendo la parte interior del círculo que describía su contrincante y tratando de dar el golpe mortal en el cuello. El bull-dog erró por el espesor de un cabello. Se oyeron gritos de entusiasmo, cuando «Colmillo Blanco», con un salto lateral repentino en dirección opuesta, se puso fuera de su alcance.

Pasó el tiempo. «Colmillo Blanco» seguía bailando, esquivando, atacando y alejándose, y siempre haciendo daño. Y el bull-dog, poseído de una certidumbre siniestra, le seguía. Más tarde o más temprano conseguiría su propósito y daría el golpe que le haría ganar la batalla. Mientras tanto, aceptaba todo el castigo que el otro pudiera infligirle. Sus orejas cortas estaban convertidas en una llaga viva, el cuello y los hombros, desgarrados en numerosos puntos y tenía cortados los labios, que sangraban profusamente. Todas sus heridas provenían de mordiscos de la rapidez del relámpago, que no podía prever ni evitar.

«Colmillo Blanco» había intentado numerosas veces derribar a «Cherokee», pero la diferencia de altura entre ambos era demasiado grande, pues el último era demasiado bajo, muy pegado al suelo. «Colmillo Blanco» realizó la treta bastantes veces. Pareció presentársele una oportunidad en uno de sus rápidos cambios de dirección. Agarró a «Cherokee», cuando éste había vuelto la cabeza, mientras él variaba lentamente de dirección. Quedó expuesta una paletilla de su contrincante, sobre la que se arrojó, pero mientras la suya quedaba a gran altura, la energía con la que había iniciado este ataque le llevó por encima de su contrincante. Por primera vez en su vida de luchador se vio a «Colmillo Blanco» perder pie. Su cuerpo dio una especie de media vuelta en el aire. Habría caído de espaldas, si no se hubiera enderezado en el aire, como si fuera un gato para caer sobre las patas. Golpeó fuertemente con el costado sobre el suelo. Se puso inmediatamente en pie, pero en aquel mismo instante «Cherokee» atacó cerrando sus dientes sobre la parte inferior del cuello de su enemigo.

No fue un golpe muy afortunado, pues era demasiado bajo, pero no aflojó los dientes. «Colmillo Blanco» saltó y dio vueltas como loco, tratando de deshacerse de «Cherokee» de una sacudida. Aquel peso, que no se desprendía, le volvía loco. Limitaba sus movimientos y restringía su libertad. Era como una trampa: todo su instinto se debatía contra ello. Era la reacción de un loco. Durante varios minutos puede decirse que era realmente un maniático furioso. Lo elemental de la vida que había en él determinó su conducta. Surgía en él aquella voluntad de vivir que residía en cada una de sus fibras. Estaba dominado por el deseo de su carne de sobrevivir. Había desaparecido su inteligencia. Era como si ya no tuviera cerebro. Nubló su razón el ciego deseo de la carne de vivir y de moverse, cualquiera que fuera el peligro, pues el movimiento es la demostración de la existencia.

«Colmillo Blanco» dio vueltas y vueltas, en esta dirección y en la inversa, tratando de desprenderse de aquel peso de veinticinco kilos que llevaba colgado del cuello. El bull-dog se limitaba a no soltarse. Algunas raras veces pudo poner los pies en el suelo, momentos durante los cuales se abrazó a «Colmillo Blanco». Pero enseguida los movimientos de su enemigo le llevaban por el aire arrastrado por uno de los locos torbellinos de «Colmillo Blanco». «Cherokee» se identificaba a sí mismo con su instinto. Sabía que hacía bien en aferrarse con sus dientes y hasta sentía una satisfacción agradable. Entonces cerraba los ojos y permitía que su enemigo le sacudiera para todas partes, como si fuera una cosa muerta, despreciando cualquier peligro que pudiera resultar de ello. Lo que importaba era no aflojar las mandíbulas, y eso hacía.

«Colmillo Blanco» dejó de dar vueltas cuando se cansó. No podía oponer la menor resistencia, lo que era incomprensible para él. Nunca le había ocurrido tal cosa en todas sus luchas. Los perros con los que había tenido que enfrentarse no peleaban de esa manera. Con ellos bastaba acercarse, morder y alejarse. Estaba medio echado luchando por conseguir tomar resuello. «Cherokee», que no aflojaba, se apretaba contra él, tratando de tumbarle. «Colmillo Blanco» se resistía, mientras sentía la dentadura del otro, que variaba de punto de apoyo cediendo un poco y avanzando como si masticara. Cada uno de esos movimientos llevaba las mandíbulas más cerca del punto vital del cuello. El método del bull-dog consistía en no perder lo ganado y avanzar todo lo que fuera posible en cuanto se presentaba la oportunidad, lo que ocurría cuando «Colmillo Blanco» se quedaba quieto, mientras que cuando su enemigo se movía, «Cherokee» se limitaba a mantener lo ganado hasta entonces.

La parte superior del voluminoso cuello de su enemigo era lo único que estaba al alcance de «Colmillo Blanco». Se prendió de la base, donde empieza el tronco, pero no conocía aquel procedimiento de morder masticando, ni tampoco estaban adaptadas sus mandíbulas para ello. Espasmódicamente desgarraba con sus colmillos buscando espacio, cuando le distrajo un cambio de posición. El bull-dog había conseguido hacerle dar la vuelta y sin soltar el cuello se encontraba ahora encima de él. Como si fuera un gato recogió las patas traseras y apoyándose en el vientre de su enemigo empezó a desgarrárselo con amplios movimientos de las extremidades, que pudieron haber abierto las entrañas a «Cherokee» si éste no hubiera dado un cuarto de vuelta, sin dejar de agarrarse con los dientes, poniéndose en ángulo recto con «Colmillo Blanco», fuera del alcance de sus patas.

No había posibilidad de escapar a aquellas mandíbulas, inexorables como el destino. Lentamente buscaban la yugular. Se salvó de la muerte por la piel colgante de su cuello y el espeso pelo que la cubría, que formaban un cilindro en la boca de «Cherokee» desafiando particularmente el pelaje la capacidad de sus dientes. Pero poco a poco, en cuanto se ofrecía la ocasión, absorbía más de la papada y de la piel que la cubría, con lo que conseguía ahogar lentamente a «Colmillo Blanco», cuya respiración era cada vez más difícil.

Los espectadores empezaron a creer que la batalla había terminado. Los que habían apostado por «Cherokee» se alegraron y ofrecieron cotizaciones ridículas para nuevas apuestas. Los que habían jugado a favor de «Colmillo Blanco» empezaron a asustarse y se negaron a aceptar apuestas de diez a uno y de veinte a uno, aunque Smith el Bonito fue lo suficientemente audaz como para cerrar una apuesta de cincuenta a uno. Se metió en el cuadrilátero e indicó con el dedo en la dirección de «Colmillo Blanco», empezando después a reírse despectivamente a carcajadas, lo que tuvo el efecto deseado, pues se puso rabioso, llamando en su auxilio todas las reservas y consiguiendo ponerse en pie. Mientras seguía luchando alrededor del cuadrilátero sin que se soltaran de su cuello los veinticinco kilos de peso de su enemigo, su rabia se convirtió en pánico. Lo elemental en él le dominó otra vez y su inteligencia se nubló ante la voluntad de vivir que estaba en su carne. Dio vueltas y vueltas, tropezando y cayendo y levantándose otra vez, apoyándose en sus patas traseras y elevando a su enemigo por los aires, pero sin poder deshacerse de aquel enemigo, que amenazaba ahogarle.

Al fin cayó exhausto, después de haber vacilado. El bull-dog no desperdició la oportunidad: hizo avanzar un poco más las mandíbulas, tragando más de la carne cubierta de pelo, ahogando aún peor a «Colmillo Blanco». Se oyeron gritos en honor del vencedor: «¡"Cherokee"!, ¡"Cherokee"!», a lo que éste respondió sacudiendo vigorosamente su cola rabona, sin dejarse distraer por las exclamaciones, pues no existía ninguna relación entre ellos y sus macizas mandíbulas. La una podía moverse, pero las otras no cedían.

En aquel momento, un ruido de cascabeles distrajo a los espectadores, oyéndose, además, los gritos de un hombre que animaba a los perros de un trineo. Todos, excepto Smith el Bonito, echaron una mirada preocupada en aquella dirección, pues tenían miedo a la policía. Pero se calmaron cuando vieron que por el camino venían dos hombres a cargo de un trineo, que evidentemente volvían de alguna expedición de estudios mineros. Al ver la muchedumbre, ambos se detuvieron y se acercaron, deseando conocer el motivo de la reunión. El encargado de los perros llevaba bigote, pero el otro, un hombre más alto y más joven, estaba completamente afeitado, lo que permitía ver por completo la piel de su cara, sonrosada por la circulación de la sangre y el ejercicio al aire libre.

Virtualmente «Colmillo Blanco» había dejado de luchar. Espasmódicamente, sin ningún resultado práctico, se resistía de cuando en cuando. Casi no podía respirar, cosa que cada vez se le hacía más difícil, debido a aquellas mandíbulas sin misericordia que cada vez se cerraban más. A pesar de su armadura de pelo, «Cherokee» habría mordido ya la yugular, de no haber empezado su ataque desde muy bajo, casi a la altura del pecho. «Cherokee» necesitó mucho tiempo para subir, impidiéndole además el pelo y la piel que debía tragar que su avance fuera más rápido.

Mientras tanto, todo lo bestial que había en Smith el Bonito se le había subido a la cabeza, dominando allí el poco juicio que tenía incluso en sus momentos de lucidez. Cuando vio que los ojos de «Colmillo Blanco» se ponían vidriosos, comprendió que la pelea estaba perdida. Entonces se despertó el instinto bestial en él: saltó sobre «Colmillo Blanco» y empezó a patearlo sin misericordia. Algunas voces entre los concurrentes protestaron, pero eso fue todo. Mientras Smith el Bonito seguía castigando al vencido, se produjo un movimiento entre los reunidos. El recién llegado se abría paso a fuerza de codazos, a derecha e izquierda, sin ceremonias y sin cortesía. Cuando llegó a la primera fila, Smith el Bonito estaba a punto de dar otra patada poniendo todo su peso en un pie, encontrándose en un estado de equilibrio inestable. En aquel momento el recién llegado descargó en su cara un golpe, dado con todas sus fuerzas. La pierna izquierda de Smith el Bonito no se movió mientras todo su cuerpo pareció elevarse por los aires, cayendo de espaldas sobre la nieve. El recién llegado se dirigió a la muchedumbre.

—¡Cobardes!, ¡bestias! —gritó.

Estaba poseído de una furia insana. Sus ojos grises parecían tener un color metálico de acero mientras echaban relámpagos sobre la muchedumbre. Smith el Bonito consiguió ponerse en pie y avanzó hacia él, arrastrándose cobardemente. El recién llegado no comprendió el sentido de su avance. No sabía cuán cobarde era y creyó que volvía dispuesto a pelear. Gritando: —¡Bestia!—, le encajó un segundo golpe en la cara y le acostó otra vez sobre la nieve, por lo que Smith el Bonito consideró que el suelo era el lugar más seguro para él y se quedó donde le había echado la mano del otro, sin hacer ningún esfuerzo por levantarse.

—¡Ven, Matt! ¡Ayúdame! —gritó el recién llegado al encargado de los perros de su trineo que le había seguido al cuadrilátero.

Ambos hombres se inclinaron sobre los perros. Matt se encargó de «Colmillo Blanco», dispuesto a tirar de él en cuanto «Cherokee» aflojara las mandíbulas. El otro trató de conseguir esto apretando las del vencedor y tratando de abrirlas. Era una tentativa absolutamente inútil. Mientras hacía toda clase de esfuerzos, no dejaba de exclamar con cada espiración:

—¡Bestias!

La muchedumbre empezó a intranquilizarse y algunos de los presentes protestaron contra aquel acto, que les echaba a perder su diversión, pero se callaron cuando el recién llegado levantó la cabeza y los miró:

—¡Malditas bestias! —estalló finalmente, y siguió trabajando.

—Es inútil, señor Scott. Usted puede romperle los dientes y no conseguirá nada —dijo Matt finalmente.

Ambos se detuvieron y observaron a los dos perros.

—No ha sangrado mucho —afirmó Matt—, todavía le falta bastante para expirar.

—Pero puede ocurrir en cualquier momento —repuso Scott—. ¿Ves? Ha aflojado un poco las mandíbulas.

Crecía la excitación y la preocupación del joven por «Colmillo Blanco». Sin compasión, golpeó a «Cherokee» en la cabeza varias veces. El animal se limitó a mover la cola como advirtiendo que comprendía por qué se le golpeaba, pero que sabía que estaba en su derecho y que se limitaba a cumplir con su deber al no abrir las mandíbulas.

—¿No quiere ayudarme ninguno de ustedes? —gritó desesperado Scott a la muchedumbre.

Pero ninguno se ofreció. Por el contrario, algunos empezaron a animarle sarcásticamente con gritos o le dieron consejos completamente ridículos.

—Debiéramos usar alguna clase de palanca —aconsejó Matt.

El otro se llevó la mano al costado, sacó el revólver y trató de introducir el cañón entre las mandíbulas. Trabajó duramente hasta que se oyó el frotamiento del acero contra los dientes. Tanto Scott como Matt estaban inclinados sobre los dos perros. Tomás Keenan se les acercó. Se detuvo delante de Scott y, tocándole en el hombro, le dijo amenazadoramente:

—¡No le rompa usted los dientes!

—Entonces le romperé el cogote —replicó Scott, continuando lo que se había propuesto hacer, que era introducir el cañón del arma como una cuña entre los dientes.

—Le he dicho que no le rompa los dientes —repitió el jugador, aún más amenazadoramente que antes.

Pero si intentaba una treta no dio resultado. Scott no desistió de su empresa, aunque levantó la cabeza y preguntó fríamente:

—¿Es su perro?

El jugador murmuró que sí.

—Entonces venga y ayúdeme.

—Bueno —dijo el otro, arrastrando las palabras—. No me importa decirle que eso es algo que no he intentado nunca. No sé cómo hacerlo.

—Entonces, retírese —replicó Scott—. No me moleste. Estoy trabajando.

Tomás Keenan siguió en pie al lado de Scott, quien no se preocupó de su presencia. Había conseguido meter el cañón del arma a través de las mandíbulas y trataba ahora de sacarlo por el otro lado. Una vez obtenido esto, empezó a ejercer una presión suave y continua tratando de separarlas poco a poco, mientras Matt retiraba cuidadosamente a «Colmillo Blanco».

—Prepárese para hacerse cargo de su perro —ordenó Scott perentoriamente al dueño de «Cherokee».

El jugador obedeció, agarrando fuertemente al bull-dog.

—¡Ahora! —advirtió Scott mientras aplicaba la presión final.

Pudieron apartar a ambos perros, aunque «Cherokee» se debatía vigorosamente.

—¡Lléveselo! —ordenó enérgicamente Scott, y Tomás Keenan arrastró a «Cherokee» hasta donde se encontraban los espectadores.

«Colmillo Blanco» intentó en vano ponerse en pie. Una de las veces lo consiguió, pero sus patas estaban demasiado débiles para sostenerle, por lo que se tambaleó y cayó otra vez sobre la nieve. Tenía los ojos semicerrados y vidriosos. Las mandíbulas estaban muy separadas y por entre ellas caía la lengua sucia de barro. Parecía un perro que ha sido estrangulado. Matt lo examinó.

—Está medio muerto —dijo—, pero todavía respira.

Smith el Bonito se levantó y se acercó para observar a «Colmillo Blanco».

—Matt, ¿cuánto vale un buen perro de trineo? —preguntó Scott.

Matt, todavía de rodillas, inclinado sobre «Colmillo Blanco», calculó mentalmente.

—Trescientos dólares —respondió.

—¿Cuánto costará uno como este que está medio muerto? —preguntó Scott, indicando con el pie a «Colmillo Blanco».

—Ni la mitad —opinó Matt.

Scott se dirigió a Smith el Bonito.

—¿Ha oído usted eso, señor Bestia? Me quedaré con su perro y le daré a usted ciento cincuenta dólares por él.

Smith el Bonito cruzó las manos detrás de la espalda, negándose a aceptar el dinero.

—No le vendo —dijo.

—Pues le digo que usted lo vende —aseguró Scott—, puesto que yo se lo compro. Aquí está el dinero. El perro es mío.

Smith el Bonito, sin sacar las manos de la espalda, empezó a retroceder.

Scott corrió hacia él, levantando los puños como para pegarle. Smith el Bonito se agachó, anticipándose al golpe.

—Es mi derecho —dijo con tono llorón.

—Usted ha perdido cualquier derecho que pudiera tener sobre ese perro —repuso Scott—. ¿Va usted a aceptar el dinero o tendré que pegarle otra vez?

—Bueno —dijo Smith el Bonito, apresurándose bajo el acicate del miedo—. Pero acepto el dinero bajo protesta —agregó—. Ese perro es una mina de oro. No me dejaré robar. Al fin y al cabo todos tenemos nuestros derechos.

—Ciertamente —repuso Scott, entregándole el dinero—. Todos tenemos nuestros derechos. Pero usted no es como nosotros; usted no es un hombre: es una bestia.

—Espere usted que llegue a Dawson —dijo Smith el Bonito amenazadoramente—. Le perseguiré judicialmente.

—Si abre usted la boca cuando se encuentre otra vez en Dawson, haré que le echen de la ciudad. ¿Entendido?

Smith el Bonito respondió con un gruñido.

—¿Entendido? —amenazó el otro repentinamente.

—Sí —gruñó Smith el Bonito alejándose.

—¿Sí, qué...?

—Sí, señor —aulló Smith el Bonito.

—¡Tenga usted cuidado, que le va a morder! —gritó uno de los espectadores. Un coro de carcajadas resonó por el lugar.

Scott dio media vuelta y se acercó a Matt, que trataba de que se levantase «Colmillo Blanco».

Algunos de los presentes se disponían a retirarse, otros formaban grupos y charlaban. Tomás Keenan se acercó a uno de ellos.

—¿Quién es ése? —preguntó.

—Weedon Scott —le respondieron.

—¿Y quién, por todos los diablos, es Weedon Scott? —preguntó el jugador.

—Es uno de los ingenieros de minas al servicio del Gobierno. Es muy amigo del gobernador y de todos los que tienen alguna importancia. Si quieres vivir tranquilo apártate de su camino. Eso es lo que te digo. Es uña y carne de todos los funcionarios del territorio. El comisario de minas fue compañero suyo de colegio.

—Ya me imaginé yo que era alguien —comentó el jugador—. Por eso le dejé tranquilo desde el principio.

CAPÍTULO V

El indomable

—Es un caso perdido —concedió Weedon Scott.

Estaba sentado en los escalones, a la entrada de su habitación, mirando a Matt, que le respondió con un encogimiento de hombros que era igualmente desesperado.

Ambos observaban a «Colmillo Blanco» que, tirando de la cadena, a la cual estaba atado, con el pelo erizado, mostrando los dientes, con la ferocidad de siempre, trataba de alcanzar a los otros perros que tiraban del trineo. Por haber recibido varias lecciones de Matt, acompañadas de un palo, los otros animales habían aprendido a dejar solo a «Colmillo Blanco». Estaban echados a una cierta distancia, como si no se percataran de su existencia.

—Es un lobo y no se le puede domesticar —afirmó Weedon Scott.

—No estoy muy seguro de eso —objetó Matt—. Yo diría que tiene mucho de perro, pero en fin... Sin embargo, hay una cosa de la que estoy seguro y de la que nadie me convencerá de lo contrario.

Matt se detuvo y, con una inclinación de cabeza, señaló las montañas lejanas.

—Bueno, no seas tan avaro de lo que sabes —dijo Scott, después de haber esperado un tiempo razonable—. Desembucha. ¿Qué es?

Matt indicó hacia «Colmillo Blanco» con el dedo pulgar, hacia atrás.

—Lobo o perro, es igual. Ya ha sido domesticado.

—¡No!

—Le digo que sí. Está hecho al arnés. Fíjese usted bien. ¿No ve usted las marcas a través del pecho?

—Tienes razón, Matt. Era un perro de trineo antes de que Smith el Bonito se apoderara de él.

—Y yo no veo ninguna razón que le impida tirar otra vez.

—¿Crees tú eso? —preguntó Scott muy interesado, perdiendo enseguida toda esperanza y sacudiendo negativamente la cabeza—. Hace dos semanas que está aquí y creo que precisamente ahora está peor que nunca.

—Habría que darle una oportunidad —aconsejó Matt—. Dejarlo suelto por un momento.

Scott le miró incrédulamente.

—Sí —dijo Matt—. Ya sé que lo ha intentado, pero usted no se sirvió de un palo.

—Inténtalo tú entonces.

Matt buscó una vara y se dirigió al animal encadenado. «Colmillo Blanco» no perdía de vista el instrumento de castigo, como lo haría un león con el látigo del domador.

—Fíjese usted cómo observa el palo —dijo Matt—. Eso es un buen signo. No tiene un pelo de tonto. No me atacará mientras no lo suelte. No está loco, ni mucho menos.

Cuando la mano del hombre se aproximó a su cuello, «Colmillo Blanco» erizó el pelo, mostró los dientes y se echó al suelo. Pero mientras vigilaba la mano que descendía sobre él, no perdía de vista la vara, sostenida en la otra, con la que se le amenazaba. Matt soltó la cadena del collar y retrocedió.

«Colmillo Blanco» no podía comprender que estuviera libre. Había pasado muchos meses en poder de Smith el Bonito, durante los cuales no había gozado de un instante de libertad, excepto cuando tenía que luchar. Inmediatamente después se le encadenaba otra vez.

No sabía qué pensar de ello. Tal vez los dioses estaban por perpetrar con él algún acto diabólico nuevo. Avanzó lenta y cuidadosamente, dispuesto a hacer frente a lo que viniera en cualquier momento. No sabía qué hacer, pues todo era completamente inesperado. Tuvo la precaución de apartarse de ambos dioses y de dirigirse cautelosamente a un rincón de la cabaña. Nada ocurrió. Estaba completamente perplejo. Volvió sobre sus pasos, deteniéndose a unos cuatro metros de ambos y mirándoles fijamente.

—¿No se escapará? —preguntó su nuevo dueño.

Matt se encogió de hombros.

—Hay que correr ese riesgo. La única manera de saber lo que va a pasar es que ocurra.

—¡Pobre diablo! —exclamó Scott, compadeciéndole—. Añadió, entrando en la cabaña.

Salió con un pedazo de carne, que tiró a «Colmillo Blanco». Éste se alejó de él de un salto y le miró a distancia detenidamente.

—¡Eh, tú! ¡«Mayor»! —gritó Matt, advirtiendo demasiado tarde a uno de los perros.

«Mayor» había saltado hacia la carne. En el momento en que cerró las mandíbulas sobre ella, «Colmillo Blanco» le golpeó, derribándole.

Matt echó a correr hacia ellos, pero «Colmillo Blanco» fue más ligero. «Mayor» consiguió levantarse trabajosamente, pero la sangre que le caía del cuello manchaba la nieve formando un gran círculo.

—Mala suerte; se lo tiene merecido —dijo Scott precipitadamente.

Pero Matt ya había levantado el pie para golpear a «Colmillo Blanco». Un salto, unos dientes blancos y una exclamación. «Colmillo Blanco» retrocedió unos metros, mientras Matt se detenía para examinarse la pierna.

—Me ha mordido —dijo indicando con el dedo el pantalón y el calzoncillo desgarrados, de los que manaba sangre.

—Ya te dije que era inútil —dijo Scott con voz en la cual se traslucía su desencanto—. He estado pensando en ello sin querer. Ahora hay que hacerlo. Es lo único.

Mientras hablaba, sacó de mala gana el revólver y lo abrió para asegurarse de su contenido.

—Oiga usted, señor Scott —objetó Matt—. Ese perro ha pasado por las de Caín. Usted no puede esperar que se porte ahora como un ángel. Déle tiempo.

—Fíjate en «Mayor» —replicó el otro.

Matt examinó el perro al que «Colmillo Blanco» había atacado. Estaba echado en la nieve, en un círculo rojo formado por su sangre. Era evidente que estaba en agonía.

—Se lo tiene merecido. Usted mismo lo dijo. Trató de sacarle la carne a «Colmillo Blanco». Era de esperar. Yo no daría ni un centavo por un perro que no estuviera dispuesto a luchar por su alimento.

—Fíjate en ti mismo, Matt. Pase lo del perro, pero hay cosas que no podemos aguantar.

—Me lo tengo merecido —arguyó Matt tercamente—. ¿Por qué había de darle una patada? Usted mismo dijo que había hecho bien. Entonces, yo no tenía derecho a pegarle.

—Es una obra de misericordia pegarle un tiro —insistió Scott—. Es indomable.

—Oiga usted, señor Scott: déle una oportunidad de rehabilitarse. Hasta ahora no la ha tenido. Ha pasado por el infierno. Es la primera vez que está suelto. Déle una buena oportunidad y si no se porta bien, yo mismo lo mataré.

—Dios es testigo de que no quiero matarle o que le mate otro —dijo Scott, guardando el revólver—. Vamos a dejarle suelto, a ver qué hace.

Se dirigió hacia «Colmillo Blanco» y empezó a hablarle suave y gentilmente.

—Será mejor que tenga usted un palo en la mano —le advirtió Matt.

«Colmillo Blanco» sospechaba. Algo le amenazaba. Había matado a uno de los perros de aquel dios y mordido a su compañero. ¿Qué podía esperar sino un terrible castigo? Pero aun frente a eso, era indomable. Erizó el pelo, mostró los dientes, siempre sin perder de vista al dios, preparados todos los músculos para lo que pudiera ocurrir. Como el hombre no tenía ningún palo en las manos, permitió que se acercara mucho. La mano del hombre descendía sobre su cabeza. «Colmillo Blanco» se encogió, con todos los músculos en tensión, mientras se acostaba. Allí estaba el peligro: alguna traicionera jugarreta o algo por el estilo. Conocía las manos de los dioses, su habilidad, su destreza para herir. Además tenía siempre la antigua antipatía a que alguien le tocara. Gruñó aún más amenazadoramente y se echó aún más, mientras la mano seguía descendiendo. No quería herirla, por lo que aguantó el peligro hasta que el instinto estalló en él, dominándolo con su insaciable anhelo de vida.

Weedon Scott había creído que era lo suficientemente ligero como para evitar cualquier mordisco. Pero todavía le quedaba por conocer la notable destreza de «Colmillo Blanco», que atacaba con la rapidez y la seguridad de una víbora.

Scott gritó agudamente, con sorpresa, aprestándose con la mano sana la mano desgarrada por el mordisco. Matt lanzó un juramento y se puso inmediatamente a su lado. «Colmillo Blanco» retrocedió y se echó al suelo, erizado el pelo, mostrando los dientes, brillándole los ojos de malignas amenazas. Suponía que ahora le esperaba una paliza tan terrible como cualquiera de las que había recibido de las manos de Smith el Bonito.

—¡Eh! ¿Qué vas a hacer? —exclamó Scott de repente.

Matt había echado a correr hacia la cabaña y salió de ella armado de un rifle.

—Nada —dijo lentamente, con una calma que era puramente afectada—. Sólo que voy a cumplir mi promesa. Creo que me toca a mí matarle, como dije que lo haría.

—¡No lo harás!

Así como Matt había pedido por la vida de «Colmillo Blanco» cuando éste le mordió, ahora le había tocado el turno a Scott.

—Dijiste que había que darle una oportunidad. Dásela. No hemos hecho más que empezar y no podemos abandonar la empresa al iniciarla. Me está bien merecido, como tú dijiste. ¡Fíjate!

«Colmillo Blanco», a unos doce metros de la cabaña, gruñía de tal manera que helaba la sangre en las venas, tal era la maldad que se desprendía de su voz, no a Scott, sino dirigiéndose a Matt.

—¡Que me maten! —exclamó éste profundamente sorprendido.

—Fíjate lo inteligente que es —prosiguió Scott apresuradamente—. Conoce tan bien como tú lo que significan las armas de fuego. Debemos darle una oportunidad. Baja esa arma.

—Bueno, está bien —asintió Matt, apoyando el rifle contra un montón de leña.

—Pero ¡fíjese usted en eso! —exclamó enseguida.

«Colmillo Blanco» se había calmado y había dejado de gruñir.

—Vale la pena investigar eso. Fíjese.

Matt levantó el rifle y en aquel mismo momento «Colmillo Blanco» gruñó. Se apartó de la trayectoria de la posible bala, después de lo cual dejó de mostrar los dientes.

—Ahora, sólo para ver lo que hace...

Matt levantó lentamente el rifle hasta colocarlo a la altura del hombro. «Colmillo Blanco» empezó a gruñir en cuanto vio lo que hacía Matt, llegando su voz a la máxima potencia cuando el arma estuvo en posición de tiro, momento en el cual saltó de costado, ocultándose detrás de uno de los ángulos de la cabaña. Matt se quedó mirando hacia el espacio vacío, cubierto de nieve, donde antes se encontraba «Colmillo Blanco».

Bajó solemnemente el arma, volvió la cabeza y dijo a Scott:

—Estoy de acuerdo con usted. Ese perro es demasiado inteligente para que le maten.

CAPÍTULO VI

El dios del amor

Cuando «Colmillo Blanco» vio acercarse a Scott, erizó el pelo y mostró los dientes para demostrar que no estaba dispuesto a aceptar ningún castigo. Habían pasado veinticuatro horas desde que había desgarrado con sus dientes la mano que ahora estaba vendada y en cabestrillo. Anteriormente se le había castigado también por faltas cometidas mucho tiempo antes. Comprendió que el castigo había sido aplazado, pero que no podía faltar. ¿Cómo podía ser de otra manera? Había cometido lo que era para él un sacrilegio, hundiendo sus dientes en la carne sagrada y, lo que era peor, de dioses blancos. De acuerdo con la naturaleza de las cosas y de sus conocimientos sobre ellas se esperaba algo terrible.

El dios estaba sentado a algunos metros de distancia, en lo que «Colmillo Blanco» no podía ver nada de peligroso. Cuando los dioses castigaban estaban en pie. Además, no tenía ningún palo, ningún látigo, ninguna arma de fuego. Por otra parte, «Colmillo Blanco» estaba libre: no le ataba ninguna cadena o palo. En cuanto el dios se levantara se pondría en seguridad. Mientras tanto, esperaría.

El dios permanecía inmóvil, sin hacer ningún movimiento. La voz de «Colmillo Blanco» descendió de tono hasta morir en su garganta. Entonces, habló el dios. Al oír sus palabras, erizó el pelo y volvió a gruñir. Pero el dios no hizo ningún movimiento hostil y prosiguió hablando con toda calma. Durante algún tiempo le hizo coro «Colmillo Blanco», estableciéndose una correspondencia entre el ritmo de la voz del hombre y la del animal. Pero el dios seguía hablando sin detenerse, diciéndole cosas que no había oído nunca. Hablaba suave y calmosamente, con una bondad que de alguna extraña manera llegó al corazón de «Colmillo Blanco». A pesar de sí mismo y de todas las punzantes advertencias del instinto, llegó a abrigar confianza en este dios. Tenía un sentimiento de seguridad, desmentido por toda su experiencia con los hombres.

Después de mucho tiempo el dios se levantó y entró en la cabaña. «Colmillo Blanco» lo examinó atentamente cuando volvió a salir. Tampoco tenía esta vez palo alguno, látigo o arma, ni llevaba detrás de la espalda la mano herida. Se sentó en el suelo, en el mismo lugar que antes, a unos metros de distancia de él. Tenía en la mano un trozo de carne. «Colmillo Blanco» levantó las orejas y lo inspeccionó, sospechando algo, mirando al mismo tiempo al alimento y al dios, alerta, en previsión de cualquier acto hostil, tenso el cuerpo, atento para alejarse de un salto al primer signo de hostilidad.

Sin embargo, todavía no había recibido el castigo esperado. El dios se limitaba a mantener cerca de sus fauces un pedazo de carne, que no parecía tener nada de malo. Empero, «Colmillo Blanco» no las tenía todas consigo. Aunque se le ofrecía la carne con movimientos cortos, que eran una invitación, se negaba a tocarla. Los dioses eran omniscientes. Era imposible predecir qué jugarreta diabólica ocultaba aquel pedazo de carne, aparentemente inofensivo. En sus experiencias anteriores, particularmente con las mujeres indias, iban muy a menudo juntos la carne y el castigo.

Finalmente el dios la tiró sobre la nieve a las patas de «Colmillo Blanco». La olió cuidadosamente, sin mirarla, manteniendo la vista fija en el dios. Nada ocurrió. La tomó en la boca y se la tragó. Tampoco ocurrió nada. El dios le ofreció otro pedazo. Nuevamente se negó a aceptarlo de la mano y otra vez se lo arrojó a las patas, maniobra que se repitió un cierto número de veces, hasta que, finalmente, el dios se negó a tirarla, manteniéndola en su mano y ofreciéndola con insistencia.

La carne era buena y «Colmillo Blanco» tenía hambre. Paso a paso, con infinitas precauciones, se acercó a la mano, decidiendo finalmente tomarla de allí. No apartaba los ojos del dios, avanzando la cabeza, las orejas gachas, mientras el pelo del cuello se le erizaba involuntariamente. De su garganta salía un gruñido ronco, que quería dar a entender que no estaba dispuesto a que se jugase con él. Comió la carne pedazo a pedazo, sin que ocurriera nada. Todavía no se le castigaba.

Se relamió y esperó. El dios seguía hablando. En su voz había bondad, cosa que «Colmillo Blanco» no había conocido nunca y que despertaba en él sentimientos que tampoco había sentido jamás. Estaba poseído por un extraño bienestar, como si se satisficiera una necesidad que había notado largo tiempo, como si se llenara un vacío de su ser. Pero nuevamente le aguijonearon sus instintos y la advertencia de la experiencia pasada. Los dioses eran sumamente astutos y recurrían a procedimientos para alcanzar sus fines, de los que él no tenía la menor idea.

¡Claro que estaba en lo cierto! Allí bajaba la mano del dios, hábil para herir, que descendía sobre su cabeza. Pero aquél proseguía hablando. Su voz era suave y tranquilizadora. A pesar de la amenaza de la mano, la voz inspiraba confianza, que no bastaba para disipar el otro sentimiento. «Colmillo Blanco» se sentía desgarrado por dos impulsos completamente contradictorios. Le parecía que iba a estallar hecho pedazos, tan grande era el dominio que debía ejercer sobre sí mismo, para mantener el equilibrio de aquellas fuerzas enemigas que luchaban dentro de él por el predominio.

Llegó a una solución intermedia. Gruñó, erizó el pelo y bajó las orejas. Pero ni mordió ni se alejó de un salto. La mano descendió, acercándose más y más. Tocó el extremo de sus erizados pelos, al sentirlo se replegó sobre sí mismo. La mano siguió bajando, apretándose contra él. Se encogió aún más, casi temblando, pero pudo, sin embargo, dominarse, ante el tormento de aquella mano que le tocaba y rebelaba todos sus instintos, pues no podía olvidar en un día todo el mal que le habían hecho las manos de los hombres. Pero era la voluntad del dios y trató de someterse.

La mano se elevó y descendió nuevamente, acariciándole. Esto continuó durante algún tiempo, pero siempre que la mano se levantaba, se erizaba el pelo de «Colmillo Blanco». Cada vez que descendía, replegaba las orejas y salía una voz cavernosa de su garganta. Era imposible predecir qué era lo que se proponía hacer finalmente aquel dios. En cualquier momento, aquella voz suave que inspiraba confianza podía estallar en un rugido de rabia y aquella mano gentil y acariciadora transformarse en una garra maligna que le mantuviera inmóvil, mientras se le castigaba.

Pero el dios seguía hablando suavemente, mientras la mano se levantaba y bajaba en caricias que no tenían nada de hostiles. «Colmillo Blanco» experimentaba sentimientos contradictorios. Era algo que iba contra todos sus instintos. Le oprimía, se oponía a la voluntad que había en él de libertad personal. Sin embargo, no era una cosa que molestara o fuera dolorosa físicamente. El movimiento acariciador, lento y cuidadoso, se transformó en un frotamiento de las orejas, alrededor de su base, lo que aumentó un poco el placer físico. Sin embargo, todavía temía y se mantenía en guardia, esperando alguna maldad desconocida, sufriendo y gozando alternativamente, según el sentimiento que le dominara.

—¡Que me ahorquen!

Así habló Matt, saliendo de la habitación, arrolladas las mangas, con un balde de agua de lavar los platos en una mano, mientras se detenía asombrado al ver cómo Weedon Scott acariciaba a «Colmillo Blanco».

En cuanto su voz rompió el silencio, «Colmillo Blanco» saltó hacia atrás, gruñendo rabiosamente en dirección a Matt, quien miró a su amo con expresión de desaprobación.

—Si usted me permite que le diga lo que pienso, señor Scott, me tomaré la libertad de expresarle que es usted peor que diecisiete locos juntos, todos distintos.

Weedon Scott se sonrió con aire de superioridad, se levantó y se acercó a «Colmillo Blanco», siempre hablando suavemente. Luego extendió la mano y la posó en la cabeza del lobo, volviendo a acariciarle otra vez. El animal aguantó la caricia, sin apartar la vista, no del hombre que le acariciaba, sino del que se encontraba en la puerta de la cabaña.

—Es posible que sea usted el mejor ingeniero de minas del mundo —dijo Matt, hablando como un oráculo—, pero lo cierto es que se perdió la gran oportunidad de su vida por no escaparse de su casa cuando era muchacho y haberse puesto a trabajar en un circo.

«Colmillo Blanco» gruñó al oír el sonido de aquella voz, pero esta vez no se escapó de la mano que le acariciaba la cabeza y el cuello con largos movimientos tranquilizadores.

Fue el principio del fin de «Colmillo Blanco»: el fin de la antigua vida y del reino del odio. Se anunciaba para él una nueva vida incomprensiblemente más bella. Se necesitaron muchas reflexiones por parte de Weedon Scott y una paciencia infinita para conseguirlo. De parte de «Colmillo Blanco» equivalía a una verdadera revolución. Debía ignorar el aguijón del instinto y de la razón, desafiar la experiencia, desmentirse a sí mismo.

La vida, tal como él la había conocido, no ofrecía mucho espacio para las cosas que hacía ahora. Todas las corrientes de su ser habían fluido en sentido contrario al que experimentaba. En pocas palabras, considerándolo todo, tenía que proceder a un cambio de orientación mucho mayor que el que le llevó a retirarse voluntariamente de la selva y a aceptar a Nutria Gris como amo y señor. En aquellos tiempos era sólo un cachorro, que podía adaptarse fácilmente, sin forma propia, pronto para que la mano de las circunstancias le modelara. Pero ahora era distinto. El trabajo estaba hecho, y demasiado bien, pues ella lo había transformado y endurecido, había hecho de él un lobo, feroz e implacable, incapaz de sentir amor o de inspirarlo. Aquel cambio equivalía a rehacer todo su ser cuando carecía ya de la plasticidad de la juventud, cuando sus fibras eran duras y nudosas, cuando su naturaleza había adquirido la dureza del diamante, rígida e incapaz de ceder, cuando su espíritu era de hierro y sus instintos y valores habían cristalizado en tendencias fijas, en precauciones, disgustos y deseos.

En estas condiciones distintas, la mano de las circunstancias modificó su índole, ablandando lo que era rígido y dándole mejor forma. Es cierto que Weedon Scott era esa mano. Había llegado hasta las raíces de la naturaleza de «Colmillo Blanco» y, con bondad, tocó las potencias vitales que habían languidecido y casi desaparecido, una de las cuales era el amor, que reemplazó a la apetencia, que hasta los últimos tiempos había sido el sentimiento más noble que caracterizó su comercio con los dioses.

Pero el amor no llegó en un día. Empezó con la apetencia y se desarrolló de ella. «Colmillo Blanco» no huyó, aunque estaba en entera libertad, pues le gustaba este nuevo dios. Ciertamente era una vida mejor que la que había vivido en la jaula de Smith el Bonito. Por otra parte, era necesario que tuviera un dios, pues una de las necesidades de su naturaleza era estar a las órdenes de un ser humano. Su dependencia quedó definitivamente confirmada en aquellos primeros días de su vida, cuando se alejó de la selva y se arrastró hasta los pies de Nutria Gris, sabiendo que le esperaba un castigo. Nuevamente quedó sellado aquel pacto entre «Colmillo Blanco» y el hombre cuando volvió otra vez de la selva, después del período de hambre, cuando abundó otra vez el pescado en el campamento del indio.

Puesto que necesitaba un dios y prefería a Weedon Scott a Smith el Bonito, se quedó en la casa del primero. En demostración de sumisión, se hizo cargo de la guardia de la propiedad de su amo. Rondaba alrededor de la cabaña, cuando dormían los perros que servían para tirar del trineo. El primer visitante que llegó de noche a la vivienda tuvo que defenderse con un palo, hasta que Weedon Scott vino a rescatarle. Pero «Colmillo Blanco» aprendió muy pronto a distinguir a los ladrones de la gente honrada, a juzgar por el modo de caminar o de presentarse. Dejaba seguir su camino al hombre que marchaba pisando fuerte y que se dirigía directamente hacia la puerta de la habitación, aunque no le perdía de vista, hasta que aparecía su amo y le daba el visto bueno. Pero, en cambio, hacía huir repentina y apresuradamente, sin dignidad, sin esperar lo que decía Weedon Scott, al hombre que caminaba suavemente, mirando a todos lados, tratando de ocultarse.

Scott se había propuesto la tarea de redimir a «Colmillo Blanco», o mejor dicho, de redimir a la humanidad del mal que le había hecho. Era una cuestión de principios y de conciencia. Creía que el mal infligido era una deuda de la humanidad y que había que pagarla. Perdía tiempo para ser especialmente bondadoso con él. Se había propuesto acariciarle todos los días y tomarse para ello todo el tiempo necesario.

Al principio, receloso y hostil, «Colmillo Blanco» empezó a gustar de sus caricias. Mas había algo que nunca pudo dejar de hacer: gruñir, empezando con la caricia y terminando con ella. Pero se oía una nueva nota, que un extraño no hubiera advertido, pues para él la voz de «Colmillo Blanco» sería una manifestación de salvajismo primitivo que crispaba los nervios y helaba la sangre. Mas su garganta se había endurecido por emitir sonidos roncos durante muchos años, desde su primer gruñido de enojo cuando era un cachorro, en el cubil, por lo que no podía suavizar ahora su voz para expresar la bondad que sentía. Sin embargo, la simpatía y el oído de Weedon Scott eran lo suficientemente finos como para distinguir la nueva nota de ferocidad apagada, que era sólo la más débil de un suave canto de felicidad y que únicamente él podía oír.

Con el tiempo se aceleró la evolución de apetencia en amor. El mismo «Colmillo Blanco» empezaba a darse cuenta de ello, aunque no tuviera conciencia de lo que era. Se manifestaba en él como un vacío de su ser, como una especie de hambre, como un vacío doloroso de deseo, que exigía satisfacción. Era dolor e intranquilidad, sentimientos que se calmaban sólo mediante la presencia del nuevo dios. En esos momentos el amor era un placer para él, una satisfacción agudamente intensa. Pero cuando se separaban volvía a sentirse poseído de dolor y de intranquilidad, a abrirse nuevamente en él aquel vacío en el que se ahogaba. El hombre le torturaba.

«Colmillo Blanco» estaba en camino de encontrarse a sí mismo. A pesar de su madurez, en cuanto a los años, y a la salvaje rigidez del molde que le había formado, su naturaleza experimentaba una expansión. Florecían en él extraños sentimientos e impulsos involuntarios. Cambiaba su viejo código de conducta. Antes, tendía a buscar su comodidad y a evitar el sufrimiento, le repugnaban el dolor y el esfuerzo, ajustando siempre sus acciones a esas reglas. Ahora era diferente. Los nuevos sentimientos que le dominaban le inducían muchas veces a aceptar la incomodidad y el dolor por su dios. De madrugada, en lugar de dar vueltas o dedicarse a cazar o echarse en un rincón abrigado, esperaba en los desabridos escalones de la cabaña sólo para ver la cara del hombre. De noche, cuando volvía, «Colmillo Blanco» abandonaba el plácido lugar donde dormía, que él mismo se había construido en la nieve, sólo para gustar de la caricia en la cabeza o para oír las palabras de saludo. Hasta olvidaba la carne, la misma carne, para estar con él, o para recibir una caricia, o para acompañarle a la ciudad.

El amor había reemplazado a la apetencia, pues era la sonda que podía llegar a las capas más profundas de su ser, hasta donde nunca había alcanzado la segunda, pero de donde emergía ahora, como respuesta, aquella cosa nueva. Devolvía lo que se le daba. Ciertamente, éste era un dios del amor, radiante y lleno de afecto, a cuya luz, la naturaleza de «Colmillo Blanco» se expandía como una flor al sol.

Pero no demostraba sus afectos con grandes extremos. Era demasiado viejo para eso, su carácter había adquirido ya demasiada rigidez para que pudiera expresarse de forma desusada. Poseía un dominio demasiado grande de sí mismo, se sentía demasiado fuerte en su propio aislamiento. Había cultivado durante mucho tiempo la reticencia, la soledad y el mal humor, lo que hacía imposible que cambiara ahora. Nunca había aprendido a ladrar en su vida y ya no podía hacerlo, ni siquiera para saludar a su dios. Nunca se cruzaba en su camino, la expresión de su afecto nunca era extravagante o tonta. Nunca corría a su encuentro, sino que esperaba a una cierta distancia, que mantenía siempre, pues en todo momento se le encontraba cerca de él. Su amor parecía algo así como una adoración, muda, profunda, silenciosa. Expresaba sus sentimientos sólo mediante la luz de sus ojos, que seguían sin cesar todos los movimientos de Scott. A veces, cuando su amo le hablaba, demostraba estar poseído de una cierta clase de vergüenza, causada por la lucha de su amor que quería expresarse y su incapacidad física para demostrarlo.

Aprendió a ajustarse a su nuevo método de vida. Entendió que no debía molestar a los perros de su amo, no sin que primero se afirmase su naturaleza, y a fuerza de castigo les obligase a reconocer su superioridad y sus condiciones de jefe, conseguido lo cual tuvo muy pocas dificultades, pues le cedían el paso cuando andaba entre ellos y le obedecían sin chistar.

De la misma manera, llegó a tolerar a Matt, como algo que pertenecía también a su mismo amo. Éste rara vez le daba de comer. Lo hacía Matt, puesto que era su obligación. «Colmillo Blanco» adivinaba de quién era el alimento que comía, aunque se lo diera otro. Matt le ató al trineo e intentó que le arrastrara junto con los otros perros, pero fracasó, hasta que Scott le puso el arnés y le dio a entender que quería que tirara. Lo aceptó como voluntad de su amo, no sólo en el sentido de que contribuyera a arrastrar el trineo, sino también en el de que Matt le diera órdenes, como lo hacía con los otros perros.

Los trineos del Klondike diferían de los del Mackenzie en que tenían patines y, además, en el sistema de atar los perros, que no se desplegaban en abanico, sino que formaban una fila, uno detrás de otro, atados mediante correas dobles, a cada lado. Además, en el Klondike, el jefe de los perros era verdaderamente un jefe, pues se elegía para ello al más fuerte y al más inteligente de todos los animales, al que los otros temían y obedecían. Fue inevitable que «Colmillo Blanco» llegase rápidamente a ese puesto, pues no podía satisfacerse con menos, como aprendió Matt a costa de muchos disgustos y sinsabores. «Colmillo Blanco» tomó aquel puesto para sí mismo, sin muchas ceremonias, teniendo Matt que declararse conforme con ello, no sin proferir numerosos juramentos y después de haber intentado otras cosas. Pero aunque trabajaba de día en el trineo, no por eso dejaba de vigilar la propiedad de su amo durante la noche, por lo que no descansaba un momento, siempre en guardia y fiel, el más valioso de todos los perros.

—Si usted me permite decir lo que tengo en la punta de la lengua —manifestó Matt un día—, le diré que usted hizo un excelente negocio cuando pagó aquel precio por este perro. Además de romperle la cara, usted estafó a Smith el Bonito.

En los ojos grises de Weedon Scott brilló una chispa de odio, mientras murmuraba: —¡Esa mala bestia!

A finales de la primavera «Colmillo Blanco» se sintió muy preocupado. Sin previo aviso desapareció su amo. No faltaron signos de advertencia, pero él no entendía esas cosas y no comprendía lo que significaba meter cosas en una maleta de mano. Después recordó que se había procedido a llenarla antes de que se marchara Scott, pero en aquel momento nada sospechó. Esa noche esperó que volviera. A medianoche el viento helado le obligó a refugiarse detrás de la cabaña, donde dormitó, sin conciliar por completo el sueño, alerta el oído para escuchar aquellos pasos familiares. A las dos de la mañana su ansiedad le llevó a echarse en los fríos escalones, donde decidió esperar.

Pero el amo no vino. De mañana se abrió la puerta y salió Matt. «Colmillo Blanco» le miró interrogativamente. No poseía ningún lenguaje común mediante el cual hubiera podido enterarse de lo que quería saber. Pasaron los días pero el amo no aparecía. «Colmillo Blanco», que no sabía lo que era estar enfermo, no pudo moverse.

Se puso tan mal, que finalmente Matt se vio obligado a meterle en la cabaña. Al escribir a Scott no dejó de dedicar las líneas finales a «Colmillo Blanco»: —Ese maldito lobo no trabaja, ni come, no le queda ni coraje; todos los otros perros le corren. Quiere saber noticias suyas y no sé cómo decírselo. Creo que se va a morir.

Como decía la carta, «Colmillo Blanco» había perdido el apetito y el valor, por lo que le derrotaba cualquiera de los otros perros. Estaba echado en la cabaña, cerca de la estufa, sin interesarse ni por el alimento, ni por la vida, ni por Matt, que podía hablarle suavemente o gritarle, pues todo le era indiferente. No hacía más que volver en la dirección de donde provenía la voz, mirando con sus ojos sin brillo y dejando caer otra vez la cabeza sobre las patas delanteras, su posición favorita.

Una noche, mientras Matt leía, moviendo los labios, le hizo saltar de su asiento un gruñido ronco de «Colmillo Blanco», que se había levantado, enderezando las orejas hacia la puerta y escuchando con toda la atención de que era capaz. Un momento más tarde, Matt oyó pasos en los escalones, se abrió la puerta y entró Weedon Scott.

—¿Dónde está el lobo? —preguntó.

Lo descubrió cerca de la estufa, donde había estado siempre, pues no echó a correr hacia él, como hacen los otros perros. Le vigilaba y esperaba.

—¡Por todos los santos! —exclamó Matt—. ¡Fíjese cómo mueve la cola!

Weedon Scott avanzó hasta el medio de la habitación, mientras llamaba a «Colmillo Blanco», que se acercó a él rápidamente, pero sin grandes saltos. Comprendía que era demasiado seco en la expresión de sus sentimientos, pero mientras se acercaba sus ojos adquirieron un extraño brillo. Algo enorme, como una inmensidad de cariño, aparecía en sus ojos, que la transmitía a los dos hombres.

—A mí nunca me miró así mientras usted estuvo fuera —comentó Matt.

Weedon Scott no le oía. Se puso en cuatro patas, cara a cara con «Colmillo Blanco», acariciándole, frotándole las orejas en su nacimiento, pasándole la mano desde el cuello al lomo, dándole golpecitos en el espinazo, con los nudillos. «Colmillo Blanco» gruñía acentuando gradualmente la nota más aguda de su voz.

Pero esto no fue todo. Su alegría, el cariño que sentía pugnaban por encontrar un nuevo modo de expresión, y lo encontraron. De repente metió la cabeza entre el brazo y el cuerpo de Weedon Scott. Oculto allí, pues no se le veían de la cabeza más que las orejas, continuó apretándose contra su amo.

Ambos hombres se miraron. A Scott le brillaban los ojos.

—¡Vaya! —atinó únicamente a decir Matt de puro asombro.

Momentos más tarde, cuando se hubo repuesto de su asombro, agregó:

—Siempre dije que ese lobo era un perro. ¡Fíjese usted en él!

Con la vuelta de su amo «Colmillo Blanco» recuperó rápidamente las fuerzas. Pasó dos noches y un día en la cabaña, después salió. Los otros perros se habían olvidado ya de quién era, recordando sólo las últimas impresiones que tenían de él, de un perro débil y enfermo. Al verle abandonar la habitación se echaron sobre él.

—Que me vengan a contar ahora las peleas que se arman en las tabernas —murmuró Matt, mientras observaba desde la puerta—. ¡Dales una buena, lobo! ¡Un poco más!

«Colmillo Blanco» no necesitaba que lo envalentonaran: bastaba que hubiera vuelto el amo. La vida, espléndida e indomable, corría otra vez por sus venas. Luchaba por exuberancia de alegría, encontrando en ello expresión y desahogo para muchas cosas que de otro modo no tenían salida.

No podía terminar sino de una manera: los perros se dispersaron, ignominiosamente derrotados. Sólo a la noche se atrevieron a volver, dando a entender con su bondad y humildad que se reconocían vasallos de «Colmillo Blanco».

Como éste había aprendido a meter la cabeza entre el brazo y el cuerpo de su amo, lo practicó con mucha frecuencia.

Era todo lo que podía hacer, pues le era imposible pasar de ahí. Siempre había sido particularmente celoso de su cabeza. Nunca le gustó que se la tocaran. Era un resabio de la selva, el miedo al dolor y a la trampa, convertido en un pánico, que no le permitía aguantar el contacto de otro ser. Era un mandato de su instinto que la cabeza debía estar libre. Cuando la escondía entre el brazo y el cuerpo de su amo, se ponía deliberadamente en una posición en la que hubiera sido inútil e imposible toda lucha. Era la expresión de su absoluta confianza en él, de su entrega absoluta; como si hubiera abdicado su voluntad, entregándosela al hombre.

Una noche, poco después de la vuelta de Scott, mientras se encontraba con Matt en la habitación, jugando a los naipes antes de irse a la cama, oyeron un grito y un gruñido fuera. Se levantaron de un salto.

—¡El lobo ha atacado a alguien! —dijo Matt.

Un horrible grito de miedo y de angustia llegó hasta ellos.

—¡Trae una luz! —gritó Scott mientras corría.

Matt le siguió con una lámpara, a cuya luz vieron a un hombre echado de espaldas sobre la nieve. Tenía cruzados los brazos sobre la cara y cuello, con lo que pretendía protegerse de los dientes de «Colmillo Blanco», lo que era evidentemente necesario, pues éste se encontraba poseído de una rabia feroz y trataba malignamente de alcanzar aquel punto vulnerable. Desde el hombro hasta el codo, las mangas de franela azul estaban hechas jirones, mientras que los brazos chorreaban sangre.

Todo esto lo vieron ambos hombres en un instante. Weedon Scott se apresuró a agarrar a «Colmillo Blanco» por el cuello y sacarle de allí, no sin grandes esfuerzos, pues se resistía y mostraba los dientes, aunque bastó finalmente una palabra enérgica de su amo para que se quedara quieto rápidamente.

Matt ayudó a la víctima a levantarse, que bajó los brazos descubriendo la cara bestial de Smith el Bonito. Y Matt le soltó precipitadamente, con la rapidez de un hombre al que le han caído carbones encendidos en las manos. Smith el Bonito pestañeó cuando la luz de la lámpara le dio en la cara. Echó una mirada alrededor, y al ver a «Colmillo Blanco» se pintó en su rostro una expresión de terror.

Al mismo tiempo Matt descubrió dos objetos tirados en la nieve. Acercó la lámpara a ellos y los señaló con el pie a Weedon Scott: una cadena de acero para perros y un buen palo.

Weedon Scott los vio e inclinó la cabeza. No se habló una palabra. Matt asió a Smith el Bonito por los hombros y le hizo dar media vuelta. No era necesario decir nada. El otro echó a andar.

Mientras tanto, Scott acariciaba a «Colmillo Blanco» y le hablaba.

—¿Así que quería robarte, eh? Y a ti no te gustó eso. Bueno, bueno. Parece que cometió un error, ¿eh?

—Smith debe haber creído que le atacaban diecisiete demonios juntos —dijo Matt burlonamente.

«Colmillo Blanco», todavía excitado y erizado el pelo, gruñía, mientras su pelambre volvía a su posición normal, resonando cada vez más débilmente la nota más alta, que expiraba en su garganta.

QUINTA PARTE

CAPÍTULO PRIMERO

EL LARGO VIAJE

Estaba en el aire. «Colmillo Blanco» presentía la futura calamidad antes de tener alguna demostración evidente de ella. De una manera vaga comprendió que se avecinaba un cambio. No sabía cómo ni por qué, pero los dioses mismos le comunicaron lo que iba a ocurrir. De un modo más sutil de lo que ellos sospechaban, delataron sus intenciones al perro-lobo que rondaba la cabaña y que, aunque ahora nunca entraba en ella, comprendía lo que pasaba en la mente de ambos hombres.

—¡Oiga usted eso! —exclamó Matt una noche mientras cenaban.

Weedon Scott escuchó. A través de la puerta se oía un aullido prolongado y ansioso, parecido a un sollozo reprimido que fuera escasamente audible. Se vio después olisquear a «Colmillo Blanco», como si quisiera convencerse de que su dios estaba todavía dentro y no había emprendido su largo y solitario viaje.

—Creo que ese lobo está por usted —dijo Matt.

Weedon Scott echó una mirada a su compañero con ojos que querían expresar un ruego, aunque sus palabras le desmentían.

—¿Qué diablos puedo hacer con un lobo en California? —preguntó.

—Eso es lo que digo yo —respondió Matt—. ¿Qué diablos puede usted hacer con un lobo en California?

Pero esto no era una satisfacción para Weedon Scott. El otro parecía juzgarle sin comprometerse.

—Los perros de allí no podrán hacerle frente —prosiguió Scott—. Los mataría en cuanto los viera. Me obligaría a declararme en quiebra, a fuerza de pagar daños y perjuicios. La Policía me lo quitaría para hacerle electrocutar.

—Ya sé que es un verdadero asesino —comentó Matt.

Weedon Scott le miró inquisitivamente.

—Es imposible —dijo, dando muestras de haber llegado a una decisión.

—Es imposible —corroboró Matt—. ¡Vaya! Usted tendría que tomar un hombre nada más que para que le cuidase.

Weedon Scott ya no se mostraba receloso. Inclinó la cabeza en señal de rotundo asentimiento. En el silencio que siguió a las últimas palabras se oyó nuevamente lo que parecía un sollozo ahogado y después el olfateo insistente e inquisitivo.

—Es imposible negar que está por usted —insistió Matt.

El otro le miró, poseído repentinamente de rabia.

—¡Maldita sea! ¡Si sabré yo lo que me conviene!

—Conformes, sólo que...

—¿Sólo qué? —inquirió Scott súbitamente.

—Sólo... —dijo Matt suavemente, pero enseguida cambió de idea, dejando percibir su propia rabia—. Bueno, usted no necesita enojarse por ello. A juzgar por sus maneras se podría decir que no sabe qué hacer.

Weedon Scott luchó consigo mismo durante un momento, diciendo después:

—Tienes razón, Matt. No sé qué hacer y ahí está todo. ¡Vaya! Sería completamente ridículo llevarme ese perro —estalló después de una pausa.

—Conforme —contestó Matt, sin que por ello Scott quedara satisfecho.

—Pero ¿de dónde diablos sabe que usted se va? He aquí lo que no entiendo —prosiguió ingenuamente Matt.

—Es más de lo que puedo entender —respondió Scott sacudiendo tristemente la cabeza.

Finalmente llegó un día en el que «Colmillo Blanco», a través de la puerta abierta, vio el baúl fatal en el suelo, dentro del que su amo metía las cosas. Llegaba y se iba gente, y la atmósfera antes tan tranquila de la habitación estaba extrañamente perturbada. Era ya imposible cerrar los ojos a la evidencia, que «Colmillo Blanco» había presentido mucho antes, pero que ahora razonaba. Su dios se preparaba para un largo viaje. Puesto que no le había llevado consigo la primera vez era de esperar que ahora le dejase también.

Aquella noche lanzó el largo aullido del lobo, como había hecho cuando era cachorro, cuando volvió aterrorizado de la selva al campamento, para encontrar que había desaparecido y que no quedaban de él sino montones de escombros, que indicaban dónde había estado situada la cabaña de Nutria Gris. Elevó el hocico hacia las estrellas y les cantó su congoja.

Dentro de la habitación los dos hombres se disponían a acostarse.

—Ha dejado de comer otra vez —hizo notar Matt desde su catre.

Scott murmuró algo incomprensible y se revolvió dentro de las mantas.

—A juzgar por lo que hizo cuando usted se fue, no me extrañaría que se muriese.

En el otro catre se agitaron las mantas aún más intensamente.

—¡Cállate de una vez! —gritó Scott en la oscuridad—. ¡Eres peor que una mujer!

—Conforme —respondió Matt, y Scott se preguntó si su compañero se burlaba.

Al día siguiente la ansiedad y la intranquilidad de «Colmillo Blanco» fueron aún más evidentes. No perdía pisada a su amo, en cuanto salía de la cabaña, y no se apartaba de la puerta en cuanto entraba. Al baúl se habían unido ahora dos maletas grandes y una caja. Matt arrollaba las mantas y el abrigo de pieles formando un pequeño paquete, mientras «Colmillo Blanco» no podía ocultar su angustia al ver aquello.

Más tarde llegaron dos indios. Les observó cuidadosamente mientras llevaban, por el camino que conducía al valle, los dos baúles sobre los hombros, guiados por Matt, que conducía el atado de las mantas, las pieles y la maleta. «Colmillo Blanco» no les siguió, pues el amo estaba dentro de la cabaña. Al cabo de algún tiempo regresó Matt. El amo salió a la puerta e hizo entrar a «Colmillo Blanco».

—¡Pobre animal! —dijo amablemente, mientras le acariciaba las orejas y le daba palmadas en el lomo—. Voy a emprender un largo viaje, y tú no puedes seguirme. Dame un buen gruñido, el último, el de despedida.

Pero «Colmillo Blanco» se negó a hacerlo. En vez de eso, después de echarle una mirada inteligente y escrutadora, metió su cabeza entre el brazo y el cuerpo de su amo.

—¡Eso es el colmo! —gritó Matt. Desde el Yukón llegó el ruido de la ronca sirena de un barco—. ¡Apresúrese usted! Cierre bien la puerta delantera, que yo haré lo mismo con la de atrás. ¡Vamos!

Las dos puertas se cerraron de un golpe en el mismo momento. Scott esperó a que Matt llegara al frente de la cabaña, desde cuyo interior se oían otra vez aquellos sollozos ahogados y el olfateo intenso de «Colmillo Blanco».

—Debes cuidarle bien, Matt —dijo Scott cuando se pusieron en camino—. Escríbeme cómo le va.

—Claro que lo haré —aseguró Matt—. ¡Pero escúcheme...!

Ambos se detuvieron. «Colmillo Blanco» aullaba como un perro a quien se le ha muerto el amo. Clamaba su profundo dolor, quebrándose el grito a medida que se elevaba, en gemidos que destrozaban el corazón, para morir en un lamento tristísimo, elevándose otra vez con cada nuevo ataque de dolor.

El Aurora era el primer barco que llegaba desde el exterior en aquella estación del año. Sus puentes estaban llenos de aventureros sin fondos y de empobrecidos buscadores de oro, tan ansiosos los unos como los otros por salir de allí, con ganas de penetrar en la región. Cerca de la planchada Scott iba a dar un apretón de manos a Matt, que se preparaba a abandonar el barco. Pero ambas manos nunca se encontraron, pues la de Matt quedó en el aire al distinguir algo sobre el puente: sentado allí, a varios metros de distancia, observándoles con mirada inteligente, estaba «Colmillo Blanco».

Matt lanzó por lo bajo un juramento, verdaderamente asustado. Scott estaba tan asombrado que no atinaba a decir palabra.

—¿Cerró usted con llave la puerta delantera? —preguntó Matt.

El otro asintió con la cabeza y preguntó:

—¿Y la puerta de atrás?

—Puede usted apostar lo que quiera: quedó cerrada.

«Colmillo Blanco» bajó las orejas, como si quisiera congraciarse, pero no intentó acercarse.

—Tendré que llevarle a tierra conmigo.

Matt avanzó unos pasos hacia «Colmillo Blanco», pero éste se alejó tranquilamente y sin prisa. Su perseguidor echó a correr detrás de él, pero lo que trataba de alcanzar se deslizaba velozmente entre las piernas de los hombres. Agachándose, dando vueltas, encorvándose, se deslizaba por el puente, eludiendo los esfuerzos del hombre por apresarle.

Pero cuando habló el dios del amor, «Colmillo Blanco» obedeció al instante.

—No acude a las manos que le han alimentado durante todos estos meses —exclamó resentido Matt—. Usted nunca le dio de comer, excepto los primeros días, cuando trabaron amistad. Que me ahorquen si comprendo cómo sabe que usted es el amo.

Scott, que acariciaba a «Colmillo Blanco», se inclinó de repente, notando entonces que tenía varias heridas recién hechas, particularmente una entre los ojos.

Matt se inclinó y pasó la mano por el vientre del animal.

—Claro, nos olvidamos de la ventana. Tiene varias heridas en el vientre. Debe haber pasado por ella como un proyectil.

Pero Scott no le escuchaba. Pensaba rápidamente. La sirena del Aurora dio la última señal para que los visitantes abandonaran el barco. Los hombres corrían por la planchada. Matt se quitó la bufanda que llevaba alrededor del cuello y se dispuso a ponérsela a «Colmillo Blanco», a manera de collar, pero Scott le detuvo.

—Bueno, adiós, Matt... En lo que respecta al lobo, no hace falta que escribas..., verás... Me he decidido...

—¡Cómo! —estalló Matt—. ¿No irá usted a llevárselo?

—Eso es lo que pienso hacer. Aquí está tu bufanda. Yo te escribiré acerca de él.

Matt se detuvo en la mitad de la planchada.

—No aguantará el clima —gritó—. A menos que le corte usted el pelo al rape en verano.

Levantaron la planchada. El Aurora se separó de la orilla mientras Weedon Scott saludaba por última vez. Después se dirigió hacia «Colmillo Blanco» y se detuvo a su lado.

—Ahora puedes aullar todo lo que quieras, maldito —dijo mientras le acariciaba la cabeza y las orejas.

CAPÍTULO II

Las tierras del sur

«Colmillo Blanco» desembarcó en San Francisco. Estaba asustado. En lo más profundo de su ser, más allá de cualquier razonamiento o acto consciente, asoció siempre el poder con la divinidad. Pero nunca los hombres blancos le habían parecido tan maravillosos como entonces, cuando recorría las estrechas calles de la ciudad. Las cabañas de troncos que había conocido eran aquí edificios, verdaderas torres. Las calles estaban llenas de peligros: camiones, coches, automóviles, grandes y poderosos caballos que arrastraban enormes cargas, tranvías eléctricos que parecían colgar de un cable, que aullaban y hacían sonar sus campanas a través de la niebla, con el mismo grito agudo de los linces que él conoció en las tierras del Norte.

Todo eso era una manifestación del Poder. Detrás de ella estaba el hombre, gobernando e inspeccionando, expresándose a sí mismo, como siempre, mediante su dominio sobre la materia. Era algo colosal y gigantesco, que aterrorizaba a «Colmillo Blanco». Así como había sentido su pequeñez y debilidad cuando siendo todavía cachorro llegó desde la selva a la aldea de Nutria Gris, ahora, cuando había llegado a la edad adulta alcanzando el máximo desarrollo, se sentía igualmente indefenso. ¡Había tantos dioses...! Le mareaba su abundancia. El ruido de las calles le rompía los oídos. Le daba vértigo aquel continuo fluir y moverse de las cosas. Como nunca, sintió que dependía de su amo, cuyas pisadas no perdía, aunque ocurriese cualquier cosa.

Pero «Colmillo Blanco» no había de tener más que una visión de pesadilla de aquella ciudad: algo así como un mal sueño, terrible e irreal, que le persiguió aún mucho tiempo después cuando dormía. Su amo le metió en un vagón de carga, encadenándole en un rincón, entre un montón de maletas y baúles. Allí mandaba un dios gordo y de color bastante oscuro, que hacía mucho ruido pasando la carga de un lado para otro, metiéndola por la puerta y amontonándola, o al revés, echándola fuera, con un estrépito enorme, donde la agarraban otros dioses, que estaban esperando.

Su amo abandonó a «Colmillo Blanco» en aquel infierno donde se guardaba la carga. Por lo menos, así lo creyó el lobo, hasta que por el olfato descubrió que sus baúles se encontraban a su lado, procediendo entonces a montar guardia sobre ellos.

—Ya era hora de que viniera usted —gruñó el dios oscuro, una hora más tarde, cuando apareció Weedon Scott por la puerta—. Este perro de usted no me deja tocar ninguna de sus cosas.

«Colmillo Blanco» quedó asombrado al salir del vagón, pues había desaparecido la ciudad de pesadilla. El coche de ferrocarril no había sido para él más que una habitación como cualquier otra, rodeada por la ciudad, cuando entró en ella, pero que mientras tanto había desaparecido. Por lo menos ya no le dolían los oídos del ruido. Ante él se desplegaba un sonriente paisaje campesino, donde brillaba el sol, poseído de una quietud que daba la impresión de haraganería. Pero tuvo muy poco tiempo para maravillarse de la transformación. La aceptó resignado, como tantas otras cosas inexplicables de los dioses. Era su manera de obrar.

Les esperaba un coche. Un hombre y una mujer se acercaron al amo. La última pasó su brazo por la espalda del dios y lo atrajo hacia sí; un acto de hostilidad. Weedon Scott se separó inmediatamente y se apoderó de «Colmillo Blanco», que estaba convertido en un demonio furioso.

—Está bien, mamá —dijo, sin soltar a «Colmillo Blanco», tratando de calmarle—. Creyó que ibas a hacerme daño, cosa que él no podría aguantar. Está bien. Está bien. Ya aprenderá.

—Mientras tanto, espero que podré abrazarte cuando el perro no esté cerca —dijo la señora riendo, aunque estaba pálida y asustada.

Miraba a «Colmillo Blanco», que mostraba los dientes y tenía una mirada amenazadora.

—Tendrá que aprender, y empezaremos enseguida, sin dejarlo para más adelante —dijo Scott.

Habló suavemente a «Colmillo Blanco», hasta que éste se calmó. Entonces su voz se hizo firme, ordenándole que se echara, una de las cosas que su amo le había enseñado, y que hizo esta vez resistiéndose y de mala gana.

—Ven, mamá.

Scott abrió los brazos sin perder de vista a «Colmillo Blanco», a quien ordenó otra vez que no se levantara.

«Colmillo Blanco» erizó el pelo en silencio, levantó la cabeza y volvió a echarla otra vez, mientras observaba cómo se repetía aquel acto hostil, del cual no pareció resultar ningún daño, así como tampoco del otro dios. Se colocó el equipaje en el coche, al que subieron su amo y los extraños dioses. «Colmillo Blanco» le siguió siempre vigilando, unas veces detrás del coche, otras al lado de los caballos, que arrastraban tan velozmente el vehículo, para advertirles que él estaba allí y que no iba a permitir que hicieran ningún daño a su amo.

Después de un cuarto de hora el coche pasó por un portón de piedra y entró por una avenida, a ambos lados de la cual crecían nogales. Más allá se extendían praderas, en las que, a intervalos irregulares, se elevaban grandes robles. Cerca, los campos de heno lucían su áureo color al sol, formando contraste con el verde que se interponía entre ellos y el camino. Aún más allá se observaban colinas pardas y altos terrenos de pastos. En una suave elevación del valle se encontraba la casa, de numerosas ventanas.

«Colmillo Blanco» apenas tuvo oportunidad de observar todo aquello. En cuanto el coche atravesó el portón, le atacó un perro pastor, de ojos brillantes y hocico fino, poseído de una justa indignación, que se colocó entre el coche y él, cortándole el camino. «Colmillo Blanco» no mostró los dientes ni dio ninguna otra señal de advertencia, sino que sólo erizó el pelo, mientras corría hacia el otro animal, dispuesto a dar el golpe mortal. Pero nunca llegó al final de su carrera, sino que se detuvo bruscamente, rígidas las piernas, tratando de frenar su impulso, casi sentándose sobre las patas traseras, tantos deseos tenía de evitar el contacto con aquel a quien estaba a punto de atacar. Era una perra, sobre la cual la ley de su raza extendía su mano protectora, por lo que hubiera sido necesaria una verdadera rebelión contra sus inclinaciones naturales para atacarla.

Pero ella no pensaba así, pues como hembra no tenía ese instinto. Por otra parte, por pertenecer a la raza de los perros pastores, su miedo inconsciente de la selva, y especialmente del lobo, era extraordinariamente intenso. Para ella «Colmillo Blanco» era un lobo, el merodeador hereditario, que había atacado sus rebaños, desde el primer día en que un hombre confió a sus antepasados el cuidado de sus ovejas. Mientras trataba de evitar su contacto, ella saltó sobre él. «Colmillo Blanco» mostró involuntariamente los dientes al sentir los de ella en su cuello, pero no pasó de ahí por miedo a hacerle daño, sino que retrocedió avergonzado, rígidas las patas, tratando de seguir al coche, sin tener que vérselas con ella. Se desvió del camino, dio vueltas e intentó pasarla: todo fue inútil; ella siempre se encontraba entre el vehículo y él.

—¡Ven aquí, «Collie»! —gritaron desde el coche.

Weedon Scott se rio.

—No se preocupe usted, padre. Es una buena disciplina. «Colmillo Blanco» tendrá que aprender muchas cosas y es mejor que lo inicie ahora mismo. Ya aprenderá.

El coche seguía su camino, pero «Collie» se interponía siempre entre el vehículo y él. Intentó salir del paso metiéndose por la pradera, a ambos lados de la senda y describiendo allí un arco de círculo que le llevara otra vez al camino, pero todo era inútil: «Collie» estaba siempre delante de él, mostrándole sus dos hileras de blancos dientes. Cruzó la senda y trató de adelantarse por el campo del otro lado, con el mismo resultado negativo. El coche donde iba el amo se perdió de vista a lo lejos.

«Colmillo Blanco» todavía pudo observarlo, antes de que desapareciera entre los árboles. La situación era desesperada. Intentó dar otra vuelta, pero lo seguía siempre, corriendo velozmente. Repentinamente, se echó sobre ella, golpeando su paletilla contra la de ella, utilizando su vieja treta. No sólo la volteó, sino que la hizo dar varias vueltas sobre sí misma, mientras trataba inútilmente de aferrarse, gritando agudamente de indignación y de orgullo herido.

«Colmillo Blanco» no esperó más. Quedaba libre el camino y eso era lo que necesitaba. Echó a correr seguido por «Collie», que no cesaba de gritar. El camino se abría en línea recta ante él, por lo que podía enseñarle unas cuantas cosas a su enemiga, que corría con toda la energía de que era capaz, histéricamente, denunciando a cada paso el esfuerzo que le costaba mientras «Colmillo Blanco» se deslizaba sin esforzarse, alejándose silenciosamente de ella, como si fuera una sombra que corriera por la senda.

Divisó el vehículo al dar vuelta a la casa acercándose al pórtico de entrada, donde se había detenido para que descendieran sus ocupantes. En aquel momento, mientras corría con toda la velocidad de que eran capaces sus patas, «Colmillo Blanco» comprendió que era inminente un ataque de flanco. Era un galgo, utilizado para la caza de venados, que se le venía encima y cuyo ataque trató de evitar. Pero corría demasiado ligero y el perro estaba ya muy cerca. Le golpeó en el costado con tal fuerza y velocidad que «Colmillo Blanco» cayó al suelo, donde dio una vuelta completa. Se levantó inmediatamente, poseído de una rabia de loco, las orejas echadas hacia atrás, vibrándole los labios y la nariz, mientras se cerraban convulsivamente sus mandíbulas, que por milagro no habían apretado entre sí el blanco cuello de su atacante.

El amo corrió a toda velocidad hacia el lugar del encuentro, pero se encontraba demasiado lejos, por lo que fue «Collie» la que salvó la vida del perro. Llegó exactamente en el momento en que «Colmillo Blanco» se disponía a echarse otra vez sobre su enemigo para cortarle la yugular, sin errar el golpe esta vez. «Colmillo Blanco» la había engañado con sus maniobras y había corrido más velozmente que ella, sin contar con que la había tirado al suelo sin contemplaciones. Cayó sobre él como un huracán de indignación, ofendida, rabia justificada y odio instintivo por aquel merodeador de la selva. Chocó con «Colmillo Blanco» en ángulo recto con él, derribándolo una vez más.

En aquel momento llegó el amo, que con una mano apartó a «Colmillo Blanco», mientras su padre llamaba a los otros.

—Creo que es una buena recepción para un pobre lobo solitario del Ártico —dijo el amo mientras calmaba a «Colmillo Blanco», acariciándole—. En toda su vida sólo se sabe que lo hayan derribado una vez, y en cuanto llega aquí le hacen perder el equilibrio dos veces.

El coche se alejó. Otros dioses extraños salieron de la casa. Algunos se mantuvieron a una respetuosa distancia, pero dos mujeres realizaron el acto hostil de abrazar al amo. Sin embargo, «Colmillo Blanco» empezaba a tolerarlo, pues no parecía resultar nada malo de ello. Por otra parte, los ruidos que hacían los dioses no tenían nada de amenazador. Pretendieron acercarse a «Colmillo Blanco», pero éste, mostrando los dientes, les advirtió que no lo hicieran, corroborándolo su amo con palabras. En esta ocasión «Colmillo Blanco» se arrimó estrechamente a las piernas de Scott, mientras éste le tranquilizaba con golpecitos en la cabeza.

El perro, que se llamaba «Dick», obedeciendo órdenes se había echado en el porche, sin dejar de gruñir y de vigilar estrechamente al intruso. Una de las mujeres se había acercado a «Collie», abrazándola y acariciándola. Pero ella estaba todavía profundamente ofendida, sin encontrar la perdida tranquilidad, herida en sus sentimientos por la presencia de aquel lobo y plenamente convencida de que sus amos cometían un gravísimo error.

Todos los dioses subieron las escaleras para entrar en la casa, siguiendo «Colmillo Blanco» los pasos de su amo. En el porche «Dick» gruñó, a lo que no dejó de responder «Colmillo Blanco» de la misma manera, y erizando el pelo además.

—Haz entrar a «Collie» y que esos dos arreglen sus diferencias como puedan —sugirió el padre de Scott—. Después serán amigos.

—En ese caso, para demostrar su amistad, «Colmillo Blanco» será uno de los principales asistentes del funeral de Dick —respondió su hijo, riéndose.

—Quieres decir que...

Weedon asintió:

—Eso mismo. «Dick» estaría muerto en un minuto, o dos, cuando mucho.

—Vamos, lobo, es a ti a quien hay que encerrar —dijo, dirigiéndose a «Colmillo Blanco».

Éste subió por los peldaños con las patas rígidas, levantada la cola, sin apartar los ojos de «Dick», en guardia contra un posible ataque de flanco, preparado, al mismo tiempo, contra cualquier cosa desconocida que pudiera asaltarle desde el interior de la casa. Pero no ocurrió nada. En cuanto estuvo dentro exploró cuidadosamente los alrededores, buscándolo sin encontrar nada. Entonces se echó con un gruñido de satisfacción a los pies de su amo, observando todo lo que pasaba, siempre atento a saltar y a luchar por su vida contra los peligros que sentía debían de estar ocultos en aquella casa, que a él le parecía una trampa.

CAPÍTULO III

El dominio de los dioses

No sólo «Colmillo Blanco» era adaptable por naturaleza, sino que además había viajado mucho y conocía el significado y la necesidad de acomodarse al ambiente. Allí en Sierra Vista, nombre de la propiedad del juez Scott, aprendió pronto a sentirse como en su casa. No tuvo ningún otro conflicto serio con los perros. Ciertamente, ellos sabían mucho más que él acerca de los métodos de los dioses de las tierras del Sur. A sus ojos «Colmillo Blanco» adquirió carta de ciudadanía cuando los dioses le hicieron entrar en la casa. Aunque era un lobo, y se tratase de un caso sin precedentes, habían sancionado su presencia y ellos, sus perros, no podían hacer otra cosa que reconocer su voluntad.

Naturalmente, «Dick» tuvo que pasar por algunos malos trances antes de aceptar a «Colmillo Blanco» como parte de la hacienda. Si las cosas hubieran ocurrido como deseaba el perro, hubieran sido buenos amigos, pero a «Colmillo Blanco» no le gustaban las amistades. Todo lo que pedía a sus congéneres era que le dejasen tranquilo. Toda su vida se había mantenido alejado de los de su raza y ahora tampoco deseaba otra cosa. Le aburrían las tentativas de «Dick» de entablar amistad, por lo que le obligaba a alejarse mostrándole los dientes. En las tierras del Norte había aprendido que no debía molestar a los perros de su amo, lección que por cierto no había olvidado. Pero insistía en su propia soledad, y aparentaba ignorar la presencia de «Dick», de tal modo que aquel perro tan bueno acabó por no hacerle caso tampoco interesándose tanto por «Colmillo Blanco» como por el poste donde se ataban los caballos y que se encontraba cerca del establo.

«Collie» obró de distinta manera. Le aceptaba por ser una orden de los dioses, pero eso no significaba que debía dejarle en paz. Entrelazados en su memoria estaban los innumerables crímenes que «Colmillo Blanco» y los de su raza habían cometido contra la de «Collie». Ni en un día, ni en una generación, era posible olvidar los destrozos que habían causado en las majadas. Todo esto la aguijoneaba, la inducía a tomar venganza. No podía atacarle delante de los dioses, que permitían su presencia, pero eso no era impedimento para que le hiciera la vida imposible con pequeñas molestias. Entre ellos se alzaba un feudo, que provenía de muchas generaciones anteriores, y en cuanto a ella, no lo olvidaría.

«Collie» se aprovechaba de su sexo para atacar a «Colmillo Blanco» y maltratarle. Su instinto no le permitía pagarle con la misma moneda y su insistencia impedía que se la ignorase. Cuando le atacaba, él se volvía exponiendo sólo a sus dientes su paletilla bien protegida por el pelo, y luego se alejaba con las patas rígidas orgullosamente. Cuando insistía demasiado, «Colmillo Blanco» estaba obligado a describir un círculo presentando siempre la paletilla y alejando la cabeza de ella, con una expresión resignada y aburrida en sus ojos. Sin embargo, a veces un mordisco en los cuartos traseros apresuraba su retirada, en la que «Colmillo Blanco» perdía todo su orgullo. Pero generalmente se las arreglaba para mantener una dignidad casi solemne. En cuanto le era posible, fingía ignorar su existencia y acostumbraba apartarse de su camino. Si la oía o la veía venir, se levantaba y se alejaba.

En otras cosas tenía también «Colmillo Blanco» mucho que aprender. La vida en las tierras del Norte era la simplicidad misma comparada con la complejidad de Sierra Vista. Ante todo debía conocer a la familia de su amo, para lo cual estaba relativamente preparado, pues así como Mit-sah y Klu-kuch pertenecían a Nutria Gris y compartían su fuego, su alimento y sus mantas, todos los habitantes de Sierra Vista pertenecían a su amo.

Pero había algunas diferencias. Sierra Vista era una cosa mucho más compleja que el vivac de Nutria Gris, pues había que considerar un número mayor de personas: el juez Scott y su esposa; las dos hermanas de su amo, Isabel y María; su esposa Alicia y sus hijos, Weedon y Maud, de cuatro y seis años de edad, respectivamente. No había nadie capaz de explicarle la existencia de todas esas personas y de sus mutuos lazos de sangre, pues «Colmillo Blanco» no sabía lo que era el parentesco y nunca sería capaz de entenderlo. Sin embargo, comprendió muy pronto que todas aquellas personas eran posesión de su amo. Por la observación, en cuanto se ofrecía la oportunidad, estudiando los ademanes y el tono de la voz, comprendió lentamente el grado de intimidad y de confianza que les unía a él. Según esta norma les trataba. Lo que era valioso para su amo lo era también para él; lo que él amaba, «Colmillo Blanco» lo estimaba y vigilaba estrechamente.

Así ocurrió con los dos niños. Siempre había odiado a las criaturas, pues temía sus manos. No eran de cariño las lecciones que había aprendido de ellas, sino de tiranía y crueldad, en los campamentos de los indios. Cuando Weedon y Maud se le acercaron por primera vez, gruñó como una advertencia y su mirada adquirió un fulgor maligno. Un golpe del amo y unas palabras enérgicas le indujeron a permitir sus caricias, aunque gruñó y gruñó, mientras aquellas manitas paseaban por su lomo, sin que su voz tuviera ninguna nota de ternura. Más tarde comprendió que el chico y la chica eran de gran valor para su amo. Desde entonces no se precisaron voces de orden para que tolerase sus caricias.

Sin embargo, el afecto de «Colmillo Blanco» no era muy efusivo. Cedía a los deseos de los hijos con mala cara, aunque honradamente. Aguantaba sus tonterías, propias de chiquillos, como un hombre que se somete a una operación dolorosa. Cuando ya no podía soportar más, se levantaba y se alejaba con su paso altivo. Pero después de algún tiempo llegó a amarles, sin hacer por ello ningún aspaviento. Nunca se levantaba para recibirles, pero en lugar de alejarse al verles, esperaba que se le reunieran. Más adelante, alguien notó que se le iluminaban los ojos cuando les veía acercarse y que les seguía con una mirada triste, como si se sintiera abandonado cuando se alejaban para dedicarse a otros juegos.

Todo esto era una cuestión de aprendizaje y necesitaba tiempo. Después de los niños, a quien tenía más respeto era al juez Scott, para lo que probablemente había dos razones: ante todo era una valiosa posesión de su amo y además, como él, era muy poco expansivo. A «Colmillo Blanco» le gustaba echarse a sus pies, cuando leía el periódico, sentado en el porche, favoreciéndole, de cuando en cuando, con una mirada o con una palabra, demostraciones no molestas de que reconocía su presencia y existencia. Pero sólo hacía eso cuando el amo no estaba cerca, pues en cuanto aparecía, todas las otras cosas dejaban de existir para «Colmillo Blanco».

Ahora permitía que todos los miembros de la familia le acariciasen, pero nunca les pagaba como al amo. Ninguna de sus caricias podía hacer que apareciera en su voz aquella nota de ternura, y por mucho que se esforzaran, no podían conseguir que metiera su cabeza debajo del brazo. Esta expresión de languidez y de entrega, de absoluta confianza, la reservaba sólo para él. De hecho consideraba a los demás miembros de la familia como posesión suya.

«Colmillo Blanco» distinguía perfectamente a los familiares de la servidumbre, que le tenían miedo aunque él se abstenía de atacarlos, pues los consideraba también parte de la propiedad. Entre ellos y «Colmillo Blanco» existía una neutralidad armada: nada más. Preparaban la comida del amo, limpiaban los platos y hacían las mismas cosas que había hecho Matt allá en el Klondike. En una palabra, pertenecían a la casa.

Fuera de ella «Colmillo Blanco» tenía aún mucho que aprender. Los dominios del amo eran vastos y complejos, aunque tenían sus límites. La tierra cesaba en el camino real, dominio común de todos los dioses: las calles y caminos. Más allá de los alambrados o de las rejas empezaban los dominios de otros dioses. Un número infinito de leyes regulaba todas estas cosas y determinaba la conducta de cada cual. Pero él no dominaba su lenguaje ni tenía ningún medio de aprenderlas sino por experiencia. Obedecía sus impulsos naturales hasta que comprendía que había violado alguna ley. Después de varios errores la aprendía y la observaba siempre.

Pero el método más eficaz de su educación era un golpe o una palabra de censura de su amo. Debido al cariño que le tenía, un simple golpe del amo era para él más doloroso que cualquiera de los azotes que había recibido de Nutria Gris o de Smith el Bonito, pues ellos sólo herían su carne, debajo de la cual el espíritu rabiaba siempre, espléndido e indomable. Pero los golpes de Scott eran siempre demasiado livianos como para herirle en la carne: llegaban aún más profundamente. Eran una expresión de desaprobación por parte del amo y el espíritu de «Colmillo Blanco» se retorcía debajo de ellos.

De hecho, muy rara vez le golpeaba, pues bastaba con una advertencia verbal, por la que «Colmillo Blanco» sabía si obraba bien o no, y a la cual ajustaba su conducta y sus acciones. Era la brújula y la carta mediante las cuales se orientaba y aprendía a sortear los peligros de las costumbres de aquella nueva tierra y de su vida, tan distinta de la anterior.

En las tierras del Norte el único animal domesticado era el perro: todos los otros vivían en la selva, y si bien no eran muy grandes, constituían la presa legítima de cualquier can. Durante toda su vida «Colmillo Blanco» había matado las cosas vivientes para poder alimentarse. No le cabía en la cabeza que allí fuera distinto. Pero tuvo que aprenderlo en aquella hacienda del Valle de Santa Clara. Paseando alrededor de la casa, una mañana temprano, tropezó con un pollito que se había escapado del gallinero. El primer impulso natural de «Colmillo Blanco» fue comérselo. Un par de saltos, unos dientes que brillaban, un polluelo asustado y se tragó aquella avecilla que, como había sido criada artificialmente, estaba gorda y tierna. «Colmillo Blanco» se pasó la lengua por los labios y hubo de convenir que aquel alimento era excelente.

Aquel mismo día, un poco más tarde, se encontró con otro aventurero cerca de las caballerizas. Uno de los encargados de ellas echó a correr para salvar al pollo. Como no conocía la raza de «Colmillo Blanco», tomó un látigo corto. Al sentir el primer latigazo abandonó al pollo y atacó al hombre, que hubiera podido detenerle con un palo, pero no con eso. En silencio, sin retroceder un paso, atacó por segunda vez. Cuando el hombre comprendió que quería saltar a la garganta, tiró el látigo, se la cubrió con las manos y gritó:

—¡Dios mío!

Consecuencia de aquel encuentro fue que salió de la pelea con la carne del brazo desgarrada hasta el hueso.

El hombre estaba profundamente aterrorizado, no tanto por la ferocidad de «Colmillo Blanco» como por la forma silenciosa en que atacaba. Trató de refugiarse en la caballeriza, protegiéndose la cara y la garganta con el brazo destrozado que sangraba. Se habría ido bastante mal si no hubiera aparecido «Collie» por allí, que le salvó la vida como lo había hecho con «Dick». Se arrojó sobre «Colmillo Blanco», poseída de una rabia furiosa. Ella había tenido razón; había acertado donde aquellos dioses tontos se habían equivocado. Quedaban justificadas todas sus sospechas: aquel viejo merodeador volvía a las andadas.

El hombre se refugió en la caballeriza, mientras «Colmillo Blanco» retrocedía ante los malignos dientes de «Collie», le presentaba el costado y daba vueltas y vueltas. Pero contra su costumbre, no cejó esta vez, como solía hacerlo después de castigarle. Por el contrario, aumentaba su enojo, hasta que, finalmente, «Colmillo Blanco», perdida por completo la dignidad, huyó delante de ella a través de los campos.

—Tiene que aprender a no comer los pollos —dijo el amo—, pero no puedo darle una lección hasta que le agarre con las manos en la masa.

Dos noches más tarde se ofreció la oportunidad, aunque en una escala más amplia de lo que el amo había anticipado. «Colmillo Blanco» había observado atentamente los gallineros y las costumbres de sus habitantes. De noche, cuando todas las aves dormían, subió a una pila de cajones, desde donde saltó hasta el techo a dos aguas del gallinero, pasó por el palo horizontal que le sostenía y se arrojó adentro de un salto. Un momento más tarde, empezó la degollina.

De mañana, cuando el amo salió de casa, se encontró con cincuenta gallinas Leghorn muertas, puestas en fila por el hombre a quien «Colmillo Blanco» había herido en el brazo. Silbó, primero de asombro y después de admiración. Mirando a su alrededor observó a «Colmillo Blanco», cuya mirada era absolutamente inocente sin demostrar ni vergüenza ni culpabilidad. Se mantenía orgullosamente sobre sus patas, como si hubiera hecho alguna cosa meritoria y digna de elogio. Nada en él denotaba conciencia del pecado. El amo apretó los labios al tener que hacer frente a aquella desagradable necesidad. Habló duramente al culpable, sin que se notara en su voz otra cosa que una rabia divina. Obligó a «Colmillo Blanco» a oler nuevamente las gallinas muertas, mientras le propinaba algunos buenos golpes.

Nunca volvió a saquear un gallinero. Había aprendido que era un acto contrario a la ley. Entonces el amo le llevó allí. Su impulso natural, en cuanto vio aquel alimento viviente, fue echarse sobre él. Obedeció al instinto, pero la voz de su amo le detuvo. Continuaron paseando por allí durante media hora, mientras su naturaleza pretendía imponerse a «Colmillo Blanco». Pero en cuanto cedía a ella le detenía la voz de su amo. Así aprendió la ley y, antes de abandonar el gallinero, comprendió que debía ignorar su existencia.

—Es imposible reformar a un animal que está acostumbrado a matar pollos —dijo tristemente el juez Scott durante el desayuno. Su hijo había contado la lección que había dado a «Colmillo Blanco»—. En cuanto degustan la sangre por primera vez...

Pero Weedon Scott no estaba conforme con la opinión de su padre.

—Le diré a usted lo que voy a hacer —dijo desafiándole—. Encerraré a «Colmillo Blanco» toda la tarde en el gallinero.

—Piensa en las pobres gallinas —objetó el juez.

—Además —prosiguió su hijo—, por cada gallina que mate le daré a usted un dólar.

—Entonces papá debería pagar algo si pierde —le interrumpió su hermana Isabel.

La otra hermana la secundó, manifestándose conformes todos los que estaban sentados alrededor de la mesa. El juez inclinó la cabeza en señal de asentimiento.

—Muy bien —dijo su hijo, después de reflexionar un momento—. Si a la caída de la tarde «Colmillo Blanco» no ha hecho daño a ningún pollo, por cada diez minutos que haya estado allí usted tendrá que decirle una vez, con la misma seriedad que si estuviera pronunciando una sentencia, que es más inteligente de lo que usted piensa.

Desde ocultos puestos de observación, toda la familia vigiló la experiencia, que fue muy aburrida. Encerrado en el gallinero, en ausencia de su amo, «Colmillo Blanco» se echó en el suelo y se quedó dormido. Se levantó una vez a beber agua. Con toda calma aparentó ignorar a los pollos. Para él no existían. A las cuatro de la tarde ganó de un salto el techo del gallinero, de donde descendió al otro lado, fuera de él, y volvió a la casa. Había aprendido la ley. En el porche, delante de toda la familia, que se divirtió lo indecible, el juez Scott, frente a «Colmillo Blanco», dijo dieciséis veces: —Eres más inteligente de lo que yo creía.

Pero la multiplicidad de las leyes confundía a «Colmillo Blanco», y a menudo le conducía a la desgracia. Tuvo que aprender que tampoco podía meterse con los pollos de otros dioses. Había, además, gatos, conejos y pavos, a todos los cuales debía dejar en paz. De hecho, cuando hubo aprendido la ley, la entendía de tal manera que no podía atacar a nadie. En los pastos una liebre podía pasar sin peligro delante de sus narices. Con todos los músculos en tensión, temblando de deseo, dominó sus instintos y se quedó quieto: obedecía la voluntad de los dioses.

Un día, recorriendo los pastizales, vio que «Dick» corría detrás de una liebre. Como el amo le miraba, no se atrevió a intervenir, pero Scott le azuzó para que tomara parte en la caza. Finalmente comprendió exactamente la ley. Le estaba prohibido perseguir a los animales domésticos. Si no se hacía amigo de ellos, por lo menos debía mantener la neutralidad. Pero todos los otros seres del bosque nunca habían prestado juramento de fidelidad al hombre, por lo que eran presa legítima de cualquier perro. Los dioses sólo protegían a los animales domesticados a los que no se podía matar. El dios era señor de vida y muerte sobre los que le estaban sometidos y, además, sumamente celoso de su poder.

Después de la vida primitiva de las tierras del Norte, el valle de Santa Clara parecía muy complejo. La principal exigencia de estas complejidades de la vida civilizada era el dominio de sí mismo, un equilibrio del yo, que era tan delicado como el vuelo de alas de muselina y tan rígido como el acero. La vida tenía mil facetas, que «Colmillo Blanco» debía conocer cuando iba a la ciudad, a San José, corriendo detrás del coche o paseando por las calles cuando se detenía. La vida fluía a su lado, profunda, ancha y variada, haciendo vibrar dolorosamente sus sentidos, exigiendo de él infinitas adaptaciones y obligándole casi continuamente a reprimir sus impulsos.

A su paso encontraba carnicerías donde colgaba el alimento, que le estaba prohibido tocar. En las casas que su amo visitaba había gatos: debía dejarlos en paz. Por todas partes encontraba perros, que le mostraban los dientes, a los que no debía atacar. En las aceras, llenas de gente, encontraba personas cuya atención atraía inmediatamente. Se detenían, le señalaban con el dedo, le examinaban, le hablaban y, lo peor de todo, pretendían tocarle. Debía aguantar todos aquellos contactos peligrosos de manos extrañas, consiguiendo siempre dominarse. Además pudo sobreponerse a su vergüenza y a su carácter huraño. Recibía orgullosamente las atenciones de la multitud de dioses desconocidos. Aceptaba su condescendencia con el mismo sentimiento. Por otra parte, había algo en él que impedía tomarse mucha familiaridad. Le acariciaban la cabeza y seguían su camino sumamente satisfechos de su propia audacia.

Pero no todo era tan fácil para «Colmillo Blanco». Corriendo detrás del coche, en las afueras de San José encontraba ciertos chiquillos que habían tomado la costumbre de tirarle piedras. Sin embargo, «Colmillo Blanco» sabía que no podía correr detrás de ellos y hacerles daño. En este caso estaba obligado a desobedecer su instinto de propia defensa, pues la doma empezaba a hacer sus efectos, convirtiéndole en un animal civilizado.

Pero «Colmillo Blanco» no estaba satisfecho de cómo iban las cosas. No tenía ideas abstractas acerca de la justicia o del juego limpio, mas la vida posee un cierto sentido de la equidad, por lo que «Colmillo Blanco» sentía que no era justo que se le prohibiera defenderse contra los que le arrojaban piedras. Olvidaba que en el convenio entre él y los dioses éstos se comprometían a cuidarle y defenderle. Un día, el amo descendió del coche con el látigo en la mano y repartió algunos zurriagazos entre los chiquillos que apedreaban a «Colmillo Blanco», después de lo cual ya no lo hicieron más. Él lo comprendió y quedó satisfecho su anhelo de justicia.

Tuvo otra experiencia análoga. En el cruce de caminos por el que se debía pasar para ir a la ciudad se encontraba una taberna, en cuya puerta se detenían siempre tres perros que tenían por costumbre atacar a «Colmillo Blanco» en cuanto pasaba. Como sabía de lo que era capaz, el amo insistía siempre en que no debía pelear, de lo que resultaba que «Colmillo Blanco» se encontraba sometido a una dura prueba cuando pasaba por allí. Siempre, sin embargo, después del primer ataque, bastaba que «Colmillo Blanco» mostrara los dientes para que los tres se mantuvieran a respetuosa distancia sin que dejaran de seguirle, mordiéndole y gruñendo como si le insultasen. Estos ataques se prolongaron durante un cierto tiempo, pues los parroquianos de la taberna los azuzaban para que atacaran a «Colmillo Blanco». Un día que lo hicieron abiertamente, el amo detuvo el coche:

—¡Dale! —dijo a «Colmillo Blanco».

Pero éste no pudo entenderlo. Miró a su amo y luego a los perros. Echó hacia atrás una mirada llena de deseo y observó interrogativamente a su amo, que inclinó la cabeza:

—¡Vete hombre, acomételos!

«Colmillo Blanco» no dudó más. Dio vuelta y, sin previo aviso, se echó sobre sus enemigos. Los tres le hicieron frente. Se oyeron aullidos y ladridos, crujir de dientes, y se vio correr a alguno de ellos. El polvo de la carretera se levantó formando nubes y ocultó la refriega. Pero al cabo de algunos minutos dos perros estaban tirados en el suelo y un tercero corría todo lo que le daban de sí las patas. Saltó una zanja, después una reja y luego echó a correr por el campo abierto, perseguido por «Colmillo Blanco», que se deslizaba como un lobo y con la misma velocidad, rápidamente y sin ruido. No tardó en alcanzarle, y entonces lo derribó y lo mató.

Con esta triple muerte terminaron sus principales preocupaciones acerca de los perros. Se corrió la voz por el valle y la gente se cuidó de que sus canes no molestaran al lobo.

CAPÍTULO IV

La llamada de la sangre

Pasaron los meses. En las tierras del Sur abundaba el alimento y no había nada que hacer. «Colmillo Blanco» engordaba y vivía feliz. No sólo estaba en las tierras del sol, sino que se encontraba en el mediodía de la vida. La bondad humana era como un sol que alumbraba, por lo que se desarrollaba como una flor que crece en buen clima.

Sin embargo, era distinto de los otros perros. Conocía la ley mucho mejor que los gozques, que no habían vivido sino en el valle, y la observaba con más rigor aún que sus congéneres. No obstante, siempre daba la impresión de que detrás de él había algo feroz, un espacio de la selva que estaba en acecho como si el lobo durmiera y fuera a despertarse en cualquier momento.

No fraternizaba con los otros perros. En cuanto a su especie, había vivido siempre como un solitario y quería seguir siéndolo. Sentía una profunda aversión por ellos desde que le persiguieron «Bocas» y los demás cachorros y después de las peleas con canes, en los días de Smith el Bonito. Se había desviado el curso natural de su vida. Apartado de su especie, se había unido a los hombres.

Además, los perros de las tierras del Sur le consideraban sospechoso. Despertaba en ellos el miedo instintivo por la selva, por lo que siempre le recibían con gruñidos, mostrando los dientes y manifestando odio beligerante. Por otra parte, muy pronto comprendió «Colmillo Blanco» que no era necesario clavarles los dientes. Bastaba, en todos los casos, mostrar los colmillos y entreabrir los labios, lo que casi nunca dejaba de tener el efecto deseado: hacer que cayera patas arriba y echara a correr un can que un momento antes avanzaba con intención de pelear.

Pero la vida de «Colmillo Blanco» tenía un punto doloroso: «Collie», que nunca le daba un momento de tranquilidad. Ella no obedecía la ley tan estrictamente como él, pues ni todos los esfuerzos del amo pudieron conseguir que hiciera las paces con «Colmillo Blanco», en cuyos oídos resonaba siempre su gruñido seco y nervioso. «Collie» no olvidó nunca el episodio de los pollos, y mantenía insistentemente que «Colmillo Blanco» iba a acabar mal. Siempre le encontraba culpable antes de que hiciera algo, y le trataba de acuerdo con ese criterio. Se convirtió en una verdadera peste que, como si fuera un policía, no le dejaba ni a sol ni a sombra, siguiéndole a cualquier parte que fuera, a los establos o los pastos, y estallando en un torrente de indignadas imprecaciones en cuanto observaba cómo «Colmillo Blanco» seguía con la vista a una paloma o a un pollo. El método favorito de él para deshacerse de ella consistía en echarse en el suelo, poniendo la cabeza sobre las patas delanteras, fingiendo dormir, lo que siempre la confundía y la reducía al silencio.

Si se exceptúa a «Collie» todo marchaba perfectamente para «Colmillo Blanco». Había aprendido a dominarse y a mantener el equilibrio en su conducta. Conocía la ley. Había alcanzado la verdadera calma, la tolerancia filosófica, la plenitud... Ya no vivía en un ambiente hostil. El peligro, el dolor y la muerte ya no le acechaban por todas partes. Con el tiempo, el terror de lo desconocido como una amenaza omnipresente palideció hasta desaparecer. La vida era ahora fácil y suave. Fluía deleitosamente, y ni el peligro ni los enemigos le acechaban en el camino.

Sentía la falta de la nieve, sin darse cuenta de ello. «Un verano excesivamente largo», hubiera pensado, de haber sido capaz de ello; pero como no podía se contentaba con notar su ausencia de una manera inconsciente y vaga. Igualmente, cuando el sol le hacía sufrir sentía una indefinida nostalgia por las tierras del Norte. Su único efecto consistía, sin embargo, en ponerle intranquilo e inquieto, sin que él mismo pudiera darse cuenta de la causa.

«Colmillo Blanco» nunca había sido muy expansivo. Fuera de meter la cabeza debajo del brazo de su amo y de poner un acento de cariño en sus gruñidos, no tenía ningún procedimiento para expresar lo que sentía. Sin embargo, aún había de descubrir uno más. Siempre había sido muy irritable ante la risa de los dioses, que le ponía loco y provocaba en él una rabia de maniático. Pero no podía enojarse con el amo por tal causa, y cuando éste se rio de él, con toda buena intención, en son de broma, «Colmillo Blanco» se quedó estupefacto. Sintió el cosquilleo de la antigua rabia que subía en él y que pugnaba contra el cariño. No podía enojarse, pero algo tenía que hacer. Al principio adoptó una actitud seria y digna, lo que indujo a su amo a reírse, aún más y mejor. Intentó elevar la dignidad de su apostura, con lo que el amo se rio más ruidosamente. Finalmente, Scott le hizo abandonar su dignidad a carcajadas. Se le abrieron las mandíbulas, se elevaron un poco sus labios y en sus ojos apareció una expresión extraña, que tenía más de cariño que de humor. Había aprendido a reírse.

Igualmente aprendió a pelear con el amo, a que le tirara por el suelo y se echara encima de él; a ser la víctima de innumerables juegos bruscos. Por su parte aparentaba estar enojado, erizaba el pelo, aullaba furiosamente, abría y cerraba las mandíbulas con movimientos que parecían mortales, sin olvidarse nunca de sí mismo, pues jamás mordía otra cosa sino aire. Tales peleas terminaban con un diluvio mutuo de mordiscos, golpes, aullidos y gritos, después de lo cual se separaban varios metros y se observaban mutuamente, hasta que, de repente, como si apareciera el sol sobre un mar tormentoso, empezaban a reírse. Finalmente, el amo abrazaba a «Colmillo Blanco», que gruñía su canción de cariño.

Pero nadie, fuera de aquel hombre, podía hacer eso con «Colmillo Blanco», pues no lo permitía, por prohibírselo su dignidad. Cualquiera que lo intentara oía un gruñido y veía un par de colmillos, que no denotaban, precisamente, ganas de jugar. Que permitiera esas libertades a su amo no era ninguna razón para que lo tomaran por un perro cualquiera, que acariciaba a éste y a aquél, y que estaba para divertir a todos. Quería con todo su corazón y se negaba a rebajarlo o rebajarse a sí mismo.

El amo salía frecuentemente a caballo. Uno de los principales deberes de «Colmillo Blanco» consistía en acompañarle. En las tierras del Norte demostró su fidelidad tirando del trineo. En las del Sur no existían esos vehículos ni era costumbre confiar a los perros el transporte de cargas, por lo que demostraba su fidelidad acompañándole. «Colmillo Blanco» nunca estaba cansado, ni aun después de la más larga marcha, pues corría con el paso del lobo, suavemente, sin esfuerzo, sin cansarse. Después de una carrera de ochenta kilómetros todavía se adelantaba a la cabalgadura.

En una de estas ocasiones «Colmillo Blanco» utilizó otro modo de expresión, en verdad notable, puesto que en total se sirvió de él dos veces en su vida. La primera ocurrió cuando el amo intentó enseñar a un caballo de raza las maniobras necesarias para abrir y cerrar un portón, sin necesidad de que el jinete desmontase. Muchas veces llevó al caballo hasta allí intentando cerrarle, pero el animal se asustaba y retrocedía. Cuanto más repetía la prueba, tanto más nervioso y excitado se ponía el caballo. Cuando pretendía retroceder, el amo le aplicaba las espuelas haciéndole bajar las patas delanteras, ante lo cual empezaba a dar coces con las de atrás. «Colmillo Blanco» observó el espectáculo con ansiedad creciente, hasta que no pudo contenerse más y se puso delante del bridón, ladrando salvajemente, a manera de advertencia.

Aunque intentó ladrar nuevamente, y el amo le instaba a que lo hiciese, lo repitió sólo una vez, cuando Scott no estaba delante. El amo montaba uno de esos caballos que no sirven para nada, cuando una liebre saltó a pocos pasos de la cabalgadura, asustándola tanto que al intentar escapar al supuesto peligro derribó al jinete, que se rompió una pierna en la caída. «Colmillo Blanco», furioso, quiso saltar al cuello del jamelgo, pero se lo impidió la voz perentoria de su amo.

—¡A casa! ¡Vete a casa! —le ordenó Scott, cuando se dio cuenta de que no podía moverse.

«Colmillo Blanco» no parecía tener ganas de abandonarlo. Scott pensó en escribir una nota, pero en vano buscó en sus bolsillos papel y lápiz, por lo que le ordenó nuevamente que fuera a casa.

«Colmillo Blanco» le miró, echó a correr, volvió y aulló débilmente. El amo le habló con voz muy suave, pero enérgica. Él levantó las orejas y escuchó con profunda atención.

—Está bien, está bien, chico, vete a casa —le dijo—. Vete a casa y cuéntales lo que me ha pasado. Vete a casa, lobo. ¡A casa!

«Colmillo Blanco» conocía el significado de la palabra casa, y aunque no entendió todo lo demás que le decía su amo, sabía que era su deseo que fuera allí. Dio vuelta y echó a andar, con bastante mala voluntad. Luego se detuvo indeciso, y echó una mirada hacia atrás por encima de los hombros.

—¡Vete a casa! —ordenó Scott enérgicamente, y esta vez obedeció.

La familia se encontraba en el porche tomando el fresco, cuando llegó «Colmillo Blanco», agotado y cubierto de polvo.

—Weedon ha vuelto —dijo su madre.

Los niños recibieron a «Colmillo Blanco» con alegres gritos y salieron corriendo para acariciarle. Él trató de evitarlos, pero le arrinconaron entre una mecedora y la baranda. «Colmillo Blanco» gruñó y trató de alejarlos a empujones. Su madre, que no las tenía todas consigo, les observaba.

—Confieso que me pone nerviosa por los chicos —dijo—. Tengo miedo de que el día menos pensado se va a echar sobre ellos para herirles.

Aullando de forma salvaje, «Colmillo Blanco» abandonó el rincón, atropellando a ambas criaturas. La madre los llamó y trató de consolarlos, advirtiéndoles, además, que no debían meterse con él.

—Un lobo es un lobo —comentó el juez Scott—. No se puede uno fiar de ninguno.

—Pero no es enteramente un lobo —le interrumpió Isabel, decidida a defender a su hermano ausente.

—Para afirmar eso te basas exclusivamente en la opinión del propio Weedon —replicó el juez—. Él tampoco sabe nada seguro. Supone, simplemente, que algunos de los antepasados de «Colmillo Blanco» fueron perros. Pero él mismo dice que sólo lo supone, pero no que lo sabe. En cuanto al aspecto...

No pudo terminar la frase. «Colmillo Blanco» se plantó ante él, aullando ferozmente. El juez le ordenó que se echara, pero no le hizo caso.

«Colmillo Blanco» se dirigió a la esposa de su amo, que gritó aterrorizada cuando él se prendió de la falda, tirando hasta romper el débil tejido. Entonces se convirtió en el centro del interés. Dejó de gruñir y con la cabeza alta miraba a todos. Su garganta se movía espasmódicamente, pero ningún sonido salía de ella, mientras luchaba con todas las fuerzas de su cuerpo por librarse de aquel algo incomunicable que quería salir de él.

—Espero que no se haya vuelto loco —dijo la madre de Weedon—. Siempre he dicho que un clima cálido como éste no es sano para un animal del Ártico.

—Pues yo diría que está tratando de hablar —afirmó Isabel.

En aquel momento le fue dado el don de expresión a «Colmillo Blanco», que empezó a ladrar ruidosamente.

—Algo le ha pasado a Weedon —dijo su esposa muy convencida.

Todos se pusieron en pie. «Colmillo Blanco» echó a correr escaleras abajo, mirando hacia atrás, de cuando en cuando, para ver si le seguían. Por segunda y última vez en su vida había ladrado y se había hecho entender.

Después de este suceso los corazones de los habitantes de Sierra Vista latieron aún más enérgicamente por «Colmillo Blanco». Hasta el encargado de las caballerizas, cuyo brazo había mordido «Colmillo

Blanco», concedió que era un perro muy inteligente, no obstante de ser un lobo.

El juez Scott seguía siendo de la misma opinión. Mediante medidas y descripciones tomadas de enciclopedias y de diversas obras sobre historia natural demostró, a satisfacción de todos, que «Colmillo Blanco» era un lobo.

Pasaron los días, trayendo sin interrupción la luz y el calor del sol al valle de Santa Clara. Cuando aquéllos se acortaron e iba a empezar su segundo invierno en las tierras del Sur, «Colmillo Blanco» hizo un extraño descubrimiento. Los dientes de «Collie» ya no le mordían. Se había puesto juguetona y había en ella una suavidad que impedía que sus ataques hirieran realmente a «Colmillo Blanco», que olvidó que le había convertido la vida en un infierno. Cuando ella se le acercaba, él respondía solemnemente, tratando de ser juguetón, sin conseguir otra cosa que ponerse en ridículo.

Un día, ella le condujo, en una loca carrera, a través de los pastos y de los bosques. El amo montaba todas las tardes a caballo, y «Colmillo Blanco» lo sabía. El corcel estaba ya ensillado y esperaba en la puerta. Pero había en él algo más profundo que todas las leyes que hubiera aprendido, que las costumbres que le habían moldeado, que el cariño que sentía por el amo, que el mismo deseo de vivir. Cuando «Collie» se le acercó, le tocó con el hocico y echó a correr, él, que un instante antes no sabía qué decidir, dio media vuelta y la siguió. Aquel día el amo anduvo solo a caballo. En los bosques, «Colmillo Blanco» corría junto a «Collie» como, muchos años antes, «Kiche», su madre, y el viejo «Tuerto» habían recorrido las selvas de las tierras del Norte.

CAPÍTULO V

El lobo dormido

Por aquellos tiempos los periódicos estaban llenos de noticias acerca de la audaz fuga de un preso de la cárcel de San Quintín. Era un hombre feroz, cuyos orígenes habían sido bastante malos. No había nacido bien, y la mano de la sociedad no le había ayudado a moldearle; por el contrario, él mismo era una demostración notable de la dureza del efecto de las causas sociales sobre un ser humano. Era una bestia, mejor dicho una bestia humana, tan terrible que podría calificársele de carnívoro.

En la prisión de San Quintín había demostrado ser incorregible. Los castigos no podían alterar su espíritu. Podía morir en silencio y pelear hasta el mismísimo fin, pero no podía vivir y experimentar una derrota. Cuanto más ferozmente luchaba, más dura era la sociedad con él, consistiendo el único efecto en hacerle aún más feroz. Para Jim Hall las camisas de fuerza, los largos períodos a pan y agua y los golpes resultaban un tratamiento equivocado, pues era lo mismo que le habían dado desde niño, cuando vivía en el barrio de San Francisco, blanda arcilla en manos de la sociedad, que hubiera podido adquirir la forma que ésta quisiera darle.

Durante su tercera condena en la prisión, Jim Hall encontró a un guardia casi tan bestia como él que le trató injustamente; mintió acerca de su conducta ante el jefe de la prisión, haciéndole perder la poca confianza que merecía aún y persiguiéndole en toda forma. La diferencia entre los dos consistía en que el guardia llevaba un manojo de llaves y un arma. Jim Hall tenía sólo sus manos limpias y sus dientes. Pero un día saltó sobre el carcelero utilizando los dientes, como cualquier animal de la selva.

Después de esto, Jim Hall pasó tres años en la celda de los incorregibles, cuyos muros, techo y suelo eran de hierro, y que nunca se le permitió abandonar durante aquel período, durante el que no vio el sol o el cielo. El día era un crepúsculo gris y la noche un silencio negro. Se le había enterrado vivo en un ataúd de hierro. Nunca vio una cara humana ni habló con nadie. Cuando se le alcanzaba la comida gruñía como un animal. Odiaba a todos y a todas las cosas. Durante días y noches escupió su rabia contra la humanidad. Durante meses no pronunció una palabra, devorando su propia alma en aquel negro silencio. Era al mismo tiempo un ser humano y un monstruo, algo tan terrible como las elucubraciones de una mente enloquecida.

Una noche pudo escapar. El jefe de la prisión dijo que era imposible, pero, sin embargo, la celda estaba vacía, aunque no del todo, pues dentro de ella se encontraba el cadáver de uno de los guardias. Otros dos indicaban el trayecto que había seguido para salir de la prisión. Había matado a los tres con sus manos.

Estaba armado con los revólveres de los tres carceleros. Era un arsenal viviente que huía a través de las colinas, perseguido por todas las fuerzas de la sociedad. Se había puesto un alto precio a su cabeza. Los avarientos aldeanos recorrían los alrededores con armas de fuego en la mano. Con el importe de la recompensa se podía pagar la hipoteca o mandar al hijo a la Universidad. Personas poseídas de un alto espíritu de justicia sacaron a relucir sus rifles y se echaron al campo. Una traílla de sabuesos seguía las huellas que dejaban sus pies, que sangraban. Y los sabuesos de la ley, los animales de presa de la sociedad, seguían estrechamente sus pasos, utilizando el teléfono, el telégrafo y los trenes especiales.

Algunos llegaron a encontrarse frente a frente con él, luchando entonces como héroes, o echaron a correr atravesando hasta alambradas de púa, para mayor regocijo de los tranquilos ciudadanos de la república que leían la aventura en el periódico durante el desayuno. Llegaban a las ciudades los muertos o los heridos, llenando otros las raleadas filas que se interesaban por la caza del hombre.

Entonces desapareció Jim Hall. Los sabuesos perdieron la pista. Hombres armados detenían a los inofensivos habitantes de remotos valles y les obligaban a identificarse. Mientras tanto, mucha gente ansiosa de dinero descubrió una docena de veces el cadáver de Jim Hall en la ladera de alguna montaña.

Entretanto, en Sierra Vista se leían esas noticias no con interés, sino con ansiedad. Las mujeres estaban realmente asustadas. El juez Scott parecía echarlo todo a barato y tomarlo a broma, aunque sin razón, pues en los últimos tiempos del ejercicio de su profesión debió juzgar el caso Jim Hall y pronunciar sentencia. Al oírla, el penado, cuando todavía se encontraba en la sala y podían oírle todos los presentes, juró que llegaría el día en que tomaría venganza del juez que le condenaba.

Aquella vez Jim Hall tenía razón. Era inocente del crimen de que se le acusaba. En la jerga peculiar de los ladrones y de la Policía era un caso de descarrilamiento. Se había descarrilado a Jim Hall atribuyéndole un delito que no había cometido. Teniendo en cuenta sus dos condenas anteriores, el juez Scott le sentenció a cincuenta años, lo que equivalía de hecho a cadena perpetua.

El magistrado no podía saberlo todo: que él mismo era cómplice de una conspiración policial; que las acusaciones de los testigos eran amañadas, y que Jim Hall era inocente del crimen del que se le acusaba. Por otra parte, el condenado no podía saber que el juez ignoraba todo eso. Jim Hall creía que estaba confabulado con la Policía para perderle y para cometer aquella monstruosa injusticia. Cuando oyó la sentencia de cincuenta años, que equivalía a enterrarle en vida, Jim Hall, odiando todas las cosas, en particular aquella sociedad que abusaba de él, se puso en pie y se desató en improperios, hasta que tuvieron que sacarle de la sala del juzgado media docena de sus uniformados enemigos. Para él, el juez era la piedra angular de la injusta construcción. Contra él desahogó todo su odio y su rabia, y sobre él aulló la amenaza de su futura venganza. Después, Jim Hall fue a aquel cementerio de vivos... y escapó.

«Colmillo Blanco» no sabía nada de todo eso. Entre él y Alicia, la esposa del amo, existía un secreto. Todas las noches, después de que la familia se había ido a dormir, ella se levantaba y hacía entrar a «Colmillo Blanco» para que durmiera en el porche. Como no era un perro muy amable, no se le permitía dormir en casa, por lo que Alicia debía levantarse antes que todos, bajar y echar afuera otra vez a «Colmillo Blanco».

Una noche, mientras todos dormían, «Colmillo Blanco» se despertó y se quedó echado, sin hacer ruido. Husmeó el aire y leyó el mensaje que le traía, según el cual había un dios extraño en la casa. Hasta sus oídos llegaron los sonidos que hacía al moverse. «Colmillo Blanco» no gritó, pues no era su costumbre. El dios extraño se movía suavemente, pero «Colmillo Blanco» era capaz de hacerlo aún mejor, pues no usaba ropa que produjera ruido al frotar contra su cuerpo. Le siguió silenciosamente. En la selva había perseguido carne viviente infinitamente tímida, por lo que conocía el valor de la sorpresa.

El dios extraño se detuvo delante de la escalera y escuchó, mientras «Colmillo Blanco», tan inmóvil como si estuviera muerto, le vigilaba y esperaba. Allá arriba, donde terminaba la escalera, dormía el amo y los seres que él más amaba. Erizó el pelo y esperó. El dios extraño levantó el pie para empezar a subir.

Entonces, «Colmillo Blanco» atacó, sin advertencia previa, sin gruñir. Saltó cayendo sobre las espaldas del dios extraño. Apretando sus patas delanteras sobre los hombros del intruso, mientras hundía sus dientes en la nuca, consiguió que se volviera y le hiciera frente. Luego ambos cayeron al suelo. El animal atacante se desprendió de un salto y con sus dientes impidió que el hombre se levantara.

Sierra Vista se despertó alarmada. El ruido que venía del nacimiento de la escalera parecía el de una batalla entre demonios. Se oyeron disparos de armas de fuego y la voz de un hombre, que gritaba horrorizado y angustiado, a la vez que aullidos, sobre lo cual resonó el estruendo de vidrios rotos.

Pero la conmoción cesó casi tan rápidamente como se había iniciado. La lucha no había durado más de tres minutos. Los asustados habitantes de la casa se reunieron en el lugar del piso superior donde empezaba la escalera. De allá abajo, como de un abismo en tinieblas, llegó un ruido, como el de burbujas que se desprenden del agua y que poco a poco se convertían en un silbido que también cesó muy pronto. Nada se oía ya, salvo la respiración entrecortada de algún ser vivo.

Weedon Scott encendió la luz, que inundó la escalera y el vestíbulo. Entonces el juez y su hijo bajaron cautelosamente, cada uno armado con un revólver. Las precauciones eran innecesarias, pues «Colmillo Blanco» había hecho un buen trabajo. En medio de los muebles deshechos, tirado sobre un costado, oculta la cara por un brazo, estaba un hombre. Weedon Scott se acercó, le separó la mano de la cara y le puso boca arriba. Una horrible herida en la garganta explicaba la causa de la muerte.

—¡Jim Hall! —dijo el juez Scott.

Padre e hijo se miraron significativamente.

Entonces se dirigieron a «Colmillo Blanco», que se encontraba en la misma posición. Tenía los ojos cerrados, aunque intentó abrirlos cuando se inclinaron sobre él tratando de mover también la cola, sin producir más que una vibración insignificante. Weedon Scott le acarició, y «Colmillo Blanco» trató de agradecérselo, como acostumbraba a hacerlo, con un gruñido, que resultó muy débil y que cesó inmediatamente. Se le cerraron los ojos y todo su cuerpo pareció descansar y extenderse por el suelo.

—¡Pobre animal! Está muriéndose.

—Eso lo veremos —exclamó el juez Scott, dirigiéndose al teléfono.

—Francamente creo que se puede apostar mil contra uno —dijo el veterinario después de trabajar hora y media sobre el cuerpo de «Colmillo Blanco».

La aurora empezaba a hacer palidecer la luz eléctrica. Excepto los niños, toda la familia rodeó al veterinario, para oír su opinión.

—Tiene rota una de las patas traseras, y tres costillas, una de las cuales debe haber perforado el pulmón. Ha perdido casi toda la sangre. Es sumamente probable que existan lesiones internas. Creo que cuando se encontraba en el suelo, el intruso debió haberle pisoteado.

Sin contar tres perforaciones de bala. Decir que se puede apostar mil contra uno es demasiado optimismo. Sería arriesgado apostar diez mil contra uno.

—Pero no debe desperdiciarse ninguna oportunidad, por pequeña que sea —exclamó el juez Scott—. No se preocupe por los gastos, utilice rayos X o lo que sea preciso. Weedon, telegrafía enseguida al doctor Nichols, de San Francisco. Como usted comprenderá, no es que no estemos satisfechos de usted, pero debemos hacer todo lo posible.

El veterinario sonrió indulgentemente.

—Lo comprendo muy bien. Merece todo lo que se haga por él. Ustedes tienen que cuidarle como si fuera un ser humano, un niño enfermo. No se olviden de tomarle la temperatura. Volveré a las diez.

«Colmillo Blanco» se dejó cuidar. Las mujeres rechazaron indignadas la sugerencia del juez Scott de traer una enfermera profesional, encargándose ellas mismas de cuidar al herido. En mérito de aquella probabilidad de uno contra diez mil que le concedía el veterinario, «Colmillo Blanco» ganó la batalla.

No debe censurarse al doctor por haberse equivocado. Durante toda su vida había atendido y operado a los delicados hijos de la civilización, que vivían continuamente protegidos y que descendían de generaciones sometidas a las mismas condiciones. Comparados con «Colmillo Blanco», eran frágiles, débiles, y tendían sus brazos a la vida sin poder aferrarse a ella. Pero «Colmillo Blanco» provenía de la selva, donde los débiles perecen y no se concede cuartel a nadie. Ni en su padre, ni en su madre, ni en todos los progenitores de ambos se encontraba un solo individuo débil. La herencia de «Colmillo Blanco» era una constitución de hierro y su vitalidad la de la selva. Se aferraba a la vida con todas sus fuerzas, con todo su cuerpo, en carne y espíritu, con la tenacidad que desde la Creación fue dada a las criaturas.

«Colmillo Blanco» pasó varias semanas atado, impedidos sus movimientos por el yeso y las vendas. Dormía largas horas y soñaba mucho, pasando por su mente, como en una interminable procesión, las figuras de las tierras del Norte. Surgieron en su cerebro todos los espectros del pasado. Vivió otra vez con «Kiche» en el cubil y se arrastró temblando a los pies de Nutria Gris, prometiendo serle fiel; huía delante de «Bocas» y de los otros cachorros que hacían un ruido como el de un manicomio.

Seguía corriendo en silencio, cazando para mantenerse en los meses de hambre. Corría siempre a la cabeza del trineo, mientras detrás de él restallaba el látigo de Mit-sah o de Nutria Gris, que gritaban: —¡Ra!, ¡ra!— cuando llegaban a un punto donde se estrechaba la senda, y los perros, que antes se desplegaban en abanico, se ponían ahora el uno detrás del otro para poder pasar. Vivió otra vez los días de Smith el Bonito y volvió a librar todas aquellas luchas. Entonces aullaba y enseñaba los dientes, y las personas que estaban a su alrededor opinaban que tenía alguna pesadilla.

Pero sufrió intensamente de una particular: de los monstruos ruidosos, los tranvías eléctricos, que le parecían linces gigantescos. Se ocultaba en un bosquecillo para esperar que saliera algún pájaro. Cuando saltaba para cazarle se transformaba en un tren, amenazador y terrible, que se elevaba como una montaña, gritando y echando fuego sobre él. Ocurría lo mismo cuando desafiaba al halcón a que descendiera de los cielos. Bajaba del azul como un rayo, transformándose en un tranvía en cuanto le tocaba. En sueños le parecía encontrarse en la celda, donde le mantuvo Smith el Bonito. Afuera se reunían los hombres, por lo que él comprendía que le esperaba una pelea. Vigilaba la puerta para ver entrar a su enemigo, pero cuando se abría aparecía por ella un tranvía, uno de aquellos horribles coches eléctricos. Soñó mil veces con ello, y siempre era igualmente intenso y vívido el terror que le inspiraba.

Finalmente llegó el día en que le quitaron la última venda y el último pedazo de yeso. Fue un día de fiesta. Todos los habitantes de Sierra Vista se encontraban alrededor del animal curado. El amo le acarició las orejas, y «Colmillo Blanco» respondió con su gruñido de cariño. La esposa del amo le llamó Bendito Lobo, nombre que todas las mujeres aceptaron entusiasmadas.

Intentó levantarse, pero después de muchos esfuerzos volvió a caerse, tan débil estaba. Había estado tanto tiempo tumbado, que sus músculos habían perdido la destreza y la fuerza. Se sintió un poco avergonzado de su debilidad, como si fracasara en el servicio que debía a los dioses, por lo que hizo esfuerzos heroicos para levantarse, lo que finalmente consiguió, no sin tambalearse un poco.

—¡Bendito lobo! —exclamaron las mujeres a coro.

El juez Scott las observó triunfalmente.

—Me gusta que lo digáis —dijo—. Exactamente como yo lo he afirmado siempre. Ningún perro hubiera podido hacerlo. Es un lobo.

—Un lobo bendito —le corrigió su esposa.

—Sí, un Bendito Lobo —corroboró el juez—. De ahora en adelante, le llamaremos así.

—Tendrá que aprender a caminar otra vez —dijo el veterinario—. Puesto que así ha de ser, vale más que empecemos ahora mismo. No le hará daño. ¡Afuera con él!

Como un rey rodeado por todos los habitantes de Sierra Vista, abandonó la casa. Estaba muy débil, y en cuanto llegaron al jardín tuvo que echarse a descansar.

Prosiguió la procesión. A medida que la sangre empezaba a circular más activamente por sus venas, «Colmillo Blanco» sentía renacer sus fuerzas. Llegaron a los establos, donde se encontraba tirada «Collie», tomando el sol, rodeada de media docena de cachorros.

«Colmillo Blanco» los miró asombrado. «Collie» gruñó advirtiéndole que no se acercara y él fue lo suficientemente cauto como para mantenerse a una prudente distancia. Con los pies, el amo le alcanzó uno de los cachorros. Erizó el pelo, pero la voz de Scott le tranquilizó. «Collie», a quien una de las mujeres abrazaba para que no se precipitara sobre él, lanzó un gruñido a modo de advertencia.

El cachorrillo se arrastró hasta él. «Colmillo Blanco» levantó las orejas y le observó con curiosidad. Se tocaron las narices, sintiendo la cálida lengüecilla del cachorro en las fauces. Sin saber por qué lo hacía, «Colmillo Blanco» sacó también la lengua y lamió la cara del animalillo.

Los dioses saludaron aquel hecho, aplaudiendo encantados. «Colmillo Blanco» les miró sorprendido. Su debilidad se manifestó de nuevo, por lo que se echó enteramente, bajando las orejas, inclinada la cabeza de un lado, mientras seguía vigilando al cachorro, al que se unieron sus hermanos con gran disgusto de «Collie». Sin perder nada de su grave dignidad, «Colmillo Blanco» permitió que se le subieran encima. Al principio, en medio de las risas de los dioses, dejó traslucir algo de su antigua vergüenza, pero tal sentimiento se desvaneció mientras los cachorros seguían jugando con él. «Colmillo Blanco» cerró los ojos y se quedó dormitando al sol.

ÍNDICE

Quinta parte